U0907695

天喜文化

从声音到文字，分享人类智慧

“谁只要见过世界的边界一次，他就会锥心地感受到自己遭受的禁锢。”

——［波兰］奥尔加·托卡尔丘克

小说的越界

刘剑梅——著

天地出版社 | TIANDI PRESS

图书在版编目（CIP）数据

小说的越界 / 刘剑梅著 .— 成都 : 天地出版社，2020.6

ISBN 978-7-5455-5640-7

Ⅰ.①小… Ⅱ.①刘… Ⅲ.①世界文学—文学评论—文集 Ⅳ.①I106-53

中国版本图书馆CIP数据核字（2020）第063771号

XIAOSHUO DE YUEJIE

小说的越界

出 品 人 陈小雨 杨 政
作　　者 刘剑梅
责任编辑 张诗尧 王子文
封面设计 今亮后声 HOPESOUND pankouyugu@163.com · 核漫
责任印制 董建臣

出版发行 天地出版社
（成都市槐树街2号 邮政编码：610014）
（北京市方庄芳群园3区3号 邮政编码：100078）
网　　址 http://www.tiandiph.com
电子邮箱 tianditg@163.com
经　　销 新华文轩出版传媒股份有限公司

印　　刷 廊坊市祥丰印刷有限公司
版　　次 2020年8月第1版
印　　次 2020年8月第1次印刷
开　　本 880mm×1230mm 1/32
印　　张 10.25
字　　数 218千字
定　　价 66.00元
书　　号 ISBN 978-7-5455-5640-7

咨询电话：（028）87734639（总编室）
购书热线：（010）67693207（营销中心）

目录

第三辑 文学的各种维度

第四辑 文学随笔

被现代情怀滋养的经典析说

——读刘剑梅《小说的越界》

阎连科

理论与小说写作的隔膜，一如北方的老榆和一棵南方棚大的榕树，几无可谈的相似之处，使得我们经常在左耳听到作家信誓旦旦地说，我从来不读文学理论书；又几乎是同时，在右耳听到理论家面带讥笑道，当代文学实在难有可读之小说。这种两相对立、互不心往的状况，不仅宛若北方的榆树和南方之榕树，怕也是同一片土地上的野草和菊花、荆棵与野槐，你开你花，我生我叶，并无实质之交错，只是在外人眼里，榆树和榕树都是世间树木吧；野草、菊花、荆棵和野槐，都是人世的绿中之植吧。这样久常的疏离和隔膜，每每使人读一篇或一本能够如渴之饮的文本批评或理论，便会觉得比读了十本、二十本每天都在出版、每日都在书店的货架上摆上或撤下的小说要胜好着许多或太多。

作家等待和寻找如渴之饮的文学批评，如同批评家朝日求找一部可读可言、言而不烦的小说。此间两相的抱怨和根恨，在双方的胸腔之深处，已经怼埋了太久、太深远，只是中国的文化和人情，让彼此笑而不谈并彼此心知肚明地饰而不言着。也正是基于这样的冷笑、隔膜和彼此难有正眼相视的奇情与异状，读到刘剑梅教授这一系列对现代经典的析阅论说时，先是感到有一种隔膜消除的亲近感，后是那种两相根恨如柏林墙样被推翻的豁然和开朗。及至她将这一系列的文章汇编为《小说的越界》后，再一次地集中阅读，便突然有了那种“等到了”“找到了”的喜悦和兴奋。

实实在在地说，很久没有读到过对自己和诸多读者都共同心仪的作家和作品有个人见地或观点相似的理论著作了。《小说的越界》，是一个批评家的私人阅读史，也是这个批评家与作家和读者的共同阅读史。而这其中谈到的伟大作家和作品，是中国作家和批评家几乎都读、却又少有成文的理论去梳理和言说的。《小说的越界》就在这时如期而至了。它既不东拉西扯地去卖弄和装点，也不仰视、膜拜地将那些伟大的作家和作品，当作耶稣和《圣经》，摆在文学的圣桌上供奉和恭敬。每一篇的阅读和剖析，只是要告诉你“我喜欢和我为什么会喜欢”。亲近、随和，并发自内心去分享，而非因为“我要理论”才去说，才去读，才去引经据典地写出来。原来在文学理论中，“我喜欢”和“我要写”，是这么不同的两件事。前者因为喜欢才去读和写；后者因为要写才去读。当二者都成为理论文字呈现在读者面前时，前者的文字中，呈出一种自然亲切的欣悦感，后者呈出一种肃严、正经的呆板感。前者的轻松、欣喜一如坐在茶馆、咖啡馆里相遇和聊天，无非彼此见面聊的不是吃饭、穿衣和住房，而是我最近读了什么书，为什么会喜欢这些书；而后者，则如教室中的老师和学生、讲台与课桌样的距离及隔阂。因为后者一上来，老师就对学生说，现在上课了，请大家都拿出笔和本。

再次读完《小说的越界》而收合尾章时，我沉落在这本给我带来喜悦的理论书册里，于是想到这喜悦的渊源出处了——12篇文章，谈到了百来个作家和上百部的书，并不是每个作家和每本书都使我喜爱并欣悦，那么为什么一本理论著作中的文章和通篇之析作，又篇篇会让人感到不间断的喜悦和亲近？如同阅读一部你并不完全喜欢、却又让你一字不落地去品味的作品一样。如波拉尼奥的《2666》这部巨制，到底有多少人真正读完了它？到底有多少人真心喜爱它？到底那些喜爱它的作家和读者，有几个能说出因之喜爱的一二三？大凡一站到人前就谈论波拉尼奥和《2666》的人，我常用惊异的目光看着他们的脸，试图从那脸上读到一层人云亦云的盲从和虚伪。然而在读刘剑梅的《文学如何面对暴力》这篇对《2666》抽丝剥茧的作品分析时，她和她的文章让我那种怀疑的目光变得温和了、释然了，随性并也包容了。直到今天，我都以为《2666》因为作家写作前是为了五部小说而起笔，并非为了一部巨制的面世与出版，所以，当将五部组合为一部时，结构上是有着明显隔离和生涩的（当然也可以说，这也是一种游离而又联系的新结构），然由于我们对波拉尼奥的写作与离世，深怀着敬重而不去挑剔这一些。所以在几乎所有人都盲目盛赞《2666》时，我总是盯着那盛赞者的眼——也就这时候，恰到好处地读到了刘剑梅的《文学如何面对暴力》这来去有据的文本分析了，也是这时我对刘剑梅教授开始怀有了顿为愕然的敬重感。这种敬重不仅是她率先打破了《2666》的伟大连续多年都凝结停留在中文读者和作家嘴边的喧闹上，以一个女性的独有之目光，写出了《2666》对世界、暴力和女人与人的强力、强大的关注和投入，而更在于《文学如何面对暴力》这篇论文，使人感受到了批评家的文学情怀是何等重要和关键。一如一个作家没有情怀空写出的小说一样，倘若一个批评家，没有情怀而去析说理论时，哪怕你的才华、聪智大如山脉与海洋，写出来的文章、著作怕也是没有血脉的积木建筑吧。

我想应该是这样——当我们说没有情怀的小说就是没有灵魂的篇章文字，也可以说，没有情怀的理论，同样是没有灵魂的篇章文字。从面对波拉尼奥到面对舒尔茨，从面对舒尔茨到面对托卡尔丘克，再到她面对奥维德和他的《变形记》，这一路的解读和析说，在刘剑梅的文本分析与纵论横比中，我们始终在她的理论述说里，可以真切、清晰地读到她对人与人世的爱，读到她对文学天然的情感与纠缠，对语言创造发自内心的敬重和对孤独写作者无条件的拥抱和同暖。一如她在《文学如何面对暴力》中说的一样：

> 波拉尼奥的《2666》对全人类范围的暴力的书写，就是一把可以敲碎我们内心冰海的冰镐，非常有力度。他不仅质疑人类文明发展的方向以及精神出路的问题，而且通过小说的形式继续探讨斯坦纳提出的大哉问，那就是面对人性的野蛮和邪恶，文学和语言是否已经失去了其本来应该具有的人文精神，还是仍然有力量去表现和批评现实中的暴力和谎言，发出呐喊，让麻木的人们为之震颤？那些知识的承载者，是否已经全军覆没，对黑暗的世界无能为力？

这样一段深具现代意义的盘诘叩问的胸腔文字，刘剑梅说的是《2666》，但也同时是她诘问着整个的世界和文学，是她面对文学的一种现代情怀，也是一位女性面对自己的阅读和写作的现代情愫。而整部《小说的越界》，也正是她“面对人性的野蛮和邪恶，文学和语言是否已经失去了其本来应该具有的人文精神”的分析与对答。

正是在这个最基本的现代情怀基调上，刘剑梅和她的《文学如何面对暴力》，让我们理解了波拉尼奥和他的《2666》，也让我们深明了《小说的越界》这部批评家、作家和普通读者所共有的阅读史和经典文本分析史。于是，我们看到了一个批评家建立在对文学灼情挚爱基础上的宽广和无际。在时间的线轴上，她根系中国古典的老子、庄子乃至百家和西方文明的古希腊。一篇《“变形”的文学变奏曲》，宛若一碗水中盛装了大海、山脉和世界，从希腊神话到古罗马，从奥维德的《变形记》，再到卡夫卡的《变形记》和舒尔茨的《肉桂色铺子及其他故事》《沙漏做招牌的疗养院》；从莎士比亚的《仲夏夜之梦》，到果戈理的《鼻子》乃至20世纪君特·格拉斯的《铁皮鼓》，鲁西迪的《撒旦诗篇》和《摩尔人的最后叹息》，乃至当今美国作家菲利普·罗斯的《乳房》，日本作家安部公房的《墙》、《砂女》和《箱男》，法国作家达里厄塞克的《母猪女郎》等；然后是中国古典《庄子》中的“庄周梦蝶”，《山海经》和《聊斋志异》乃至当下中国作家贾平凹、莫言、余华、迟子建等人作品中的鬼神变化和怪诞，一线珠串，洒洒洋洋；通过“变形”这一文学的意象、方法和镜照，在时间上自古至今，在空间里由西到东，拿来时如开箱取物，放下时如闭门离去，信手拈来，自由自然。这不由得不使人感叹写作者的阅读和记忆，在这“变形”的一绳珠串的牵引下，文章中的每一书、每一例、每一故事和章节，都贴切到如落叶在秋，晨珠黎明，恰到好处地拿来，又恰到好处地放下。还有这册批评集中的《灵动婉转的散文体小说》《关于灵魂的书写》《思想——小说的另一条路》《关于书的挽歌》等，但凡有“纵论”性质的书写，批评家都可上古下今、左西右东地论述和分析，其阅读之宽广，论说之自由，使人惊异和愕然，惊异她的阅读量之大，愕然她的记忆力之好。而且在这如同“随笔”一样的随性论述中，她又总能以纲带网地始终不离其主轴和主道，让人随步她的言说和分析，遍翻书页，览尽阅读，一如一个图书馆的馆长领带读者到图书海洋的某一区域或某一架柜前的寻找和检索，直到你终于找到你要找的那本书，找到打开某一书架柜门的那把钥匙为止。

以不甚恰当的方式说，面对20世纪的现代文学，我以为世界上最好的读者，是那些可以拆解小说的人，一如最好的锁匠，是那些可以配钥匙的人。这群锁匠就是批评家和会拆解小说的一些作家们。批评家的宽广，奠定着他们的视野和深度；作家的宽广，奠定着他们写作的坐标和方位。没有阅读量的批评家是不可思议的，没有阅读量的作家持续写作也是不可思议的。从这个角度上说，刘剑梅是上帝经常去看望的那个人。因为上帝让她出生在了一个特殊的时代和特殊的家庭里，父亲的博学与慈爱，以世为家的宽广和超越，所有的人都有人的博大与情怀，这些来自其父天然的言传和身教，如同家庭接力棒般的交接与续跑，加之特殊年代的命运安排她西去留学与求读，苦难恰恰成了她阅读的方舟和摆渡。当历史更迭，朝夕时移，回望岁月给她的艰辛和酸楚时，又哪里不是命运所赐给她的大天下的宽广和幸运，哪里不是成就情怀与胸襟之爱的神谕和安排。

当然，并不是说人有了情怀和宽广，成功与成就便可以春种秋收般在时间和季节里等着你的到来和收获。对于好的文学和批评，世界上没有无天赋的写作和创造，也没有单一地从阅读中就可以孕生、成长起来的批评家。刘剑梅，这位充满着对人和文学现代情怀的批评家，她对文学的敏锐，一如一个作家对故事和细节的敏感一样，如一个农人对天气和未来季节变化的敏感一样。有人能从别人的一句闲谈中触摸到一部不同凡响的长篇小说来，有人却只能从巨大的历史动荡中提炼出一声叹息来。这也就是所谓的兑现天赋要透过敏锐的呈现与表达。换言之，文学的天赋或天才，相当程度上就是文学的敏锐性和敏感度。在托卡尔丘克于中文世界还相当冷寒的两年前，《白天的房子，夜晚的房子》和《太古和其他的时间》在中国出版，宛若一场倒春的寒流对新生杨柳的卷袭，剑梅总是和我谈起托卡尔丘克的写作与超越，并将她最早从英文读到《云游》的感受如喂食一样告诉我。而当我的迟钝如门板一样还横在她的敏锐面前时，关于托卡尔丘克文本分析的论文她已经写将出来了。

> 我很喜欢托卡尔丘克的散文体小说，因为这种文体轻盈、灵动、疏离，如同加了会飞起来的羽翅，带我们飞越各种固定的沉重的边界，飞离各种重复单调的表述形式，像淘气的孩子一样总是故意偏离轨道，在俏皮的逃离主流话语和传统书写方式的旅途中找到一种快感，一种释放，在虚无里看到生命，在生命里看到虚无。

从她的《灵动婉转的散文体小说》中，读到她对托卡尔丘克写作的这段精准论述时，我吃惊地在房间里默站着。这种默然的站立，一方面是为那时自己对托卡尔丘克写作的无知而惊讶；另一方面，是对刘剑梅敏锐的阅读、感悟而愕然。尽管我自己并不完全认为托卡尔丘克的写作是一种散文体小说，也不认为她一定就是碎片化的写作，而觉得她是在时间和空间上对已有故事有意的重组和再塑，甚至觉察到了她在这种重组、再塑中的艰难和锲而不舍的叹息与努力，但当批评家敏锐地意识到托卡尔丘克"带我们飞越各种固定的沉重的边界，飞离各种重复单调的表述形式"的意义时，她那种对中国文学乃至世界文学的把握和敏锐，又一次横亘在了我面前。她总是能从中国文学最顽固、板结、封闭的土地上，敏锐注意到世界文学中最为鲜活的探索和冲击，并能从中文以外的写作中阅读、回望、医证出中国作家写作在面对世界文学不可逆的潮进间原地踏步的脚音和无奈退倒的歌唱声。正是因为这一些——从中国文学中走出去，又从世界文学中走回来，这种往复来去的每一次环行、观望、医证和比较，使得她的这些对现代经典的拆解、条理和析文，都怀着一种对世界文学的敏锐和对中国文学固封的焦虑。也正是她反复地从这块土地、故文的出发和对这块土地、故文的再回，使她率先去理析了《2666》对中国文学真正的价值在哪儿；托卡尔丘克的写作，对中国文学写作的意义在何方。乃至于面对没有那么知名的法国作家菲利普·福雷斯特的小说《永恒的孩子》和《然而》，她也敏锐地写出来了《拒绝遗忘的书写》；面对舒尔茨的《肉桂色铺子及其他故事》和《沙漏做招牌的疗养院》，这些作家们痴爱而读者寥冷的小说，她又写出了《色彩缤纷的舒尔茨》。还有面对鲁西迪那难啃的骨头《午夜之子》等，她都能直系纲领地拆解和论述。《互绑的个人与历史》将《午夜之子》这栋复杂的建筑拆解还原为原材料；《文学如何面对暴力》将《2666》还原为一栋建筑的骨架和地基；《灵动婉转的散文体小说》将托卡尔丘克小说中始终氤氲弥漫的韵云与气息、时间与历史，化解为云、雨和日出，这种拆解和还原力，对于批评家正是敏锐和天赋，一如天才的作家总能把一滴水衍生为大海。且她的这种能力又总是和中国文学联系在一起——但凡在世界文学的书写里，有小说对中国文学有弥缺补憾之意义，她都能从缺憾的文学中走出去，透过敏锐的阅读和感悟，到更广阔的文学之林里徜徉后，带着敏锐分析、比较的一桥一梁走回来。这些从文本出发的比较与论说，一方面是为了改变中国作家的写作而写作；而另一方面，乃至于她更多是为了"我看到"和"说出来"的自由而着笔。因此间，敏锐的发现，就成了她阅读和论述的起点乃至为一个终点了，宛若一个敏于自己身有术疤的人，仅仅是为了对天气的感应而持续存在着。

情怀、宽广、敏锐——对《小说的越界》这本如此蕴含文学前沿意义的论文集，不能不说的是批评家最具个人意味的现代性。她的现代性不是我们日常说的小说写作的现代性，而是一个批评家对20世纪文学现代性始终如一的倾情与关注，是批评家以一个女性或女性主义者的独有目光对文学的投射、分析和研讨。这在中国诸多批评家中是鹤立鸡群或独一无二的，尤其以女性和女性主义者的目光去瞻望或析说——这里说的并不单纯是指那篇她在这本书中对女性主义文学研究的优美论述——《家的忧伤——女性的写作》——如同散文一样，娓娓道来地对美国女作家玛丽莲·罗宾逊的《管家》、印度女作家阿兰达蒂·罗伊的《微物之神》和韩国女作家韩江的《素食主义者》进行条理分析，发出对“家”这个如此烟火、世俗和温暖的房居，被女性、现代的目光戳穿而成为女人笼窝的批评和批判。还有她在这本书中关注的所有作家和作品，从陀思妥耶夫斯基的宗教立场到格雷厄姆·格林和日本作家远藤周作的《沉默》和《深河》，当中文批评家多都对此沉默而三缄其言时，她却是始终并反复地提及和讨论，始终将宗教、信仰作为现代文明和当下文学更应该关注的现代性的问题去读、去说、去论述，如同她从来都不搁置、疏远暴力、女性和女性主义的文学一样。还有文学中的时间、梦幻、结构、第三空间和现代生活与文学的碎片化等，这些在20世纪文学中万花筒般被反复旋转、变幻到使人眼花缭乱，而不得不使许多写作者乃至整个中国文学都返回传统和现实主义以喘息、歇栖、逃离和守成的姿态写作与阅读。而她却从来都以一个女性温润而执着的姿态，始终如一地相信时代无论如何是要向前的，文学可以回归，但最终还是要向前的。她以这种理解退守、却又称颂执着前行的现代性，几乎目不转睛地盯在那些更有现代创造意义的作家和作品上。在她看来，博尔赫斯的梦和梦中梦，图书馆和图书馆中的书，迷宫和迷宫中的路，时间和时间中的空间及空间中的新时间为文学加了起飞的翅膀。因为“只有在梦中，作家才有虚构时间的能力，打破直线式的进步的时间观”（《博尔赫斯的梦》）。在《色彩缤纷的舒尔茨》中，她不光精密、究细地去论述舒尔茨小说中的变形、时间和梦幻，还独有洞见地发现舒尔茨小说中的“自然精神”，看到了舒尔茨在他不多的小说中无处不在的“物质的深处，隐藏着无限的可能性。植物、动物、家具、窗户、大门、墙壁、季节和我们生活周围的点点滴滴的物质和环境，全部都等待着他来赋予其生命的呼吸和灵魂”。这种对舒尔茨“自然精神”的洞明，除了阅读与写作的敏感，更需要的则是对小说现代性的高度认知。没有这种更具现代意义的个人认知，我们则无法从根本上理解舒尔茨。在《思想——小说的另一条路》中，她从索尔·贝娄和他的《赫索格》《晃来晃去的人》《洪堡的礼物》等小说中以“思考”对人物、故事和风格的取代说开去，并以此延宕开来，讨论一种独有写作的“回心”“向内转”“内心世界”“内在经验”及托马斯·曼的《魔山》，库切的《伊丽莎白·科斯特洛：八堂课》，但批评家最终要阐明的，却是文学要摆脱“单一模式”的重要性和现代性。

我们当然不能说刘剑梅是现代小说的铁定拥戴者，但在《小说的越界》一书里，她让我们通常被人道固有拥抱的人文情怀，几乎毫无保留地转移至了对文学，尤其是更具独创意义的现代主义文学的拥抱和颂扬上。她以一个女性批评家的独立、洞见、绸柔、温润的笔墨，随情随性、自由无束地去讨论几乎所有在传统的目光下，都显得突兀、横亘的现代性问题，使得并不厚重的《小说的越界》，成为当下几乎所有大陆论集中最为鲜明的一册；也成为从今天这个文学时代的上空，清晰划过的一道“越界”的光，为今天的读者、作家和论家，留下了超越中文的更为宽广、独特、自由论说和飞翔的身影。

2020年1月18日

作为鲁迅之后一百年的小说小读者

骆以军

我初次读到刘剑梅这几篇文章，那份内心深沉的感动，有一种音叉共振的快乐，一种“啊，我也是这几位伟大小说家忠实不渝的铁粉、狂粉啊”的大喊。自己从20岁出头沉迷“小说”这件事，说来30多年过去了，如果有朋友问我：“你灵魂底层，最爱的5根手指头，只能选5位你最深爱的20世纪的小说家，会是哪5位？”我会说出的5个人名，恰和刘剑梅在这本书里所谈论的几位小说家，完全叠合。我与刘剑梅都是1967年生，还有另外两位我极尊敬的小说家黄锦树和董启章也是1967年生，我总开玩笑说：“我们应该来弄个‘1967读书会俱乐部’，或写这么一本书。”那像是董启章一本小说的书名《学习年代》：我想象我们从两眼发光、缺乏对这些伟大小说家背后大历史或哲学脉络的全景理解的青年时光开始，读着20世纪这些伟大名字的小说，它们型构了我们后面30多年“对人类的理解和想象”；对文学的爱、对世界那让人瞠目结舌的变形的感受；慢慢年长后也兴起“对文明的失落、自己知识教养永远不够”的哀感；后来在不同阶段，再次重读，内心还是自惭形秽，年轻时暗自觉得“有一天我也要写出一本那样等级的小说”，终于因缺了我自己不知的文明教养核心芯片，终其一生也做不到了。但所以逐篇细读刘剑梅这本书，她对“她挑选出来要谈论的几位小说家”（恰也是我最爱的几位）的分析，对我来说，更像是“棋痴遇到另一位棋痴”“足球痴遇到另一位足球痴”“收藏宋瓷痴遇上另一位收藏宋瓷痴”“天文物理学痴遇上另一位天文物理学痴”，那种想听对方怎么谈，怎么翻转拆解，怎么演奏的激情显现出来了。然后我为她那像钟表结构般精密严谨，却又深邃充满穿透性、时见灵悟的这几篇文章深深折服，内心也像经历了一次整厅管弦乐团的演奏，百感交集。

在我的想象中，那都是那么难，近乎不可能清晰讲出其建筑结构的超级大教堂啊。刘剑梅竟可以以这样的篇幅，不疾不徐，多维度旋转一只发着神秘光辉的古老火车头模型，一篇一篇展开。这让我深深叹服。譬如陀思妥耶夫斯基，陀氏的疯狂，陀氏的神圣执念乃至高烧谵妄的滔滔雄辩，陀氏那对卑苦之人的同感乃至“他我边界的混淆泯灭”，陀氏的夸张戏剧性，那些退休将军、落魄贵族、仕女、年轻诗人、革命党人、神甫展演那欧洲文明的“黑夜与黎明，或其实是本雅明落泪的昔时教养或高贵不再可能之单向街”，那个剧烈变动、灯火辉煌的镜厅，对我这样20世纪末东亚的小读者来说，那一切比“伯格曼剧场”还要巨阔繁复百倍的“陀氏演剧”里，既有女人那像蝶蛾翅翼掀动、睫毛下不动声色的心计或对男子的调情，也有俄国版的张爱玲《雷峰塔》，阁楼里的上代“酒精缸里泡着的孩尸”，有契诃夫《樱桃园》里的惘惘威胁，伦理剧的名声败坏、小圈子的流言八卦；或随时有要求决斗，但卑亢恭倨皆颠倒错乱，名誉与人间失格之间的激进豪赌……如童伟格在《童话故事》中，说到“卡夫卡那隐蔽于他秘密内在的万镜之厅”。事实上，陀氏有他的“万镜之厅”，而那万镜之厅的天顶光源，刘剑梅用“宗教”作为理解他的投影机。这里有一个她不断在这本书其他章节，对世界其他伟大小说家的探讨思索、盘桓追问：“那中国呢？中国的这一百年的心灵工程，或小说家面对那巨大的暴动潮浪，有没有哪些作品，在宗教这个层面，回应他们作为神秘灵魂器皿的存在之辩？文明冲突？世俗固体的超级形上的对抗、纠缠，乃至汇流进那条神秘的大河？”

这是个大话题，所以刘剑梅从鲁迅、许地山、周作人、废名、阿城、史铁生、北村，到阎连科、迟子建，一直谈到儒、道、释、禅，从“镜花水月的虚无感”到“往内转得审视自我的眼睛……看到了人内心的多重主体的纠结与挣扎，看到自我内部的幽暗，看到自我可以成为自我的地狱”。这样“打开话匣子”，让即使像我这样的“老陀氏之迷”，也感到一种“关于灵魂的林中漫步”，一种对诸神殿、万镜厅的孺慕之情，不只是奈保尔的《抵达之谜》或鲁西迪的自我怪物化，而是从刘再复到巴赫金，万花筒齐开，畅意湍飞，一种文学之爱。听她说到灿烂之境，会想拍桌起身举杯引起一场大讨论：“不是单一的，而是体现为众多意识在思想观点方面的相互作用”，“这些意识并不融合为某种正在形成的统一精神，正像在形式上属于复调型的但丁的小说世界里鬼魂同心灵并不融合一样”；而这其实是这一百年来中文小说，如王德威先生提到的“如何现代？

怎样中国”的观点，最生机蹦跳，差异难框限，“为何他或她选择如此发动故事”。最迷离深邃的探究钟塔之盘旋阶梯啊，像皮肤上的刺青，或肩胛伤口拔出的箭镞钝头，探源考古的文化地层挤压。你以为的“现代”（西方），可能其实它们也才在不久的一两百年间出现，而内在灵魂建筑正在崩塌；你以为的“中国”，或许并不只是鲁迅在幻灯片看到的那些漠然旁视同胞被杀头的愚骇之脸，或许以小说之途，他们以不同方式踏入格林、远藤周作，踏入关于罪恶、被判、救赎、生死，关于灵魂叩问的河流。

至于博尔赫斯，在我心里，可以说是20世纪小说家中最接近神的那个。在后来的世界，无数经典电影借用了博尔赫斯的小说“万花筒”，他不同小说中那让人晕眩的“中国魔术盒子”“多元宇宙”“迷宫”“虚构的图书馆及百科全书”“永劫回归的几种不同时间悖论”“将时间移形换位成空间的虚构技巧”，包括斯派瑞兄弟执导和编剧的《前目的地》、诺兰的《盗梦空间》、邓肯·琼斯的《源代码》、日本动画导演今敏的《红辣椒》，甚至英国科幻剧集《黑镜》中诸多集精彩的创想……太多了。那时世界还没有广泛铺开电脑、网络、软件，但博尔赫斯已在他的《秘密的奇迹》中，创造了一个压缩于最短暂、一眨眼不到的“一瞬”，撬开那时间括弧，只在主角脑中无限延伸成三年的时光；已在《另一次死亡》展示了在1904与1942两个不同年份里，一位在战场上因怯懦而受到羞辱的军人在两个平行宇宙不同的死法；已在《环形废墟》展示了梦中如何造人，以及一种俄罗斯套娃式的，“其实我们也是他人梦中的幻影”；在《小径分岔的花园》展示了包括《达·芬奇密码》在内，太多的“伪推理”“伪间谍”，而其实是知识考古与图书馆迷宫找寻一个隐蔽的密码的情节，或像《蝴蝶效应》、盖里奇《两杆大烟枪》《偷拐抢骗》这种看似乱序、命运任意歧出，但其实后面隐隐有一条宗教式的神秘偶戏之绳，错缠交织着。

卡尔维诺说“博尔赫斯的每个短篇无一不是一个宇宙微型模型：过去、现在、未来、无限……”。事实上20世纪的另两位“百科全书式小说”大师——卡尔维诺与写《傅科摆》的埃科，乃至于波拉尼奥，都可说是博尔赫斯宇宙的继承者。与读到这本书其他章节时，我内心的惊叹一样，我原以为中文世界不可能有人，用一篇文章（甚至一本书）来谈博尔赫斯，但刘剑梅从这盲眼老人的《南方》开始“解梦”，到《博闻强记的富内斯》《环形废墟》《神的文字》《阿莱夫》《扎伊尔》《秘密的奇迹》；关于时间悖论、关于从神那里偷夺来的创造论、关于套中套、关于微积分般的“飞矢辩”、关于多元宇宙、关于无限，一路水银泻地，如整套咏春拳眼花缭乱打下来，我们内心会深刻感受：她是真的爱博尔赫斯的重度读者。真的，她娓娓道来这几篇都有讲究，恰是博尔赫斯不同魔术的不同面貌、不同水晶迷宫的建筑设计图，事实上几乎也可以说若我们要挑选“最具创造力的20篇小说”，这几篇都是无法割舍的神品。这几篇又各有不同的“扭曲物理学”的逻辑，互相不重叠且向不同想象远处散射。而她也用这个以“图书馆”“迷宫”为隐喻的造梦者、悟梦者，和中国两大“梦之神”——庄子与《红楼梦》做了一个比较，而这样的原该是大论文体量的论证，但她却写得灵光乍现。这也或是对中国现代文学后来几乎将全部的比重押在“写实”，提出了谏言。

在《色彩缤纷的舒尔茨》这篇中，刘剑梅用“私密的个人内在发明的时间”，各种孩童式充满灵性光辉的诗意秘境，像谈论一个自己珍爱的孩子那样珍爱地谈论舒尔茨这个早逝（而且是以荒谬悲惨的方式离世，没逃过纳粹屠犹这个巨大暴力，但歧出怪异情节）的画家及小说家，那些不可思议、让人心颤动的，美如集邮册、如孩童绘本、如圣经故事又如侦探片的少数被找出而重新面世的画，和那些不断把自己死去的父亲以“不同形态重新活回来”，其实悲惨但又美丽、孩子气、充满原创想象力的短篇。事实上舒尔茨留给世界的小说，数量上远不能和刘剑梅挑选的陀氏、博尔赫斯、波拉尼奥、格拉斯、鲁西迪、格林的作品相比，但她谈论舒尔茨的方式，恰正是这本书给中国读者的一种“小说家不该只是写小说，他应该有全景文明，对绘画、对宗教、对诗、对本雅明式的过去昔日街景或旧物之灵光，开放胸襟的爱”，这似乎也在应答、铺垫更多层次。她在其他章节，以其他大小说家的作品提问的“文学与暴力”“文学与宗教”“文学与梦”“文学与国族痛史”，都立足中文小说似乎仍常在“写实”的地表的事实，小说飞行起来，它未必只是技术层面的“魔幻”或“民间那取之不尽的故事”。她在谈论舒尔茨时，那忍不住转速变慢的细品，或也正是这本“关于小说的备忘录”中体现出来的想对中文小说读者的说情或“小说不仅仅是只有小说”，比如“个人的体验”这个书名，在集体人群的观测之外，或许小说家是浸润于他所从出的那个文明时光。文明可能如噩梦被摧毁着，或个人的肉身被暴力撕碎，但那脱离出群体、大我之外的个人，可以是一个不断创造、幻展美丽剧场的秘密永动机。那个秘密可能就是充满迷雾气氛的舒尔茨作品所展现的：对美的真心着迷、画家般在另一个世界静谧的构图、宗教在孩童眼中的神秘感染、探问宇宙星空的自由心灵。

刘剑梅这段写得真好：

> 原来，疗养院的医生把时钟倒拨，用简单的相对论的道理，父亲在家乡已经死亡了，可是在疗养院，死亡还未到来。然而，“我”很快就厌倦了这个“经过反刍的时间”或是“二手的时间”，因为在这样的时空中，父亲虽然在一个跟家乡很相似的小镇租店做生意，可是只能算是个被囚禁在疗养院的半个真人，大多数的时间，父亲和“我”都处于随时随地就会昏睡过去的状态，天天迷迷糊糊，恍恍惚惚，如同行尸走肉。这趟旅程其实是作者的一个梦境，是他往内心转的一段旅程，一段潜意识的找寻父亲和告别父亲的旅程。然而，这趟超现实的旅程，其实也是一次哲学之旅，可以解读为舒尔茨对死亡的思考。他在小说中似乎认同海德格尔的“向死而生”的哲学，主张要逃离“沉沦的时间”，也就是逃离那些充满欲求、异化和囚禁自我的时间，而追求真实的活在此在的生存方式。

这当然是一个奢侈的想望：那个“多出来的个人”，便爆出不可思议的光焰。即便如鲁迅、即便如张爱玲，主人翁还是如“磨坊碾盘上的谷粒”，在“中西古今正在剧变的第一时刻中被折磨着”，他们憎恶又战栗，所以可以剥解那些发晕的主人翁，在一群众演剧里被不同方向绷直的悬丝拉扯。

但在这本书中，刘剑梅最让我震撼、佩服的，是她以“文学如何面对暴力”作为关键语，我之前觉得不可能有人，这般全景式地拆解波拉尼奥的《2666》。

作为鲁迅之后100年的小说小读者，“暴力”是我们内心里最博尔赫斯式的题目，譬如《环形废墟》式的“梦中造人，但这个创造者同时是他人梦中的幻影”；或是《博闻强记的富内斯》那无限且无法概述的让人晕眩之细节，那本然存在如量子态般庞大的动态与位置，只等待观测方法如显影技术的改良，它们就会源源不绝被描述出来；或如《秘密的奇迹》那如同象牙球连环层层繁复镂雕、包裹、隐喻，无数层的腔肠宇宙包裹着小号一点的腔肠宇宙，再循环包裹如俄罗斯套娃，最小的造物即浓缩隐藏着“全部”的源始码之爆炸、展演。如同刘剑梅提到的莫言、余华、阎连科，乃至于如我这样一个20世纪90年代初文学才启蒙的台湾读者，在鲁迅作品终于不再是禁书的90年代的两三年内，几乎伴着《在酒楼上》《祝福》，同时期读到莫言、余华、马健、扎西达娃的作品，读到韩少功的《爸爸爸》《女女女》，甚至王安忆的《小城之恋》(那也是那么绝望、忧伤的，发生在年轻身体上的暴力)、李锐的作品（个体能观测之前的历史的暴力)。也就是说那百感交集、新肉将创伤里的脓血、沙砾包裹、结痂的异形，如何以这民族极富弹性与变形能力、阳奉阴违、脚踩下陷的凹洞中却有层层隔板与细支架的话语，吸纳、吞噬、融解暴力的强大爆炸震圈。但这些说故事的话语，本身已是“被暴力重辐射”的残骸。它们所观测的人们，即使只是光天化日、如常运转的人世群像，也都是已经“被暴力穿透过了”的，如同20世纪这100年的牺牲、献祭。而以我这样一个台湾读者，也许另有一条小说“变形记”河流，在鲁迅作品中以南方为背景的暴力之后的100年，也许我同样在那么年轻时，被那暴力弄得内心阴郁、恐怖，胸臆充满读到的姜贵小说里的暴力，陈映真早期小说里的暴力，李永平《吉陵春秋》里的暴力，李渝《温州街的故事》里的隐秘、低语、白色恐怖的暴力，张贵兴《猴杯》里大历史把个人甩离到边界之外“人不在人的话语里”的丛林暴力，或黄锦树《刻背》那不可思议的鲁迅加奈保尔加博尔赫斯式的“历史虚构吞食蛇”的“除了被遗忘，意图记录下我们这里国境之南、冷酷异境的方式，只能是对大叙事的暴力”，或是舞鹤的《悲伤》里的暴力。但那已更复杂，乃至语言句式皆扭曲融解，如波拉尼奥小说的“病人院”，暴力已将个体陈述历史时间的书写共识击碎，成为狂迷乱语，必须翻到小说叙事传动轴的另一面，重译其被暴力侵夺后的密码。

对我而言，我好像不曾真正停下思索刘剑梅提到的这个“文学可以成为一种隐秘的暴力”，这个反思是站在非常高维的角度，对参与、裹进20世纪这100年人类恐惧的创作者，对所有“梦里不知身是客”的人，会如孙悟空见到另一个和自己一模一样的孙悟空，激灵灵打个冷战，极隐秘又真挚地提问。

如同库切在他的小说《伊丽莎白·科斯特洛：八堂课》中虚构出来的澳州女小说家，这位库切笔下曾获诺奖，所以算世界明星级小说家的老太太，在一次研讨会上，以一个题目为“沉默、共谋与罪恶”的演讲，批判了一位英国小说家写纳粹屠杀的细节场面……（同样如刘剑梅指出波拉尼奥《2666》中写到的，全球化的学术产业与知识分子不自觉地在极狭窄的圈子中，或全球影视工业搭配畅销书生产、如海德格尔所说的“存在的被隐蔽”，失去了观看全景人类存在的视觉位置，而成为分门别类的专家话语内在的重复循环，成为各自断裂的“机备”。）

……受害人大多是已经行动迟缓的老人家，他们被剥光囚服，然后被命令走向开放式的囚场……他们的假牙被取走，身心俱疲……惊惧地啜泣……屠夫告诉大家一旦绞绳勒紧，会有什么情况发生。秽物是如何沿着老人枯瘦的双腿间泻下，疲软的阴茎又是如何抖动生平的最后一次……

这个讨论写作《邪恶的问题》的章节（其实本身就是一个短篇），迷人之处在于这位女主角本身就是“槛内人”——一位严格写了一辈子小说的不止休的思考者、创作者，而她针对那位英国同行的严厉批判，是在小说场景的正式研讨会之前（她非常君子地向恰也来参加这场会议的那位作者预先告知她会在演说中批判他的那本小说）、之中、之后，事实上那整个过程她心绪混乱、自相辩诘，而听众的反应是涣散、尴尬。确实她碰了一个所有20世纪小说家不得不碰的核心，“邪恶与暴力”。她被自己的敏感、人群恐惧、对演讲失败的沮丧所吞噬，她似乎变成对年轻一辈来说不知所云、扫兴、不礼貌的老太太……

……艺术家若探触到禁忌地带，将冒极大的风

> 险……那一群受难者被绞死在地下室，那间地下室就成了禁忌地带……我在阅读此书时，感受之深、几乎到了有如作者本人一样的程度……逐字逐句，心灵一步步渐渐契合，我也随他深入黑暗。……我们已经连成一气，自从杀人者和被杀者都死了之后，就没有人来过此处。
>
> 我不觉得一个人召唤出这类的场景后，还能完好如初地全身而退，就算是作家也一样。

库切的高明之处，便是把这个小说家在直面20世纪所有邪恶与暴力（大屠杀、集中营、种族灭绝、两次大战惊悚的杀戮与死亡人数）时，那条幽微隐蔽、变形侵入内在的创作演出中道德协商里最难描出的界线点出了。虚构的女小说家的诚恳反思，是否就代表库切本人的看法？或是他自己就是现实中在另一个场合或另一种形式，曾被诘问“书写中暴力场面的失控狂欢”，那样“并没能全身而退”，或这确是两股纠缠的力量，“小说介入暴力，让人们惊悚、恐怖，但哀悯、反省”？或如刘剑梅提出：“暴力本身已成为小说阅读的致命吸引力？”一手拿秤，一手拿剑的女神形象？或是揽镜难分孰为魔孰为我的和尚？

我脑海中立刻浮现了这些伟大的名字：聚斯金德、鲁西迪、纳博科夫、福克纳，甚至格拉斯、匈牙利的雅歌塔·克里斯多夫……乃至让我和刘剑梅皆着魔迷恋的波拉尼奥。

这是刘剑梅让我叹佩的“进入20世纪那些小说巨人奥殿的理想读者，所该有的心智”：思索习惯、在洞穴中持火把专注观看壁上岩画的对小说这件事的虔敬姿态，同时保持着问题意识，同时也将那小说内文，放在巴赫金所谓的“知识分子语言、政治人物权力交移语言、医学、社会学、心理学、神话、战争史、民间话语、流行文化、黑帮话语、罗曼史小说话语……所有这一切话语，穿透他所置身之当代”体系中，做一切的翻动、回旋、辩证。

刘剑梅引乔治·斯坦纳的《语言与沉默：论语言、文学与非人道》来进入波拉尼奥的“暴力万镜之厅”，有一个最起始的基本勾股弦式提问：“我们是大屠杀时代的产物。我们现在知道，一个人晚上可以读歌德和里尔克，可以弹巴赫和舒伯特，早上他会去奥斯威辛集中营上班……这些知识应该以怎样的方式对文学和社会产生影响？应该以怎样的方式对从柏拉图到阿诺德的时代几乎成为定理的希望——希望文化是一种人性化的力量，希望精神力量能够转化为行为力量——产生影响？那些公认的文明传播媒介（大学、艺术、书籍），不但没有对政治暴行进行充分的抵抗，反而经常主动投怀送抱，欢迎礼赞。为什么会这样？在高雅文化的精神心理定势和非人化的诱惑之间，存在着怎样的尚不为人知的纽带？是不是在文明内部生长出来的那种十分厌倦和过度抽象的观念，为野蛮的肆虐铺就了道路？”

于是从卡夫卡的作品到格拉斯的《铁皮鼓》，刘剑梅将这个提问引渡到对波拉尼奥《2666》这样一座“人类暴力大教堂”的结构、拱廊、梁柱，及不同镜厅：她说“波拉尼奥的《2666》对全人类范围的暴力的书写，就是一把可以敲碎我们内心冰海的冰镐……他不仅质疑人类文明发展的方向以及精神出路的问题，而且通过小说的形式继续探讨斯坦纳提出的大哉问，那就是面对人性的野蛮与邪恶，文学和语言是否已经失去了其本来应该具有的人文精神，还是仍然有力量去表现和批评现实中的暴力和谎言”？

我读到刘剑梅这篇谈波拉尼奥的文字，内心的悸动和佩服颇难描述。我自诩为波拉尼奥的“狂粉”，这几年身边好友皆知“老波”已是我心中排第一名的伟大小说家，我在那三四年间将《2666》重读了几遍，章节也抄写不计其数，可以说为他笔下个体如昆虫百科般，每一切片竟皆可成为纪录片，一种不可思议的上万虫子嗡嗡振翅混音的“恐怖的细节、差异性”，像棋痴想背下偶闯山洞所得的绝世棋谱，脑容量却盛装不下那超巨量的巴洛克，那穿透不了无止境的疯狂噩梦的“人类痛苦形态的无限延异”而着迷。以小说的朝圣者而言，回到前面所说，从张爱玲说她的父母是“磨坊碾盘上的谷粒，第一代面临那中西、古今的剧烈变化”，鲁迅的《祝福》中的乡人或阿Q们，小镇那些阴郁、冷漠、残忍又爱八卦的围观人群，到莫言、王安忆、余华、哈金、阎连科、金宇澄笔下的人物，这一百年的“观看方式从西方引入、挪借、学习”，这个回圈何其大，而其中穿插镶嵌的不同代人的想望、蜕变、试爆失败……那真是一言难尽。

但我怀揣着“我的波拉尼奥”，为其颠倒迷离，读了刘剑梅这篇文章，真像大梦中听见音义或调音节拍器的叮咚清澈一响。

刘剑梅在《关于灵魂的书写》中，以宗教信仰分节讨论了陀思妥耶夫斯基、格雷厄姆·格林、远藤周作（啊，这对我这年纪的小说读者，真是“温暖又百感交集”的名单），“让人物遭遇各种各样的离奇经历，成为各种各样的人，再融入哲理和形而上的思考，保持人物的开放性，不去把他固定下来……塑造了一位徘徊于堕落和高尚、人性和神性之间的威士忌神父形象”（刘剑梅语），“像黑暗深渊的跌落同时又是向殉道顶峰的上升，成为这幅油画压倒性的主题”；她以“梦”，讨论了博尔赫斯那宇宙等级，关于“创造论的小说”而不是“小说的创造论”；她以“历史的怪物”，展示了格拉斯的《铁皮鼓》，鲁西迪的《午夜之子》，“流浪汉传奇”传统（譬如《痴儿西木传》、《堂吉诃德》、《好兵帅克》或雅歌塔·克里斯多夫的《恶童日记》、莫言的《生死疲劳》、大江健三郎的《被偷换的孩子》，以及拉丁美洲魔幻写实小说家群的作品），那作为历史时钟被硬生生变形、整个国族成为群体怪物的痛史，那个“侏儒”（自我时间永远停止在孩童状态），或鲁西迪笔下的“早衰症”（相反的自我时间来不及经历正常人的各阶段形态，骤然时针调快而太衰老），皆是这种被20世纪毁灭人类文明的大战、种族主义、畸形的暴力内化、被他种文明殖民并施暴的失语症表现，乃至延伸至“后来的孩子们”之怪物回圈；她以“孩子的纯真”，讨论了舒尔茨那静谧神秘、哀感却又充满好奇之眼，美如绘画的内向世界（那些犹太老头的小店铺，里面有不存在的国家的邮票、天文望远镜、曼德拉草茎和其他如大麻致幻种子、中国瓷器或剪纸、装着侏儒的盒子、犀鸟标本或恐龙蛋、活的蝾螈、印度的玻璃灯罩、匹兹堡的铅制发条玩具，还有无数印刷精美但灰旧的诗集或春宫画……这在一个父亲已被真实残酷的世界摧毁、消失，变成非人之鸟、螃蟹，但一无所知的小孩眼中，既是这东欧小城哀伤的昔日，也是向往外面世界的橱窗）；然后她以笔力万钧的《文学如何面对暴力》，谈论波拉尼奥那“人类疯癫、文明烛火哆嗦熄灭、暴力从内而外，从微小细节到巨阔场景”的“万花筒写轮眼”。其实这本简洁的读书手札，各章似乎各自是一个独立的观景窗，一个演奏厅，或一把专注其调音精准的单一曲式乐器演奏；但各章节恰互相形成根茎状连接，或魔术方块式地互相旋转、嵌入彼此动态的辩诘。

于是博尔赫斯的“梦中造人”“虚构”“迷宫”“百科全书”“神学大全”这些关键字，同时也如翻转银币，让我们如旋转门般同时思索陀思妥耶夫斯基那俄罗斯酷寒大地的痛苦灵魂，那似乎被诅咒的高烧狂谵的年轻知识分子、神甫、将被翻页的旧贵族，有不幸屈辱往事但狂爱的美人儿，或是附魔者的革命党人……这样在大厅剧场的，众人多声部辩论；但也同时如教科书，如太空船设计图让我们从结构的掐花、扭旋、迷宫路径、梦里寻梦，了悟格拉斯《铁皮鼓》或鲁西迪《撒旦诗篇》为何那样如孙悟空72变，将近代国族难以全景布洒的文明灭绝，以嗤嗤怪笑、不断变形、违反时间或物理法则的魔幻、疯狂、怪诞表现；但同时如同“给下一轮太平盛世的备忘录”，刘剑梅放进了舒尔茨或卡夫卡这样的，欧洲文明最诗意，在这一切天地灭绝、机械遮蔽自然全景，乃至人类异化成发达资本主义时代的复制品的“已经在其中失去灵魂，彷徨如群盲的一百年”，那小小的、温暖且美好的一个明净充满灵光的所在，或也提醒着我们这些鲁迅、沈从文、张爱玲之后百年的中文小说创作者与读者们，我们的文学旷野上的小说植株类种，还未必如我们以为的多样、丰繁，我们的文学还有诗意与哲思的自由灵魂，还有许多博尔赫斯星图般的无限可能；然后这一切关于宗教的、关于灵魂的、关于梦的（梦中造人、捕梦术、盗梦、老邦迪亚那梦中列车般，一间接一间开门次第进入，一模一样的房间、洗梦者、食梦貘，梦中杀人、梦里不知自己是幻影……），关于历史的，关于个人秘境的，又全可以在波拉尼奥《2666》那暴力巴洛克的人类全景地图上，叠加或复音演奏，或如卡尔维诺，《命运交叉的城堡》以整套56张小阿尔卡那牌加22张大阿尔卡那牌，不同隐喻符号的塔罗牌，搓洗、混杂、随机组合、任意排列成几何形态……那样包含了一切暴力，但也包含了对这一切暴力的反思、清醒、拆解，那或是在20世纪，包括这本书中这几位伟大小说家之前的“小说”，或无法拆解的，扭缠、缚绑、溶解、沾粘成一团，难辨其来时路的巨大、内外冷酷异境。

我作为读者，深深感动、佩服、感激刘剑梅给了中文世界这么一本美丽的书。

骆以军谨于

2019年12月21日

台北

第一辑

女性的水上书写

家的忧伤——女性的写作

每个行走世间的灵魂，都渴望拥有一个有形的家，暂时或永久地驻足。大多数女性作家的写作都比较喜欢围绕着“家”的空间以及“家”的情感和生态。充满烟火气的厨房，松暖的面包，香喷喷的炸鸡和红烧肉，鲜明亮丽的装饰家居的花朵和植物，晒在春日阳光下的湿软的衣服和床单，围绕在膝边的活泼的孩子们——无论我们在哪一个国度生存，无论我们漂泊到哪一个城市或乡村，有女性的地方就有家的温暖，就有双脚踩在泥土中的那种踏实的感觉，就有严酷夜色中抚慰人心的幽黄的烛火，就有一个个美好的当下。

在许多文学作品中，女性是家中的精灵，是安抚生活中所有伤痛的阳光，是宁静有序的平凡人生的维系者，是家族血脉的传承者。在人生的各种灾难中，家是我们的安全屏障，而把生命投入家庭的充满母性的女性，就是保护家人的四面墙壁。然而，家也是束缚女性的可怕的空间，天天围着灶头打转的女性，被乏味、单调与重复的日常生活所捆绑，女性的时间和生命在寻常生活中一点点消耗，如同水面上的倒影，不留痕迹。家给女性留下的日常碎片、无尽的孤独、难以填补的空虚、心灵的伤痛，常常是女性作家书写不尽的叙述空间。在当代外国女作家中，我最近阅读的三部女性作家的小说都触及家对女性的伤害、或女性对“家”的越界的主题：美国女作家玛丽莲·罗宾逊的《管家》，印度女作家阿兰达蒂·洛伊的《微物之神》，以及韩国女作家韩江的《素食主义者》。这三位女作家有一个共同的特点，那就是用不同的叙述手段，让女性建构的自由生命空间一次次逾越传统家庭的界限，勇敢而坚决地挑战男权社会对女性的规定和限制。

一

美国女作家玛丽莲·罗宾逊（Marilynne Robinson）的《管家》（*Housekeeping*）于1980年出版，一鸣惊人，1982年获得海明威基金会/国际笔会奖，同年提名普利策最佳小说奖。不过这之后，她沉寂了许多年，到2004年才出版了第二本小说《基列家书》，获得2005年普利策最佳小说奖。相对于宗教色彩比较浓重的《基列家书》，我更喜欢她的《管家》，因为其中女性写作的特征非常明显，而且女性细腻婉转的情感与大自然的“万物有灵”相互辉映，直击心灵。

《管家》这部小说的叙述者是一个小女孩茹丝，她的母亲海伦自杀后，她和妹妹露西尔来到年迈的外祖母家，外祖母去世后，两位姑婆来充当“管家”的身份，不久她们就离开了，由到处流浪的姨妈西尔维来继续照料两个幼小的女孩。这部小说探讨的就是“家”和“管家”的问题，其中不仅有实体的家，也有心灵的家。男性在这部小说中，基本上是“缺席”的，唯一在小说开篇的叙述中出现了几次的外祖父，动手建造外祖母的房子，早早就葬身湖底。在茹丝和她妹妹成长的过程中，爸爸始终是缺席的，唯有女性扮演着重要的角色。这是一部关于女性成长的小说，也是一部重新定义“母性”的小说，更是一部女性寻找自我认同的小说。

小说一开始就描述了女孩茹丝成长的“家”——这是一个坐落在爱达荷州指骨镇的家，是早已去世的外祖父亲手建造的“家”。外祖父和他乘坐的列车一起葬身湖底后，家里完全靠坚韧的外祖母来支撑。这个外祖母形象属于传统小说中那个充满母性光辉的形象，跟《百年孤独》中的乌尔苏拉和《丰乳肥臀》的上官鲁氏一样，在艰难的生活中，用自己的生命来守护家庭和子女，无怨无悔。有外祖母的地方，就有家的温馨，世界就不会倾斜。这样伟大母亲的形象等同于家的概念，就连她晾床单的动作都被罗宾逊描述得熠熠发光：“她把三个角夹在晾衣绳上后，床单开始在她手中起伏腾跃，翻飞颤动，发出耀目的光，这件物品的挣扎，欢快有力，宛如裹了寿衣的灵魂在跳舞。”[①]外祖母的三个女儿都非常依恋她，“她们自是紧挨着她，触摸她，好像她刚外出归来似的。不是因为她们害怕她会像父亲那样消失不见，而是因为父亲的骤然消失让她们意识到了她的存在”[②]。可是，三个女儿长大成人后，就各奔东西，消失得无影无踪，仿佛忘记了她的存在。有一天，第二个女儿海伦突然跑回家，把两个幼女丢给她，然后自己从悬崖上开车驶向湖里，于是，外祖母又开始了守护家的历程，像养育自己的女儿一样养育两个外孙女，直到生命燃尽。“有时，我似乎觉得我的外祖母看见我们漆黑的灵魂在没有月光的寒风中起舞，给我们送来用深盘烤的苹果派，作为一种好心和绝望的表示。”[③]外祖母的存在，是子孙们的生存保障，她如同天空和大地一样，从未改变，而她的死亡，意味着传统家庭观念的死亡。她所代表的深情厚重的母爱精神，是天然的，是跨越国家和种族的，但是亲人们总是想当然地享受着这样的“母爱”，不懂得珍惜，也不懂得“母爱”后面的女性巨大的奉献与牺牲。直到她去世后，亲人们才发现，生活中有一个巨大的裂口，永远都无法弥补。

继任“管家”之职的姨妈西尔维不是传统意义上的“母亲”，而是一个拥有自由灵魂的“游民”。她跟外祖母代表的“母爱”完全相反，她更重视保留自己的个性，也尊重孩子们的个性。她

---

① ［美国］玛丽莲·罗宾逊：《管家》，张芸译，上海：上海人民出版社2017年版，第14页。

② ［美国］玛丽莲·罗宾逊：《管家》，张芸译，上海：上海人民出版社2017年版，第10页。

③ ［美国］玛丽莲·罗宾逊：《管家》，张芸译，上海：上海人民出版社2017年版，第24页。

是一个“另类”的存在，有许多游民的习惯：她总是和衣而睡，不盖被子；她把梳子和牙刷等日用品都放在床下的一个小纸箱里；“她极少脱去外套，她讲的每个故事都和火车或汽车站有关”[①]。她给孩子们最初的印象就是一个随时准备出门流浪的形象。后来留下来做“管家”后，西尔维准备的饭菜总是冷盘；她喜欢买便宜而无法长期保存的漂亮的小玩意，她不重视自己的梳妆打扮，也不管两个小女孩的穿着；晚上她不喜欢开灯，连吃饭都在黑暗中，让家中的黑暗与户外的黑暗连成一片；她让动物自由出入房子，不久，房子里就满是蟋蟀、松鼠、麻雀、黄蜂、蝙蝠、野猫和家燕等；家里堆满了废弃的杂志和瓶瓶罐罐，家具的油漆剥落或窗帘被烧毁一半，她都无所谓，也不花心思去置换。白天，她自己常常出去游荡，两个外甥女逃课半年，她也不在乎，从不加以管束，反而主动提供请假条。半夜，孩子们常常听到她的歌声、哭泣声和关门声。她没有一个朋友，总是独自一人四处游荡，沉浸在大自然中，喜欢看过往的火车，既不愿意融入小镇的社会生活，也不愿意被“家”所羁绊。火车的意象是流动的，从一个地方开往另一个地方，总在变动的旅程中——跟固定的“家”的空间正好形成了鲜明的对比。在小镇人们的眼里，西尔维不是一位神志正常的人，反而是一个脱离正常社会的人，活像一个流浪的幽灵和边缘人。与外祖母温暖的有秩序的家相比，西尔维的家是冰冷的、随意的、黑暗的、无序的，跟大自然相连的。她没有提供给两个外甥女传统意义上的“母爱”，而是任由

① ［美国］玛丽莲·罗宾逊：《管家》，张芸译，上海：上海人民出版社2017年版，第68页。

她们自由地生长，如同生活在森林里。

茹丝和露西尔这对姐妹从小形影不离，相互依赖，一起逃课，不过随着年龄的增长，她们逐渐分道扬镳，找到了不同的人生价值观，找到了迥异的自我定位。露西尔鄙视姨妈西尔维的游民习惯以及她漫不经心的“管家”方式，反而倾向认同小镇传统的文化价值观。她喜欢穿一般女孩们都穿的牛津鞋和挺括的白上衣，努力学习家政，把自己打扮得符合社会标准，追求稳定、正常、有秩序的生活。她很快就给自己找了一个新妈妈——自己敲开单身女教师罗伊斯的家门，从此不再与姨妈西尔维和茹丝来往。茹丝则越来越酷似西尔维，她通过跟西尔维在荒岛度过的一夜，仿佛再生一般，完全认同了西尔维自由的精神和灵魂。“我跟着西尔维往岸边走去，一切祥和、自在，我心忖，我们是一样的。她亦可以是我的母亲。我蜷起身子，像未出世的婴儿，就睡在她的身影里。”[①]西尔维带给茹丝的精神启蒙来自大自然，她让茹丝明白，寻找心灵的家园更加重要。在大自然的熏陶下，西尔维尽管是一个“心不在焉”的“母亲”，但是在茹丝的眼里，“光亮在西尔维周身勾勒出一轮类似的灵光”，她是拥有自由精神的西部女英雄。

小说的结尾，茹丝完全认同了西尔维的人生价值观，“不久我

① ［美国］玛丽莲·罗宾逊：《管家》，张芸译，上海：上海人民出版社2017年版，第146页。

会在一座窗上有玻璃的干净屋子里感到不自在——我会脱离正常的社会，变成一个幽灵”，“我像一个得到释放的灵魂，在这儿找到的只有维生所需的事物的映像和幻影”。[①]然而，西尔维的“管家”方式受到整个小镇民众的质疑，小镇治安官和邻居们几次来家里查看房子，即使西尔维做了努力，还是有一场关于监护权的听证会等待她，她很有可能失去监护茹丝的权利。于是，她和茹丝一起点着了自己的房子，坚决地逃离“家”，逃离小镇，踏上了永远流浪的旅程。“我们非走不可。我留不下来，没有我，西尔维不会留下来。如今我们真的给赶出家园去流浪，管家这件事走到了尽头。”[②]然而，烧毁“房子”的这个举动，并不意味着她们被动地被赶出家园，而是主动地选择自由，选择流浪。这个举动，被许多评论家阐释为具有强烈的女性主义含义。的确，烧毁“房子”，烧毁自己安居的“家”，是西尔维表现“母爱”的行为，她不想跟茹丝分离，她们属于同一种人，有精神传承，是真正意义上的“母女”；但同时，烧毁她们自己的“家”，也等于完全与传统男权社会对女性的定义决裂，彻底背弃社会的主流价值观，而在居无定所、漂泊流动的旅程中，为自己的灵魂找到精神归宿。西尔维是罗宾逊塑造的一个美国文学传统中少见的“母亲”形象，她所象征的自由精神，是对传统家庭观念的一次勇敢的“越界”。

---

① ［美国］玛丽莲·罗宾逊:《管家》，张芸译，上海：上海人民出版社2017年版，第184-185页。

② ［美国］玛丽莲·罗宾逊:《管家》，张芸译，上海：上海人民出版社2017年版，第211页。

美国学者亚历克斯·恩格伯特森（Alex Engebretson）在研究玛丽莲·罗宾逊的专著中，指出罗宾逊的写作继承了美国浪漫主义的文学传统，受到梭罗和爱默生的影响，把人的精神和自然的面貌紧紧相连，让茹丝在大自然中找到精神成长的源泉。不仅如此，罗宾逊的女性写作又把美国西部荒原中的个体孤独感变得“女性化”，“西部的荒原不只是景观，而是文化”，她把女性放在西部荒原的中心，打破了美国西部文学传统中男性英雄形象，让女性通过认同西部荒原的孤独感而远离尘世的喧嚣，寻找自己的精神自由空间。[①]值得注意的是，罗宾逊特别善用隐喻，比如房子、桥、火车、湖水、森林里孩子的幽灵等，这些隐喻都有很深的含义，而生活的碎片被这些意象的隐喻编织在一起，让我们对家的灵魂仿佛有可以触摸的感觉。在许多的隐喻中，大自然的水的意象，尤其富有深意，但它不是那种永远向前流动的意象，而是跟生生死死的循环联系在一起。湖水带走了外祖父和茹丝的母亲海伦，它跟死亡、毁灭和虚无密不可分，“说到底，水简直和虚无一样。它与空气的显著不同，仅在于具有泛滥、浸润、淹溺的特性，而且就连这点差别可能也是相对而非绝对的”[②]。然而，在小说中，水的意象同时又象征着让茹丝获得再生的、如女性子宫一样的所在。当茹丝和西尔维在湖上划船的时候，茹丝想象着自己像荚果里的一粒种子，她仿佛被包裹在充满水的母亲的子宫

① Alex Engebretson, *Understanding Marilynne Robinson*, Columbia：University of South Carolina Press, 2017, pp.14–34.

② ［美国］玛丽莲·罗宾逊：《管家》，张芸译，上海：上海人民出版社2017年版，第165–166页。

里，等待再一次诞生。“随后来临的大概是某种形式的分娩，可我的第一次诞生几乎名不符实，我怎么会对第二次有更高的期许呢？唯一真正的诞生是一次终结性的，让我们脱离水中的黑暗，停止思考水中的黑暗，可这样的诞生能想象吗？毕竟，思考是什么，做梦是什么，不就是泅水和流动，以及似乎是由它赋予生命的画面吗？”[①]水的意象，一方面是生与死的悖论的象征，但是另一方面又代表着女性流动性的书写，那如同在水面上的女性书写，不受现实世界中稳固的男性思维所左右，让房子的灵魂获得解放，自由而轻盈地踏上以往只有男性才敢于选择的流浪的旅程。

二

印度女作家阿兰达蒂·洛伊（Arundhati Roy）的《微物之神》（*The God of Small Things*）是1997年英国布克奖的获奖作品。这部小说的主旨是为“无声者的微物之神”发出声音，也就是为被压迫在社会底层的女性、贱民和弱小的孩子说话。小说以印度的喀拉拉邦的婆罗门女子阿慕和帕拉凡（贱民）男子的爱情悲剧为线索，讲述了一系列关于逾越“家”、阶级、种族、宗教的故事，是一部典型的全球化情景下的后殖民小说。虽然小说中的“黑暗之心”的隐喻延续了康拉德在《黑暗之心》中对殖民

① ［美国］玛丽莲·罗宾逊：《管家》，张芸译，上海：上海人民出版社2017年版，第164页。

者的批判，但是真正的“黑暗之心”来自被殖民者的内部，来自压迫阿慕的原生家庭。用洛伊的话来说：“在阿耶门连，在这个黑暗之心，我所谈论的并不是白人，而是关于黑暗本身，关于黑暗究竟是何物。”[①]就像萧红的《生死场》一样，虽然《生死场》的背景是日本对中国的侵略，可是让人震惊的是，对中国女性的压迫更多的来自中国男人，来自充满男性沙文主义的传统父系制度，来自“家”的内部。被“夫权”压制得身体变形和毁灭的女子，无法把握自己的命运，连村里原本最美丽的女人，也被丈夫的冷漠摧残成可怜的怪物。不过，不同于萧红的《生死场》，洛伊的《微物之神》的女主人公阿慕敢于逾越家族、种姓和阶级的禁忌，敢于卸下禁锢女性千百年的镣铐，让卑微之物散发出神性的光芒：

> 或许阿慕、艾斯沙和她都是最糟糕的逾越者。但不只是他们，其他人也是如此。他们都打破了规矩，都闯入禁区，都擅改了那些规定谁应该被爱、如何被爱，以及得到多少爱的律法，那些使祖母成为祖母、舅舅成为舅舅、母亲成为母亲、表姐成为表姐、果酱成为果酱、果冻成为果冻的律法。[②]

① 文迪特·里德尔：《〈微物之神〉中的混杂性、边缘化与越界的政治》，见［印度］阿兰达蒂·洛伊：《微物之神》，吴美真译，上海：上海文艺出版社2014年版，第323页。

② ［印度］阿兰达蒂·洛伊：《微物之神》，吴美真译，上海：上海文艺出版社2014年版，第29页。

《微物之神》中的婆罗门女子阿慕，是一个非常美丽的印度女子，出身于一个亲英派的家庭。父亲是普萨学院的一位大英帝国昆虫学家，印度独立后，他成为动物学研究所的副所长。这位受过良好教育的父亲，其实是一个可怕的男性沙文主义者，在家里是一个狂躁易怒的暴君。他退休后，妻子一手创办的天堂果菜腌制厂取得巨大的成功，可是他不能忍受妻子的成功，每天晚上拿一只黄铜花瓶殴打她，直到被从牛津大学毕业的儿子恰克制止才作罢。他不允许妻子追求演奏家的生涯，也不肯送女儿阿慕去接受教育，认为让一个女孩子上大学是一项不必要的开销。为了逃离脾气暴烈的父亲，阿慕匆忙出嫁，生了一对双胞胎艾斯沙和瑞海儿，可是婚后丈夫嗜酒并殴打她，她只好提出离婚，又带着儿女回到父母家。回到父母家的阿慕，在家里的地位是最低的，无权拥有财产，没有“法律地位”，连从牛津大学毕业的哥哥恰克都要反复强调，“你的就是我的，我的仍然是我的”。阿慕身上有一种“不受驾驭的东西”，她憎恨周围自满而井井有条的男性沙文主义社会，不顾社会阶级和种族的禁忌，爱上了贱民男子维鲁沙。贱民处于印度社会的底层，在过去“帕拉凡必须拿着扫帚倒着爬，将他们的脚印扫除，如此，属婆罗门阶级的人或叙利亚正教徒就不会意外踩上他们的脚印，而玷污自己”[①]。触犯了“爱的律法”的阿慕最后被哥哥赶出家门，死后连教堂都拒绝安葬她，而她的恋人维鲁沙则被

① ［印度］阿兰达蒂·洛伊：《微物之神》，吴美真译，上海：上海文艺出版社2014年版，第69页。

她的家人和警察密谋杀死。

这部小说一开头就描写阿慕的儿子艾斯沙的“沉默”，以此象征社会底层的卑微人物失去声音的状况。艾斯沙向来安静，有一天突然停止说话，变成一种“夏眠”或“冬眠”似的存在，随时可以融入任何背景中，让人几乎看不见他的存在。“他如同一个漂浮在噪音之海的安静泡沫”，这种安静逐渐“剥除他用来描述思想的话语，使得这些思想变得赤裸、麻木、说不出口。因此，对于一个观察者而言，他几乎是不存在的。在几年之间，艾斯沙慢慢地退出这个世界”。[①]这样失去话语的“活着”的状态，是一种微小的存在，生活在社会的裂缝之中，如蚂蚁、蟑螂、蜘蛛一样，不受人注意，随时都会被人遗忘，或是碾死，就像维鲁沙的存在“没有在沙滩上留下足印，没有在水中留下涟漪，没有在镜中留下映像”。然而，“按照阿尼尔·奈尔的说法，‘一切卑微之物被神圣化，可以变成对某些宏大之物的追求’，这是洛伊小说带来的启示”[②]。洛伊的《微物之神》的力量是强大的，因为这位印度女作家勇敢地替这些卑微的人物发声，勇敢地挑战统治女性和底层人民多年的社会禁忌和习俗，属于鲁迅所说的“精神界之战士”。在小说中，卑微的人即使没有声音，也会让主流

---

① ［印度］阿兰达蒂·洛伊：《微物之神》，吴美真译，上海：上海文艺出版社2014年版，第11页。

② 文迪特·里德尔：《〈微物之神〉中的混杂性、边缘化与越界的政治》，见［印度］阿兰达蒂·洛伊：《微物之神》，吴美真译，上海：上海文艺出版社2014年版，第327页。

社会的人感到不安，比如“瑞海儿的安静使宝宝克加玛有种微微受到威胁的感觉”。而阿慕则像“女巫”，“身上总有某种焦躁不安、不受驾驭的东西，仿佛她暂时抛开了为人母亲和离婚妇女的道德。甚至当她走路时，一种更狂野的步伐取代了原先那种安全的母亲的步态”[①]。她成了一个危险的女人，一个难以预测的女人，一个身体里带着“人体炸弹式的不顾一切的愤怒”的女人，一个被社会和家庭诅咒的女人。她和贱民男子维鲁沙的爱情，就是一种私人对公共社会习俗的反抗方式，逾越了家庭和社会所规定的界限。

在洛伊的《微物之神》中，“家”对女性的伤害是致命的。阿慕的父亲是家庭的独裁者，家里充满令人窒息的氛围。而父亲去世后，哥哥恰克虽然受过英国牛津大学的教育，一样是一个男性沙文主义者，当他发现妹妹阿慕的“越界”行为之后，马上把阿慕驱逐出家，并咆哮：“滚出我的屋子，免得我折断你身体上的每一根骨头！”[②]在他的心目中，屋子是他的，妈妈的腌果菜厂也是他的，妹妹在家里没有任何财产，没有任何地位。不过，最可怕的是，家里的压迫者，除了男性，还有维护男权传统观念的女性们。阿慕的母亲事业成功，天堂果菜腌制厂获得巨大的收益，而且她也有音乐的才能，但是每天晚上被丈夫用花瓶殴打，

① ［印度］阿兰达蒂·洛伊：《微物之神》，吴美真译，上海：上海文艺出版社2014年版，第41页。

② ［印度］阿兰达蒂·洛伊：《微物之神》，吴美真译，上海：上海文艺出版社2014年版，第219页。

她仿佛习以为常，从未反抗过。她自己创建的工厂，等儿子恰克一回来，她就完全交给儿子管理，从来没有想到女儿阿慕是否也有继承的权利。知道阿慕跟维鲁沙违反“爱的律法”的越界行为后，她的反应非常丑陋，歇斯底里，一点都没有想到如何保护自己的女儿，而儿子则可以为所欲为，连他跟工厂女工放荡偷情，她还要特地给儿子的卧室建造一个独立的入口，纵容他的欲望。尽管自己曾经受过丈夫长期的家暴，她却是家里的男尊女卑观念的重要维系者。家中的另一位年长的女性，阿慕的姑姑宝宝克加玛，终身未嫁，却歧视不得不离婚回到父母家的阿慕和她的孩子，而且一手制造了阿慕的情人维鲁沙死亡的悲剧。这些家庭里的“暴君”，这些维护男权社会的习俗和规范的女性，才是小说中最麻木不仁和无情的“黑暗之心”，是家庭里的“黑暗之心”。

洛伊的《微物之神》最吸引人之处，是她的叙述语言的那种精确和尖锐的女性感觉。她以这种独一无二的、细腻的感觉，与印度根深蒂固的种姓制度和男权社会做有力的抗争。给我印象最深的，应该是那些贯穿整部小说的各种不同的味道。比如，一个狡猾的英国人的鬼魂的味道，海后旅馆散发着旧食物的味道，沼泽散发着死水的味道，影院中散发的人们呼吸和发油的气味，电影《音乐之声》的神奇气味，瑞海儿在纽约的火车上闻到的酸金属的味道，艾斯沙喜欢的醋和阿魏树汁液的呛鼻的味道。阿慕的一对双胞胎儿女，瑞海儿和艾斯沙，“已经知道这个世界有将人击碎的其他方式。他们已经熟悉那气味，令人恶心的香味，就像微风中即将凋谢的玫瑰的味道”①。这种熟悉的即将凋谢的玫瑰的气味，就像鬼魂一样永远纠缠着他们，象征着个体的创伤性记忆。除了留住个体记忆的气味，还有集体式的种族的气味。在洛伊的笔下，最令人难忘的应该是“历史的味道”：

> 他们听到它令人作呕的沉重脚步声，闻到它的味道，而且永生难忘。
>
> 历史的味道。
>
> 就像微风中即将凋谢的玫瑰的味道。
>
> 那味道将永远潜伏在日常事物之中，潜伏在挂外套的钩子上，潜伏在番茄里，在路上的焦油中，在某些颜色里，潜伏在餐厅的盘子上，在没有话语的静寂中，潜伏在空茫的眼睛里。②

这种无处不在的沉浸在日常生活中的历史的味道，其实就是贱民身上的味道，或是存留在历史记忆中的贱民的味道——那种被社会规定和想象的味道。比如，“在玛玛奇的那个时代，帕拉凡和其他贱民一样，被禁止走在公共道路上，被禁止用衣物遮盖上半身，被禁止携带雨伞。说话时，他们必须用手遮住嘴，不让他们被

① ［印度］阿兰达蒂·洛伊：《微物之神》，吴美真译，上海：上海文艺出版社2014年版，第6页。

② ［印度］阿兰达蒂·洛伊：《微物之神》，吴美真译，上海：上海文艺出版社2014年版，第51页。

污染的气息喷向与他们说话的人”[①]。所谓贱民“被污染的气息”实际上并不存在，而是社会规范下的产物。然而，它无所不在，渗透在家里的各个角落，渗透在社会和历史的各个层面，渗透进每个人的习惯性思维，可谓深入人心。当姑妈知道阿慕和维鲁沙的“身体越界”之后，她反复地说同一句话：“她怎么受得了那气味？你们没有注意到吗？那些帕拉凡有一种特别的气味？”[②]作为男权社会道德和秩序的维系者，这种“历史的味道”挥之不去，始终印刻在她的记忆里，给了她歧视阿慕和维鲁沙的权利，而崇拜英国文化的她觉得爱尔兰耶稣会神父的气味远远胜过一个帕拉凡的气味。

当阿耶门连进入后现代的商业化时代，“黑暗之心”和“历史之屋”等古老的房子被商人变成了“历史文化遗产”，迎接富有的观光客人，可是他们可以用墙挡住贫民区，却挡不住河里的一股恶臭，“在微热的日子里，粪味自河面上升，像一顶帽子般地笼罩着阿耶门连”[③]。这些自以为是的人住在表面风光其实臭气呛鼻的乐园，还在广告中宣传这是“神的地方”，然而，“这臭气就像他人的贫穷一样，仅仅是一个逐渐习惯的问题”[④]。洛伊用

---

① ［印度］阿兰达蒂·洛伊：《微物之神》，吴美真译，上海：上海文艺出版社2014年版，第69页。

② ［印度］阿兰达蒂·洛伊：《微物之神》，吴美真译，上海：上海文艺出版社2014年版，第73页。

③ ［印度］阿兰达蒂·洛伊：《微物之神》，吴美真译，上海：上海文艺出版社2014年版，第119页。

④ ［印度］阿兰达蒂·洛伊：《微物之神》，吴美真译，上海：上海文艺出版社2014年版，第120页。

“臭气”来讽刺阿耶门连那些像姑妈一样有教养的伪善的人——这些人用父权宗法传统规定的“历史的味道”歧视卑微的人，才真正生活在充满恶臭的气味之中。

洛伊的叙述时间不是线性的，而是将过去、现在、将来并置，从各个时间点随时切入、置换和回放，重复性地、片段性地叙述，用学者伊丽莎白·奥特卡（Elizabeth Outka）的话来概述，洛伊的叙述时间属于后殖民主义小说常用的一种“暂时性混杂体”（temporal hybridity），跨越简单的殖民/被殖民的二元对立，体现出暧昧性、多元性和混杂性，让个体的创伤记忆、梦境和幽思随时返回，由此来拆解那种稳固的、压抑性的、想象的国家民族话语。[①]小说中有一节写到，阿耶门连变成旅游景点后，演员们粉墨登场，把印度的英雄神话故事随意拆解，分散成片段。

> 当他说一个故事时，他把那故事当作是自己的一个孩子。他嘲弄它、惩罚它，把它像一个泡沫似的送到空中，再奋力将它拉下来，然后又放它走。他嘲笑它，因为他爱它，他可以数分钟之内让你飞越全世界，但他也可以停下数小时以便检查一片枯萎中的叶子，或者玩弄一只沉睡的猴子的尾巴。他可以不费吹灰之力地从战争

---

① Elizabeth Outka, “Trauma and Temporal Hybridity in Arundhati Roy's *The God of Small Things*”, *Contemporary Literature*, vol.52, no.1, 2011, pp.21–53.

的大屠杀，跳到一个在溪流洗头发的快乐女人；从想到了新主意的狡猾而精力旺盛的邪魔，跳到一个爱说闲话、且有丑闻可散布的说马拉亚拉姆语的人；从一位正在为婴儿哺乳的肉感女人，跳到讫里什那神的微笑所具有的诱惑性恶作剧。他可以揭露快乐所包含的悲愁，以及光荣大海中的一条隐秘的羞耻之鱼。[①]

这种跳跃性的“讲故事”方式，是典型的后殖民主义小说常用的叙述方式，就像这位滑稽模仿的演员一样，“他诉说诸神的故事，但是他的故事出自不敬神的人心”。洛伊的叙述方式，其实类似这位扮演诸神的演员的讲故事方式，在各种不同的位置上跳跃、摇摆、游离，在模拟表演和一次次的重新讲述中，质疑、讽刺和瓦解“大神们”的神光，撼动那不可撼动的根深蒂固的种姓和性别偏见。而同时，她并没有忘记现实中那些真切的痛和苦难，通过这种解构、重拼以及回放，她赋予卑微的人独特的声音和记忆，让气味留住个体的创伤记忆，让在历史中不留痕迹的被压迫者留下最深刻的痕迹。那些历史的味道、当下的味道、集体的味道、个人的味道，虽然无形，可是那么有穿透力，不易被“众声喧哗”的后殖民的混杂体所淹没，而是一次次地提醒着读者，去倾听那未被倾听的被埋没的声音，去闻那久已散去、但却永远刻骨铭心的气味。

---

① ［印度］阿兰达蒂·洛伊:《微物之神》，吴美真译，上海：上海文艺出版社2014年版，第223–224页。

三

韩国女作家韩江的《素食主义者》是一本精巧凝练、选题独特、既优美又悲伤的小说，赢得了2016年的国际布克奖。洛伊的《微物之神》以丰富的内容取胜，有厚重的历史维度作为小说的大背景，而韩江的《素食主义者》则完全基于个人和家庭，除了采用几个不同人物的叙述视角，还运用了女性独特的“向内转”的个人梦境的叙述视角，颇有创意。小说中的女主人公是一个平凡的韩国女性英惠，在丈夫眼里，她是一个平凡得不能再平凡的女性，没有出色的姿容，没有特殊的爱好，没有张扬的个性，只是像所有韩国普通家庭的女性一样，默默无闻、任劳任怨地伺候着丈夫——每天为丈夫准备好餐饭，替丈夫熨烫衣服，围着丈夫生活，给丈夫提供一个舒适安逸的家。可是有一天，这种普通的日常生活突然被打破了，英惠因为做了一个血腥的噩梦，而彻底变成了素食主义者，这种具有强烈的自我意愿的选择，让冷漠自私的丈夫无法理解，连惠英自己的父母姐弟也一样无法理解，父亲甚至用暴力的手段试图阻止她变成一位“素食主义者”，导致英惠拿刀自残，住进医院。后来，信奉艺术至上的姐夫，又在英惠神志不清之时，跟她一起逾越了家庭的伦理界限。最后被父母和丈夫抛弃的英惠，患上了严重的厌食症和精神分裂症，被姐姐仁惠送进精神病院，在那里，她最想做的就是变成一棵树。

《素食主义者》把女性主义和素食主义结合，从这一角度来质疑和批判韩国的父系传统和夫权制度对女性的压迫和伤害。就像鲁迅的《狂人日记》一样，隐藏在《素食主义者》的叙述下，有许多深刻的叩问：谁才是真正的疯子？是选择吃素的英惠，还是那些用尽各种手段阻止英惠吃素的家人？为什么以前少言寡语、害怕张扬个性的英惠是正常的，而选择吃素后的英惠就是不正常的？是英惠出了问题，还是社会出了问题？韩江用“吃肉”来象征男权社会，而用植物，尤其是“树”来象征属于女性的纯粹的世界。选择吃素的英惠，冒犯了传统男权社会的规定，所以她的家人在知道她吃素后，不停地向她丈夫道歉，而在家庭聚会上，如同暴君一样的父亲更是不顾英惠的意愿，用暴力手段强制性地把肉硬塞进她的嘴里。“家”成了伤害英惠的所在，就连她的母亲和姐姐也进入伤害她的“共犯结构”。家人不尊重她个人意愿的所谓“爱”，让英惠感到窒息和绝望，唯有自残。

韩江在这部小说中，用英惠的“梦”来揭示她真实的自我：那个以往“吃肉”的自我，自我对自我的认识，自我持续不断的内心声音。可以说，这部小说最有创意的就是那六段英惠的自我的声音，或者说是“梦”的声音，而这六段“梦”被韩江特地用斜体字标记出来，为了跟第一节故事中丈夫的叙述声音加以区别。“我的眼睛映在地面的血泊中，闪闪地发出凶残的光芒。这的的确确是我的脸，但是那表情和眼神又如此陌生，恍如初见。我一时也无法说明那种感觉，仿佛这见过无数次的熟悉的脸并不是我的……就是这种活生生的、奇怪而又恐惧的感觉。”[①]

---

① ［韩国］韩江：《素食主义者》，千日译，重庆：重庆出版社2013年版，第14–15页。

在梦中，英惠总是在血泊中看见自己的脸，这是对以前吃肉的自我开始进行反思的表现。在后来的梦中，她回忆童年时的一次创伤记忆，父亲把家里的狗残忍地用摩托车拖死，然后让家人吃狗肉，而那狗的眼睛“似乎在汤饭上面闪烁着”，永远印在她童年的记忆里。英惠对自己做的那些充满血腥和谋杀的梦这样阐释道：“我要么是凶手，要么是被害者。如果我是凶手，那我杀死的会是谁呢？……是谁无数次地杀死了其他人，隐隐约约的、无法把握的……这种令人毛骨悚然的感觉似乎已经成为了真实的记忆。”[①] 正如鲁迅的《狂人日记》中的“我”在中国历史书的字里行间中发现的是“吃人”二字，英惠在噩梦中也发现“吃肉”，或是支持“吃肉”的男权社会，等同于谋杀；狂人发现他在无意之间参与了“吃人”的行为，而英惠觉得最恐怖的是她也无意识地参与了谋杀动物的行为。

她从噩梦中醒来，做了一系列不可思议的举动，不仅想把跟动物有关的食物从家里全部清除掉，而且想把以往储存在自己身体中的动物类的食物统统清除掉。“是咆哮声在一重重地交叠着，是因为肉，我吃了太多的肉，那些生命安静地滞留在那里。没错！血液和肉块都被消化，散在身体的每个角落，残渣也已经排到了体外，可是那些生命却纠缠不休，牢牢地贴在那里。”[②] 在世人眼里，素食主义者英惠逐渐变成“疯子”和“怪物”，比如她

---

① ［韩国］韩江：《素食主义者》，千日译，重庆：重庆出版社2013年版，第32–33页。

② ［韩国］韩江：《素食主义者》，千日译，重庆：重庆出版社2013年版，第60页。

在丈夫的身上闻到肉的味道，不愿意再跟他做爱；她害怕被任何外在的东西束缚，总是不肯带束缚身体的乳罩；她顺从地让艺术家姐夫在她裸体的身上画满鲜花和植物，是因为她希望自己变成植物；进了精神病院，她得了厌食症，因为她想把积存在身体里的所有动物的肉都清除出去；她最后终于走向了“自我清除”和“自我毁灭”，不肯继续进食，然而，她这样做的原因是想彻彻底底地变成一棵树。她对姐姐仁惠说：“你知道我是怎么知道的吗？在梦里，我正倒立着……突然发现从我身上冒出了树枝，从手上长出了树根……一直伸到地面，不断地、不断地……从腿间要开出花朵，所以我就使劲张开两条腿……”[①]正是因为她把自己想象成了一棵树，所以她拒绝进食，认为自己不需要任何食物，只要被浇水就可以了。这种向“树”的身体和心灵的转化，是韩江为女性话语找到的一个富有深意的隐喻，也是英惠最后反抗男权压迫、甚至逃离“吃肉”的男权社会的唯一方式。

英惠的家，是一个充满男性专制和暴力的家庭。家中的男性形象对女性都缺乏起码的尊重：丈夫对英惠非常冷漠和自私，英惠变成素食主义者后，他唯一想到的只是自己生活中的种种不便，从来没有真正关心过自己的妻子，而即使英惠强烈拒绝跟他发生性关系，他依然不顾她的意愿，一次次地强迫她性交。父亲则是一个父权制度的典型代表，经常家暴自己的妻子和孩子，在英惠的童年记忆中留下永久性的精神创伤；而当英惠选择吃素

---

① ［韩国］韩江：《素食主义者》，千日译，重庆：重庆出版社2013年版，第179页。

后，他大发雷霆，用暴力来强迫英惠吃肉，一点都不尊重英惠的个人选择。作为艺术家的姐夫，是一个很不负责任的丈夫，妻子辛苦地挣钱养家和照看儿子，他只是一心投入自己的摄影艺术之中，完全不顾家；后来他因为小姨子英惠臀部上的绿色胎记，而疯狂地迷恋她，在她身上实现自己的艺术梦想，完全不管自己妻子的感受或是英惠的病情。

不过，对于批评家来说，比较难阐释的是《素食主义者》中关于姐夫诱引英惠跨越家庭伦理界限的这一章。在丈夫的眼里，英惠是一个普通平凡的女性，但是在姐夫的眼里，英惠是个完美的女性，让他疯狂地心仪和迷恋，“他从她身上感觉到了类似不曾修剪枝丫的野生树木般的原始力量”。作为所谓艺术家的姐夫，居然是家里唯一真正理解英惠的人。当他看到一家人强迫英惠吃肉的时候，他心里充满了理解和同情，“对她来说，所有人—强制地喂她肉的父母，旁观这种行为的老公和兄弟姐妹—都是彻彻底底的局外人，甚至是敌人”[①]。姐夫不仅理解英惠吃素的选择，而且觉得这样的选择，让英惠显得更加完美：“现在，她不吃肉—只吃谷物、野菜和蔬菜的事与那个像绿叶一样的斑点在他心中达到了完美的和谐。”[②]他痴迷于英惠左侧屁股上的淡绿色的胎斑，因为它让他联想起植物；当他把长长的枝蔓、叶子和白天绽放的各色的鲜花画满英惠的身体时，“他觉得如此安静地接受这一切的她，

---

① ［韩国］韩江：《素食主义者》，千日译，重庆：重庆出版社2013年版，第80页。

② ［韩国］韩江：《素食主义者》，千日译，重庆：重庆出版社2013年版，第86页。

像是神祇，像是人类，像是动物，又像是一种介乎植物、动物和人类之间的陌生的存在”[①]，这样的身体，在他的眼里，周身发射着光芒，耀眼夺目，让他愿意付出任何代价。从艺术家姐夫的角度来审视英惠，她如一个完美的艺术品一样充满魅力，不仅如此，他认为她是一个正常的女性生命存在。“此刻她倒像是一个正常的女人。不，她原本就是正常的女人，发疯的是我。他在心里面默默地想着。”[②]然而，反讽的是，最后当跨越家庭伦理界限的姐夫和英惠被姐姐都送去精神病院时，姐夫被诊断是正常的，可以重新回归正常生活，而英惠则被诊断为精神分裂症，被永远地监禁在精神病院里，受着残酷的治疗。在跨越家庭伦理的性爱中，信奉艺术至上的姐夫和梦想变成植物的英惠，有一种奇怪的和谐和默契，画在身体上的植物和花朵，让他们的身体完美结合，成了一个肆无忌惮的熊熊燃烧的“艺术品”，跨越了纯粹的两性欲望，达到一种“美学化”的升华。被这幅画面严重伤害的姐姐仁惠，认为他们都“疯”了，但是多年以后，她又有了不同的理解：

> 两个人裸露着全身，像蔓藤般纠缠在一起的画面，当时虽然是深深打击过她，可是随着时间的流逝，她不觉得这画面蕴藏着多少性的意味。叶子和花朵，绿色的枝蔓，被这些东西所覆盖的他们，现在想起来很陌生，仿佛那不是人的身体，更像是为了从人的身体中解脱出

---

① ［韩国］韩江：《素食主义者》，千日译，重庆：重庆出版社2013年版，第105页。

② ［韩国］韩江：《素食主义者》，千日译，重庆：重庆出版社2013年版，第108页。

来而挣扎的形象。到底是一种什么样的想法让他创作了这样的作品呢？为了这个奇妙而苍凉的画面，他把自己的全部都当做了赌注，并失去了全部。①

姐夫和英惠身体的交合，是“世界上最丑陋和最美丽的”结合，一方面他们违反伦常道德，给姐姐带来了严重的伤害，另一方面，他们身体上的植物和花朵，在结合中，变得异常“唯美化”。这里所包含的悖论，没有办法用非黑即白的道德标准来阐释。他们之间“唯美化”的欣赏和理解，也是超乎常态的，无法被世人所理解。

姐姐仁惠本来属于家里一起限制英惠吃素的“共犯结构”中的一员，但在小说的最后一章，她逐渐忍受不了精神病院对妹妹残忍的治疗，突然有了顿悟，对自己有了充分的认识，而且这一顿悟跟属于女性话语的“树”也有紧密的关联。仁惠一直都是好女儿、好妻子、好妈妈、好姐姐，为了家里人，一直压抑着自己的个性和追求。可是，她后来突然发现，“自己很早以前就已经死了”，这样完全自我牺牲、自我奉献的生活，导致她只是他人的幽灵，为他人活着，而家也成了一个空虚并压迫她身体的空间，让她感到窒息。最后她似乎听懂了妹妹的梦，也听懂了那些冒着绿色火焰的树林向她做的倾诉，明白妹妹想变成一棵树，是向压迫女性的男权社会所做的绝望的抗争。

① ［韩国］韩江：《素食主义者》，千日译，重庆：重庆出版社2013年版，第216页。

四

大自然，如水、河流、树、枝叶、花朵等在美国女作家玛丽莲·罗宾逊的《管家》，印度女作家阿兰达蒂·洛伊的《微物之神》，以及韩国女作家韩江的《素食主义者》中都扮演着重要的角色。罗宾逊笔下的大自然，是蕴含美国文学传统的文化景观，是充满灵性的精神家园，是孕育个体成长的不尽的资源；洛伊笔下的河流，是混杂着历史、种族和血泪记忆的生命之流，同时也是后现代商品社会的充满垃圾、恶臭和污染的诡异的存在；韩江笔下的“树”和植物则是属于女性和艺术世界的隐秘的话语，是男权社会无法理解的话语。大自然是她们重新定义“家”的一个中介，湖水可以是《管家》中的茹丝再一次重生的子宫，河流在《微物之神》中可以承载着阿慕坐着小船去违反“爱的律法”，“树”在《素食主义者》中会在女性的心底熊熊燃烧，会像无数只猛兽那样抬头怒视、反抗压迫着她们的男权社会。

这三位女作家塑造的女性形象，总是让我想起《素食主义者》中英惠说的那句话：“我变得如此锋利，是为了刺破什么呢？”她们的女性写作是勇敢的，有穿透力的，一次次坚韧地逾越传统家庭的界限。

2020年1月写于香港清水湾

灵动婉转的散文体小说

“谁只要见过世界的边界一次，他就会锥心地感受到自己遭受的禁锢。”①

波兰女作家奥尔加·托卡尔丘克（Olga Tokarczuk）在她的小说《太古和其他的时间》（*Primeval and Other Times*）里如是说。这位波兰家喻户晓的当代女作家，2018年5月凭借小说《云游》（*Flights*）获得国际布克奖。跟她的另外两部小说《太古和其他的时间》《白天的房子，夜晚的房子》（*House of Day, House of Night*）一样，她始终以散文体的笔法来写小说，如果放在中国的语境里，我们一定很难接受，评论家们可能会一拥而上地批评她

① ［波兰］奥尔加·托卡尔丘克：《太古和其他的时间》，易丽君、袁汉镕译，成都：四川人民出版社2017年版，第280页。

那么松散的结构，批评她缺乏波澜壮阔的格局和缜密的整体性构思，然而，正是这种散文化和碎片化的写法，让她获得了最大的自由——她轻而易举地从太古的中心游离到世界的边界，在各种不同的文体和故事中旅游，像风一样，在历史的细缝之间随意穿行，跨越家乡、国族、男性话语构筑的现实空间，找到属于她自己的时间、空间和节奏。这种自由游走的书写方式，既像一件随意缝合拼凑成的百衲衣，又像是一个散落的星群，没有一个固定的中心，没有固定的结构，让她得以挣脱所有传统文学创作方法的束缚，创造出一个充分个体化的幻想和真实并置的神秘世界。在这个世界，当她回望自己的时候，她发现自己像一条无法再次踏入的溪流："我就像一条溪流，就像新鲁达那条不断改变颜色的小河；而关于我自己，我唯一能说的是，我偶然发现自己是从空间和时间上的一个点流过，我除了是这个点和时间的特性的综合之外，什么也不是。"这一个个偶尔流过的小小的凝聚点，既是她看待自我的方式，也是她看待大千世界的方式，"从不同观察点看到的世界是各种不同的世界。因此，我能从不同的观察点看到多少种世界，我就能生活在多少种世界里"①。

我很喜欢托卡尔丘克的散文体小说，因为这种文体轻盈、灵动、疏离，如同加了会飞起来的羽翅，带我们飞越各种固定的沉重的边界，飞离各种重复单调的表述形式，像淘气的孩子一样总是故意偏离轨道，在俏皮的逃离主流话语和传统书写方式的旅途

---

① ［波兰］奥尔加·托卡尔丘克：《白天的房子，夜晚的房子》，易丽君、袁汉镕译，成都：四川人民出版社2017年版，第334页。

中找到一种快感，一种释放，在虚无里看到生命，在生命里看到虚无。即使她偶尔拾起一缕思绪、一点关于人生的哲思与参悟，也能把它随意变成小说的一部分，而一个个微小的故事发着神秘而幽暗的光，闪闪烁烁地堆积在一起，被托卡尔丘克连缀成富有个性的一串串珍珠，散发着弗洛伊德说的“玄秘”（uncanny）的意味。

一

托卡尔丘克的《太古和其他的时间》出版于1996年，曾受到波兰评论界的高度评价，获得波兰权威的文学大奖“尼刻奖”。这本书让我想起了中国当代作家对“地域性写作”的执着，比如二十世纪五六十年代出生的中国作家，在他们的文学版图里，大多有一块跟他们成长记忆紧密相连的空间，所有的想象和所有的故事都建立在他们熟悉的故乡，建立在他们熟悉的村庄、小镇、城市、邻里街坊、河流山林等体现着地域政治和文化土壤的空间上，从那里展开，构筑一个个小说中的现实世界。每一位作家个体主观的记忆之火，仿佛照亮了这些空间，让它们在小说中真实地存在，给我们带来既熟悉又陌生的生命经验。沈从文的湘西、汪曾祺的高邮、莫言的高密、贾平凹的商州、阎连科的耙耧山脉、苏童的“香椿树街”、迟子建的北国极地、王安忆的上海、西西的香港等，都是从这些空间中盛开出的多彩多姿的繁花。这些地域既是现实中的地理空间，也是作家虚构的小说空间；既是历史的、真实的，也是怀旧的、想象的。它们往往是封闭的，有无形的堡垒和界限，堡垒上面插着作家个人鲜明的旗帜，标志着作家独特的文化身份认同，以及作家对故乡的怀旧与重塑，但是其中包含的历史故事和人性内涵，又一次次轻而易举地跨越了封闭这些地域的无形堡垒。托卡尔丘克的“太古”书写模式跟部分中国作家的“地域写作”非常相似。作为女性作家，她在写作中贯穿的与城市钢筋水泥迥异的大自然的生命气韵，以及把日常生活和神秘主义结合起来的富有诗意的书写，跟迟子建的《额尔古纳河右岸》有异曲同工之处。不过，托卡尔丘克没有迟子建的大格局和缜密的结构：迟子建赋予了一个在现代社会即将消失的游牧民族史诗性的大书写，而托卡尔丘克则充分发挥“碎片化写作”的优势，游离于历史时间和个人时间之中，以微见大，以轻驭重。

“太古”是波兰某处的一座落后的村庄，托卡尔丘克故意将其神秘化，一开篇就写道：“太古是个地方，它位于宇宙的中心。”把自己的村庄当作“宇宙的中心”，这样的观点，阎连科也曾经表述过，他说过，只要认识他在河南的故乡——那个小小的村庄，他就认识了中国，乃至于认识了整个世界，所以河南的村庄就是世界的中心。[①]根据托卡尔丘克的描写，太古有东西南北

① 阎连科曾经表述过：“中国之所以叫中国，是在古代中国人以为中国是世界的中心。而河南原来不叫河南，而叫中原，那是因为中原是中国的中心。而我们县，恰好正在河南的中心位置。而我们村，又恰在我们县的中心位置上。如此看来，我家乡的这个村，也就是河南、中国，乃至于世界的中心了。这使我坚信，我只要认识了这个村庄，我就认识了中国，乃至于认识了整个世界。意识到这个问题时，我激动而不安，兴奋而悲凉。我激动，是因为我发现了世界的中心在哪儿；我不安，是我隐隐地感觉到，生活在世界中心的人，他们冥冥之中要有更多的承担、责任和经历，可能会是一种苦难、黑暗与荣誉。”见阎连科：《田湖的孩子》，上海：上海文化出版社2018年版，第192页。

四个边界，每个边界都有不同的地理坐标，每个边界都有不同的天使守护，然而真正的边界不在于外在的地理位置，而在于人的内心，最重要的是，每个人的内心都有不同的太古边界。比如，当小说中的伊齐多尔来到“太古的边界”，“他自己也不知道为什么站住。这里有点不对劲。他向前伸出了双手，所有的手指头都消失不见了”，跟大多数太古村庄的人们一样，他后来一辈子都待在太古，从没有走出太古一步，被这个边界禁锢着，“人就像待在罐子里似的”。[①]他爱恋的鲁塔，小时候跟他一样，坚信太古就在这个边界结束，再远就什么都没有了，但是后来为了改变自己的命运，她克服内心的恐惧，走出太古的边界：“鲁塔走到了太古的边界，她转过身去，脸朝北方站住，这时有一种感觉在她心中油然而生，她觉得自己能通过所有的边界，能冲破一切禁锢，能找到走出国境的大门。”[②]果然，她去了遥远的巴西，再也没回过太古。所以，太古的边界既是客观的，也是主观的；既是外在的，也是内在的；既是实有的，也是虚无的。

托卡尔丘克在这部小说中最独特的写法，就是以时间来书写空间，把“地域书写”充分时间化，尤其是充分“个体时间化”，通过多层次的时间来把一个有限定的现实世界拓展到无限定的宇宙世界里。就像易丽君所概述的：“太古既是空间概念，同时又

① ［波兰］奥尔加·托卡尔丘克：《太古和其他的时间》，易丽君、袁汉镕译，成都：四川人民出版社2017年版，第130页。

② ［波兰］奥尔加·托卡尔丘克：《太古和其他的时间》，易丽君、袁汉镕译，成都：四川人民出版社2017年版，第231页。

是时间概念。太古是时间的始祖，它包容了所有人和动植物的时间，甚至包容了超时间的上帝时间、幽灵精怪的时间和日用物品的时间。有多少种存在，便有多少种时间。无数短暂如一瞬的个体的时间，在这里融合为一种强大的、永恒的生命节奏。”[①]这部小说有多层次的时间：历史的时间、自然的时间、个人的时间、物品的时间、鬼魂的时间、疯子的时间、孩子的时间、大人的时间、老人的时间、上帝的时间等，所有的标题都以“×××的时间”来命名，特别有创意。通过各种不同的存在的时间，托卡尔丘克质疑强大无比的现代性的单线发展和进步的时间观，用个体内心的维度、自然的维度、宗教的维度、存在的维度来丰富太古的历史，构筑充满生命律动的神话。

第一，历史的时间，也就是现实的时间，跟波兰历史上的许多大事件都有关：1914年和1918年，是第一次世界大战开始和结束的时间，“一战”结束后波兰复国；1939年，“二战”开始；1943年，华沙犹太人起义；1944年，华沙起义；1945年“二战”结束；1946年波兰举行全民公投、驱逐德国裔人口、凯尔采发生屠杀犹太人等事件；1953年斯大林去世。为了展示真实的历史时间，托卡尔丘克总是在小说里不时地写出具体的年份，让我们知道大的历史背景，而这些历史时间是真实的、线性的、递进发展的。她在小说中不时夹杂着对历史事件的描写，比如

① 易丽君：《一首具体而又虚幻的存在交响诗》，见［波兰］奥尔加·托卡尔丘克：《太古和其他的时间》，易丽君、袁汉镕译，成都：四川人民出版社2017年版，第5页。

关于德国军官库尔特的时间，她写到“二战”中纳粹德国对犹太人的屠杀，以及他们和俄国布尔什维克之间的战争；关于地主波皮耶尔斯基的时间，她写到波兰转成共产党国家后，地主一家人被迫搬离他们的庄园，等等。然而，她不倾心于写“大历史”，她采取的散文体的写作，让历史变得碎片化，用这些碎片来折射人类的困境和苦难。

第二，托卡尔丘克非常重视自然时间，重视宇宙万物循环不已的独特的规律，通过自然的时间来探索大千世界复杂、神秘、永恒的存在意义。无论现代性的车轮如何不可阻挡地滚滚向前，无论历史如何带给太古人无尽的伤痛，自然仍是从容不迫地循环往复、冬去春来，保持生命的原始状态。太古世界中，有一个特殊的女性角色叫麦穗儿，她是太古村庄的边缘人物，她一点都不懂得社会规定的道德和伦理，男人只要想跟她做爱，她一律来者不拒，在神父眼里，她是一个十足的“巫婆”。最有意思的是，她跟大自然有着极其隐秘的联系，无论是生病、生存还是生育，她都远离社会的力量，完全靠自然的力量来渡过一个个难关。可以说，她与森林里的动物和植物的关系，其实是一种超自然的关系。比如她有预言的能力，她跟蛇之间的亲密关系超过跟人之间的亲密关系，她在睡梦中会与屋前的一株欧白芷做爱，她的奶汁可以治愈病人。她永远都远离人群，住在森林里，靠森林里的植物和干果生活，当所有太古的主人公相继去世后，她仍然充满活力地活着。

第三，托卡尔丘克在小说里写了“上帝的时间”，而这一时间维度展示了她对宗教和哲学问题的思考，对人的存在问题的形而上思考。地主波皮耶尔斯基曾经提出三个形而上的关于人的存在的哲学问题：第一，“我是从哪里来的？我的源头在哪里”？第二，“从根本上讲，人能知道些什么？从获取的知识中又能得到些什么教益？人对事物的认识能够到达尽头吗”？第三，“该怎么办？怎么办？该做些什么？不做些什么”？后来一位犹太人神医又替他增加了一个问题：“我们要向何处去？时间的尽头是什么？”[①]犹太人神医送给地主波皮耶尔斯基的游戏盒子里有八个世界，上帝在每一个世界中不停地变化，对自己、对人类、对世界产生不同层次的认知。在第一个世界里，上帝首先需要认清自己：“上帝通过时间的流逝认识自己，因为只有难以捉摸的、变幻莫测的东西才最像上帝。”上帝需要问“我是谁”的问题，需要探知是人创造了上帝，还是上帝创造了人。随着游戏的进展，上帝从第一世界一直到第八世界，跟人类一样，也经历了从年轻到衰老的过程，也经历了被人抛弃的过程。虽然对于上帝而言，死亡是不存在的，但是上帝知道，在我们认知的秩序里，还有另一种存在，一种超越时间限制的永恒存在。托卡尔丘克对“上帝的时间”的理解，始终贯穿着变动和静止、瞬间和永恒、生与死的悖论。比如一方面上帝是超时间的存在，但是另一方面又一直呈现在变动之中。在1939年夏天，

① ［波兰］奥尔加·托卡尔丘克：《太古和其他的时间》，易丽君、袁汉镕译，成都：四川人民出版社2017年版，第84–85页。

上帝突然出现在跟李子一般大小的浆果里，后来流到麦穗儿的乳汁里，乳汁拯救了许多有病的孩子，但是这些孩子又全部在战争中死去了。有了上帝的视角，太古的空间才变得更加的多维和深邃，不仅包含着关于此岸的思索，还包含着关于彼岸的思索；不仅包含着上帝对人类的思索，也包含着上帝对自身存在的思索。

第四，托卡尔丘克在《太古和其他的时间》中写得最有特色的就是个人的内心时间。每一个人都有属于自己的主观时间，它存在于历史之外，在不同的时期散发着不同的感性和气味，只有自己才能识别。等待丈夫从战争中归来的妻子会觉得时间是凝固的，发疯的弗洛伦腾卡每当夜幕降临就会对着她心目中的两个月亮嚎叫；沉迷于游戏中的地主波皮耶尔斯基即使被夺走森林、牧场、庄园也没有多少感觉；童年的米霞在父亲米哈乌归来之前对时间几乎没有任何记忆；父亲米哈乌希望他的爱永远留在女儿米霞的时间里；米霞的弟弟伊齐多尔既没有力量也没有愿望走出太古边界那堵看不见的大墙；“巫婆”麦穗儿可以看到许多无法化为语言的东西和一种渗透万物的力量；溺水鬼普卢什奇成了像雾一样漂流的被物质世界和精神世界流放的犯人……每一个个体内心的时间都充满了暂时性、偶然性，很难找到共性和规律，在短暂的瞬间，每个人感受到的都是不同的样子，这一瞬间在每个人心目中占有的时间长短度也完全不一样。比如波皮耶尔斯基小姐看到太古时，属于“她私人的、内在的时间流正在往回流，每个人身上都有这么一种时间流，此刻过往的画面，在树叶之间的空隙里，像放映电影似的一幕幕出现在她眼帘”[①]。这种个体迥异的主观的生命经验，与直线的进步的叙述时间交错着、对话着，组成丰富无比的外宇宙和内宇宙并置的世界，宛如苍穹一样博大、浩瀚、无边无际。

第五，托卡尔丘克也写物质的时间，并把物质人化、情感化，就连普通的物品，如小咖啡磨、房子、游戏，当它与人的内心时间发生关系后，也一样富有生命、精神和灵魂，也一样拥有自己的时间。比如米霞的小咖啡磨，就属于存在于时间之外的那种东西，“无数双手触摸过它，那些抚摸过它的手都对它寄予过无限的深情和剪不断、理还乱的思绪。小咖啡磨接受了这一切，因为大凡是物质统统都有这种能力——留住那种轻飘飘的、转瞬即逝的思想的能力”[②]。当每一个个体对“小咖啡磨”注入了内心的感情和思绪时，它就变成了某种精神的载体，即使触摸过它的人已经逝去，可是留在它身上的思绪却永远地保留下来。

> 咖啡磨是这样一块有人向其注入了磨的理念的物质。
>
> 许多小咖啡磨之所以存在是因为它能磨东西，但谁也不知道，小咖啡磨意味着什么。或许小咖啡磨是某种总体的、基本的变化规律的碎片，没有这种规律，这个

① ［波兰］奥尔加·托卡尔丘克:《太古和其他的时间》，易丽君、袁汉镕译，成都：四川人民出版社2017年版，第274页。

② ［波兰］奥尔加·托卡尔丘克:《太古和其他的时间》，易丽君、袁汉镕译，成都：四川人民出版社2017年版，第46页。

> 世界或许就不能运转，或者完全运转成另一种样子。也许磨咖啡的小磨是现实的轴心，一切都围绕这个轴心打转和发展，也许小咖啡磨对于世界比人还重要。甚至有可能，米霞的这个唯一的小咖啡磨是太古的支柱。①

托卡尔丘克把米霞的唯一的小咖啡磨上升到“太古的支柱”，因为太古的支柱就是个体的时间观，看到这个独特的唯一的小咖啡磨，我们就会想起米霞留在它身上的思绪和情感，虽然这些情感和思绪的形式是碎片的散漫的，可是自有“某种总体的、基本的变化规律”，而这何尝又不是托卡尔丘克独特的散文化的小说叙述呢？当她把那么多层次的时间观放在这个唯一的小咖啡磨里来打磨的时候，太古的世界自然就流出了异常独特的芳香了。

二

《白天的房子，夜晚的房子》出版于1998年，跟《太古和其他的时间》一样，托卡尔丘克也是运用散文式、碎片式的叙述方法，把各种文体并置在一起：圣人传记、哲理感悟、地方志、梦、蘑菇菜谱、笔记、各种地方人物的小故事等，写波兰边境的一个小镇的故事。由于这个小镇位于波兰和捷克接壤处，在历史上曾经分别被捷克、波兰、德国、奥地利、普鲁士统治，它所蕴

① ［波兰］奥尔加·托卡尔丘克：《太古和其他的时间》，易丽君、袁汉镕译，成都：四川人民出版社2017年版，第47页。

含的历史和文化内容非常复杂和丰富。不过，托卡尔丘克并不正面去写史诗般的历史，而是在许多并不互相关联的小故事中，让我们隐隐约约地看到了这个地区的历史、宗教和文化的面貌。《白天的房子，夜晚的房子》的女性叙述声音相当独特，是以女性的视角来呈现被男权世界遮蔽的历史和空间。这部小说也有英译本，可是被学者Urszula Paleczek质疑出版于2002年的英译本把托卡尔丘克的“女性化语言”删掉了不少，因而无法显示出作者解构波兰的男性霸权话语的女性语言力度。[①]好在易丽君和袁汉镕的中译本很好地传达了托卡尔丘克的女性语言和叙述声音，让我们感受到这位波兰女作家的女性书写魅力。另外，这部小说是一部关于跨越“边界”的故事，包含各种有趣的跨越，不仅跨越国家的边境，而且跨越性别的边界、文体的界限、虚构与现实的边界。

叙述者“我”是一位女性，她是一个收集梦的人，在网络上收集各种各样人的免费的梦，这个身份隐喻着关于文学的定义——文学家何尝不是一个做梦、收集梦的人？叙述者“我”每天在网上阅读别人的梦，“每天早上可以把这些梦像珠子一样用细绳子串起来，从中就可弄出一个有意思的结构，做出一条独一无二，但本身是完整、美妙、无瑕的项链”[②]。她和先生R追求

① Urszula Paleczek，“Olga Tokarczuk's *House of Day*，*House of Night*：Gendered Language in Feminist Translation”，*Canadian Slavonic Papers/Revue canadienne des slavistes*，vol 52，no.1–2，March–June 2010，pp.47–57.

② ［波兰］奥尔加·托卡尔丘克：《白天的房子，夜晚的房子》，易丽君、袁汉镕译，成都：四川人民出版社2017年版，第31页。

一种“慢”的生活节奏和生活态度，搬到位于捷克和波兰边境的新鲁达附近的郊区居住，与大自然做伴。小说中的“我”和现实中的作家托卡尔丘克一样，都远离城市的喧嚣，定居在新鲁达的郊区，所以这部小说中叙述者的身份和作者真实身份之间的界限是模糊的。叙述者“我”有一位神奇的邻居玛尔塔，是一位不识字的农场老妇，平时以做假发为生，跟大自然的关系既紧密又神秘，比如她每年都有几个月进入冬眠状态，自行消失，到春天她又苏醒过来，自行出现，如同大自然春夏秋冬的循环往复。由于许多故事——无论是梦还是传说，还是历史——都来自玛尔塔，所以叙述者“我”和玛尔塔的界限也是模糊的。“我永远不能肯定，在玛尔塔所讲的和我所听到的事物之间是否存在着界线。因为我不能将她和我区分开，将我俩知道的和不知道的事物区分开。”[①]“我”和玛尔塔之间难以分清界限的叙述声音，其实就是最真实的女性叙述声音。在丈夫R眼里，女性之间的对话仿佛是在说梦话。

这种叙述声音的女性化，首先表现在对女性感官的强调上，从女性的感官来辨别世界，可以说，女性对自我、他人和世界的认知起源于对“气味”“颜色”等细腻和敏感的感官因素。比如“我”对人的记忆是跟“气味”有关的：“我记得跟许多人所有的初次相逢的情景，这些人对我而言后来都成了重要人物；我记得

① ［波兰］奥尔加·托卡尔丘克：《白天的房子，夜晚的房子》，易丽君、袁汉镕译，成都：四川人民出版社2017年版，第32页。

当时是否出太阳，我记得各人衣着的细节（R的可笑的德意志民主共和国皮鞋），我记得气味、味道和某种像空气成分一类的东西——记得这些东西是粗糙的、僵硬的抑或是像奶油一样光滑和不温不热的。”[①]叙述者“我”感觉玛尔塔的气味是那种“灰色毛衣的气味，她的灰白头发的气味，她那薄而脆弱的皮肤的气味”，“这是长久放在同一个地方的物品的气味。故而在老房子里如此容易感觉出来。这是某种曾经是流动的、柔软的、而今已经凝固了的东西的气味”。[②]玛尔塔因为年长，所以记得很多历史上的故事，记得许多不同的时期，然而她辨认时间所依据的是“颜色”，尤其是“空气的颜色”。她“学会了将她记忆中特定的时间细节同当时世界的色调联系起来的本事”[③]。女性对事物的敏感，还表现在玛尔塔对假发的分析，她认为，假发上面留下的是人的思想，所以戴假发需要勇气，因为需要准备接受另一个人的思想。而叙述者“我”对玛尔塔家里一个锡盘子产生钟爱之情，她触摸着锡盘子上的图形会有一种愉快的感觉。正是这些微不足道的极其个人化的敏感的“气味”、“颜色”和“触觉”，为我们提供了一个来自女性的感官感性的看世界的视野。

其次，女性化的叙述声音还表现在对女性日常生活状态的描

① ［波兰］奥尔加·托卡尔丘克：《白天的房子，夜晚的房子》，易丽君、袁汉镕译，成都：四川人民出版社2017年版，第5页。

② ［波兰］奥尔加·托卡尔丘克：《白天的房子，夜晚的房子》，易丽君、袁汉镕译，成都：四川人民出版社2017年版，第65页。

③ ［波兰］奥尔加·托卡尔丘克：《白天的房子，夜晚的房子》，易丽君、袁汉镕译，成都：四川人民出版社2017年版，第288页。

述。“房子”的意象、蘑菇的意象以及女性之间的对话等，都属于“女性化的描写”。小说中写到很多关于蘑菇的“人性化”的描写以及做蘑菇的菜谱。蘑菇的世界完全超乎现实的判断，区别于男性世界的逻辑和理性，不能以我们常常用的一分为二的价值标准来衡量和判断：“任何一本有关蘑菇的书都不把蘑菇分为美丽的和丑陋的，香的和臭的，触摸时是令人感到愉悦的和不可忍受的、恶心的，也不将它们区分为哪种是可诱人出错的和哪种是可获得开脱、解救的。人们看到的是那种他们想看到的东西。这样的分类一清二楚，但却是人为的、不真实的。而实际上在蘑菇世界里没有任何绝对可靠的东西。”[①] 如果分辨错了，毒蘑菇也会致命，但是叙述者“我”即使吃了有毒的毒蝇菌，也没有出现生命危险，所以蘑菇挑战着我们对世界常识性的固有的认识，就像女性话语是流动的、不稳定的，拥有属于女性世界的另一套隐秘的编码。

关于“房子”的意象也是如此，托卡尔丘克总是挖掘现实和历史维度之外的那个看不见的世界。叙述者“我”跟房子的关系是匪夷所思的，房子完全被赋予了某种人格和精神特征：“我大概在什么时候曾经吃掉了我的房子，因为它就在我的体内——我体内有座多层的大厦。然而它的形状既不是持久的，也不是可预见的。这意味着府邸是活的，是跟我一起变化着的。

① ［波兰］奥尔加·托卡尔丘克：《白天的房子，夜晚的房子》，易丽君、袁汉镕译，成都：四川人民出版社2017年版，第305页。

我们相互住在彼此的内部。它住在我的内部，我住在它的内部，虽说我有时感到我住在它里面像个客人，而有时我也知道，我占有了它。”[①]叙述者“我”在这个房子里的记忆，是童年的记忆，房子住在“我”的身体里，其实就是记忆住在身体里，“我”透过房子的窗户曾经看到的风景，是世界上的许许多多地方，包括森林、田野、大城市、铁路、港口、沙漠和荒原等，甚至还能看到地球的弯曲部分。从现实世界的视野来看，如此广博的视野是绝对不可能的，然而从潜意识和心灵的角度来看，就像佩索阿的一本诗集的题目《我的心略大于整个宇宙》一样，心灵的风景是无限的。托卡尔丘克之所以把这部小说命名为《白天的房子，夜晚的房子》，就是因为她想书写的不仅是外在的房子，还有内在的房子，如同叙述者“我”说的：“我曾对玛尔塔说过，我们每个人都有两幢房子——一幢是具体的，被安置在时间和空间里；另一幢是不具体的、没有完工的，没有地址、也没有机会在建筑设计图中被永远保留下来。我们是同时生活在两幢房子里。”[②]而那个不具体的、看不见的房子，就是作者精心构筑的一个有别于“大历史”“大叙事”的一个女性的感性空间和心理空间。

这本小说最奇妙之处还在于“跨界”，通过各种各样的跨界

---

① ［波兰］奥尔加·托卡尔丘克：《白天的房子，夜晚的房子》，易丽君、袁汉镕译，成都：四川人民出版社2017年版，第276页。

② ［波兰］奥尔加·托卡尔丘克：《白天的房子，夜晚的房子》，易丽君、袁汉镕译，成都：四川人民出版社2017年版，第279–280页。

来填补历史中的裂隙，灵魂中的裂隙，一次次跨越国家地理的、性别的、传统书写意义上的“边境”，让我们体验一种逃离禁锢的快感和来自内心的自由感。有一则故事讲到关于国界的跨越，充满了幽默感。一位原本住在波兰和捷克边境村庄的德国人彼得·迪泰尔，回到自己童年的故乡观光，因为心脏病突发，正好死在两国交界处，他的尸体被为了推脱职责的波兰巡逻兵偷偷搬到捷克境内，而可笑的是，第二天又被捷克巡逻兵搬回波兰境内，就这样重复不停地来回跨越着国境。于是，“彼得·迪泰尔在灵魂永远离开肉体之前，就这样记住了自己的死亡——一会儿这边，一会儿那边，就在这两边之间做着机械运动，就像站在桥上，在边缘处保持着平衡”[①]。

托卡尔丘克的书写不仅跨越真实的国家地理界限，还跨越性别的界限，故意选择写当地流传的“圣女库梅尔尼斯”的传记，而没有写男圣人的传记。美丽的少女库梅尔尼斯，一心想献身上帝，为了反抗父亲包办的婚姻，她居然长出了胡须，以此来反抗父亲对她的压迫。后来写这位圣女传的修士帕斯哈利斯，是一个貌美的青年，但是身体里却住着一个女人，非常向往变成上帝的女儿。圣女为了保护自己纯洁的灵魂而长出了男性的胡须，写圣女传的男修士天天幻想着变成真正的女儿身——这样匪夷所思的性别界限的穿越，不仅涉及身体的问题，还有灵魂的问题，以及

① ［波兰］奥尔加·托卡尔丘克：《白天的房子，夜晚的房子》，易丽君、袁汉镕译，成都：四川人民出版社2017年版，第133页。

书写的问题。

除了国家地理界限和性别界限的跨越，托卡尔丘克还受到博尔赫斯的影响，大量地写梦，用梦来穿越虚幻与真实的界限。易丽君认为这部小说真正的主人公是“梦”：“以自传体为基础的小说叙事中融入了大量的虚构的梦的情节，人在‘叙述的我’和‘被叙述的我’之间、在‘梦’与‘醒’之间腾挪，大大强化了小说的艺术效果，使女性独特的生命体验呈现为高度亲历性的体验，女性隐秘幽深的内心世界通过梦敞现于读者面前。”[①]叙述者“我”不停地做梦、收集梦，而且玛尔塔也总在讲别人的梦，甚至连城市也在做梦。有一个叫克雷霞的女孩做了个梦，梦见一个住在马里安德的男人向她表达爱情，于是她就真的去马里安德找到了这个男人。梦就是真实，真实世界也如梦一样，就像叙述者说的：“在整个混乱的世界上，我们中谁也不知道，也不可能知道自己究竟只是梦见自己活着，还是真正活着。”[②]

小说中的玛尔塔曾经说过：“人最重要的任务是拯救那种正在瓦解的东西，而不是创造新的东西。”[③]托卡尔丘克在《白天的房子，夜晚的房子》里拯救的正是那些微小的、个人化、女性化

---

① 易丽君：《文学创作中的七巧板》，见［波兰］奥尔加·托卡尔丘克：《白天的房子，夜晚的房子》，易丽君、袁汉镕译，成都：四川人民出版社2017年版，第6页。

② ［波兰］奥尔加·托卡尔丘克：《白天的房子，夜晚的房子》，易丽君、袁汉镕译，成都：四川人民出版社2017年版，第189页。

③ ［波兰］奥尔加·托卡尔丘克：《白天的房子，夜晚的房子》，易丽君、袁汉镕译，成都：四川人民出版社2017年版，第126页。

的人生经验，这些经验包括人的感觉、欲望、梦、潜意识，在历史和政治的大事件面前，它们虽然显得微不足道，但是它们对人的影响一点都不亚于大历史对人的影响，甚至连对一些大的历史政治事件的描写，如波兰人的迁移和对德国人的驱逐等，作者也通过欲望和梦幻的承载而让其令人难以忘怀。在托卡尔丘克的小说世界里，这些微小的个体的人生经验，跟宇宙一样神秘和广博，有其深刻的哲学意义。

三

除了托卡尔丘克的《太古和其他的时间》《白天的房子，夜晚的房子》，我还读过她的《云游》的英文版，这部小说为她赢得了2018年的国际布克奖。在《云游》这部小说里，托卡尔丘克已经不再写以“地域想象”为基调的小说了，而是以旅行——这种全球化背景下的重要生存方式为主题，来贯穿远古和现代的各种小故事和思想碎片，她的写作比以往更加自由，更加天马行空，更加碎片化。关于地域的想象，无论如何分散，我们还是知道她在写那个地方的历史、人物和情感；而在《云游》中，她则像一只完全飞离鸟笼的小鸟，自由地飞翔在不同的国家、不同的历史空间，飞翔在科学和宗教、灵魂与肉体的冲突之间，唯一能够维系这部小说的就是关于旅行和旅行者的主题。在《白天的房子，夜晚的房子》中，当谈到旅行时，玛尔塔曾经认为，想要认识世界，压根就用不着出门，而且在旅行中，人总是碰到自己，似乎自己就是旅游的目的，不如在家里自在，“人在风景中看到自己内在的不稳定瞬间。人到处看到的只是自己。这就是一切”[①]。然而，在《云游》这部小说里，叙述者“我”跟玛尔塔的看法完全不一样，选择把旅行看成最重要的生存方式。托卡尔丘克总是喜欢变换自己看世界的视角，以前是从不同的角度来看波兰的某一个村庄或城市，现在则是以漫游者的姿态来看待整个世界、人类和宇宙，不受时间和空间的限制。

小说一开头就写叙述者“我”还是孩童的时候就溜出家里，来到河边，当幼小的她看到船时，她希望自己就是那条船，她喜欢大河流动的感觉，后来得知，人不可能两次踏入同一条河流。跟博尔赫斯一样，她喜欢短篇小说的形式，喜欢著名的赫拉克利特的小河，喜欢梦与现实的模糊地带，喜欢在小说中加入自己的哲思。

叙述者“我”认为自己有别于那些出门旅行而最终是为了“回归”家中的人。对于她而言，生命存在的意义就在于永远的流动和旅行：“我没有继承到那种一到新的地方就可以落叶生根的基因。我尝试过许多次，但是我的根太浅了，连最小的微风都能把我马上吹跑。我不知如何生长，我绝对没有拥有植物性。我从地上无法提取养分，我正好是反-安泰的。我的能量来源于运动——从大巴的震动，飞机的隆隆声，到火车和轮船的摇动。”[②]

---

① ［波兰］奥尔加·托卡尔丘克：《白天的房子，夜晚的房子》，易丽君、袁汉镕译，成都：四川人民出版社2017年版，第190页。

② Olga Tokarczuk, *Flights*, translated by Jennifer Croft, New York : Riverhead Books, 2018, pp.6-7.

安泰俄斯是希腊神话中的巨人，是大地女神盖亚和海神波塞冬的儿子，他只有在大地母亲的怀里才有力量；而叙述者“我”正好相反，她只有在流动和旅行中才能感受到力量。在《到处和无处》一章中，作者把漫游和旅行形容为“流动性、移动性、虚幻性——正是这些品质使我们变得文明。野蛮人不旅游。他们只是去自己的目的地或抢劫。”[①]摇动、旅行、迁移，是为了逃避所有固定的令人窒息的制度，逃避一个个贴在我们身上的标签，逃避世界的统治者——托卡尔丘克认为在移动的身体中自有一种神圣的力量，一种可以摆脱成为统治者的木偶的力量。她写道：“这就是为什么所有权威的独裁者，地狱的仆人，都极度仇恨迁移者——这也是为什么他们要迫害吉卜赛人和犹太人，要强迫自由人安定下来，分配一个让我们服刑的地址。”[②]她认为统治者不喜欢移动迁徙的人，因为这些人不理会统治者创造的凝固的秩序，这些人拥有自由，蔑视他们的制度，经常逾越规定好的界限。《云游》把漫游、迁徙、移动上升到一个人生哲学的高度，它的核心其实就是关于“自由”的意义。在漫游中，人可以是隐形的，可以选择逃离，可以超越日常生活中固有常规的束缚。小说中写到在机场有一些学者演讲关于“旅行心理”的理论，提到“如果我们希望把人类用一种更加令人信服的方式来分门别类，我们只有把人放在某种移动的状态”，因为“星群状态，而不是

① Olga Tokarczuk, *Flights*, translated by Jennifer Croft, New York : Riverhead Books, 2018, p.52.

② Olga Tokarczuk, *Flights*, translated by Jennifer Croft, New York : Riverhead Books, 2018, p.259.

排序，承载着真理”[1]。的确，分散的星群状态比单线发展的叙述和思维方式更加开放、包容、广博。

托卡尔丘克在这部小说中采用一种完全随兴的漫游式的叙述方式，达到令我们难以想象的自由度，她的各种小故事、微故事和一则则思绪和冥想，是超越国家和超越历史的飞逝的瞬间和碎屑，它们之间的联系极其松散和随意，留给读者极大的阐释空间。《云游》中的叙述者“我”如同本雅明的“漫游者”(flâneur)，在历史的天地里漫游，在关于宗教和科学的冲突中漫游，在关于肉体和灵魂的思考中漫游。她愿意当一个隐形的人，随时观察、倾听，如同一个“巨大的耳朵”，她在路途中会随手拾起一些大家忽视的碎片，她不喜欢任何固定的可预见的完美的东西，不喜欢那些熟悉的千篇一律的满意的笑容，她对这些东西都带着一种质疑的态度。对于叙述者“我”而言，她长期的旅行就像是一种慢性病，而其病症就是她总是“被所有变质的、有缺陷的、不完美的、破碎的东西所吸引”，她喜欢通过这些“错误的有缺陷的创造物”来穿透事物的表面而看到真相。她不相信科学和心理学可以解释整个世界，对于单纯以科学的模式和逻辑来阐释世界的方法，她抱以深深怀疑的态度，她更想看到是那些科学无法解释的“看不见的”的东西。在一篇关于“维基百科全书”的感悟里，她觉得百科全书漏掉了另外一些东西：“我们应

① Olga Tokarczuk, *Flights*, translated by Jennifer Croft, New York : Riverhead Books, 2018, pp.74-77.

该收集另外一套知识，来平衡已经放在外面的条目——所有那些相反的、内在的、我们所不知晓的东西，所有那些无法被条目捕捉到的、无法被任何搜索器查找到的东西，而它们的内容是如此的浩瀚，以至于词语无法完全覆盖——你只能踏入词语的中间，进入那深不可测的意义的深渊，而每走一步我们都会滑倒。”①

《云游》中的每则小故事都属于这种带有某种缺陷的神秘而难以解释的故事，都属于百科全书中无法收录的条目。有一则故事讲述了一位丈夫跟妻子和幼小的儿子去岛上旅游，后来妻子和孩子却神秘地失踪了，我们不知道是丈夫谋杀了妻子，还是妻子选择失踪。作者后来写到夫妻间的一些矛盾，但始终没有给我们任何答案。还有一则故事讲一位妈妈照顾自己天生就有缺陷的儿子，直到最后完全无法忍受，而宁可去街上过无家可归的露宿街头的生活。另外还有一则故事讲一位女医生年轻时的恋人，老年后受疾病的折磨，而她特地远道飞去，帮助他完成了“安乐死”，用死亡帮他解脱——一种深刻的爱的表达。这几则故事都是关于“逃离”的主题，不是从令人窒息的家庭生活中逃离，就是从痛苦的疾病折磨中逃离。还有好几则故事都跟人脆弱的肉体有关，从肉体的角度来讨论科学和宗教的问题。有一则故事讲肖邦的妹妹在他死后，把肖邦的心放在瓶子里，从巴黎带回华沙，把它埋

① Olga Tokarczuk, *Flights*, translated by Jennifer Croft, New York : Riverhead Books, 2018, p.72.

在肖邦的故乡。还有一则故事讲16世纪的一位解剖学教授，通过解剖自己的截肢而发现了“阿喀琉斯腱”的故事，自己还给这条断腿写了一封信。最匪夷所思的一则故事是关于一位尼日利亚的黑人，他小时候被人绑架带到奥地利，后来在皇宫为国王服务，死后他的尸体被剥皮、塞满填充物，然后被放在博物馆展览，而她的女儿三次写信给国王，希望国王能够赐回父亲的尸体，给予他的身体正常的、人性化的埋葬。叙述者“我”常常去博物馆看那些用防腐剂保持下来的人体的部分，有畸形的胎儿，有人体不同的器官，这些人体的局部或有缺陷的胎儿漂浮在玻璃罐里，散发出一种“怪异”（grotesque）的感觉。如果我们把人生当作一场旅行，那么我们的身体就是我们在这场人生旅程中的旅行工具。我们知道肉体的寿命是短暂的，可是托卡尔丘克却写了那么多用科学的方法保存下来的身体或者器官的故事，她似乎在叩问，即使科学能让死后的身体变得永恒，可是它拥有灵魂吗？自文艺复兴以来，人取代了上帝，可是当人们把远古神秘的众神驱逐之后，众神去了哪里？他们存在于人的身体的黑暗之处吗？可以说，正是科学技术所忽略的伦理学和宗教的部分，正是这些对立于逻辑思维的“不可见的感性的”部分，才是她所真正关心的。

在《云游》里，我们没有读到任何关于国家政治的内容，没有读到任何关于地域写作中的历史纷争等内容，但是我们读到了关于人性的内容，关于迥异于世俗世界庸常化的想象，关于肉体和灵魂的哲学思考。詹姆斯·伍德（James Wood）在《纽约客》

的书评，虽然基本上肯定《云游》的艺术性，以及流动性里包含的好奇心，但是他质疑流动性是否都是好的，流动性是否一定预示着自由。他认为，旅游中的劳动力是作者所忽视的，因为叙述者“我”总是一个人，离开雷达的探测，自由自在地漫游天下，而那些大量的原本不想离开自己的故土而后来却不得不背井离乡的人们却被作者完全忽视了。①我觉得詹姆斯·伍德的这一质疑，把社会政治层面作为了文学判断的唯一标准，可是，托卡尔丘克的小说太丰富了，她把流动和漂流看成是关于个体的美学，是个体“越界”的美学，超越国家政治的界限，超越历史时间的约束，超越任何权威方式对个体的统治，所以我们不能只是以“社会性”和政治性来贬低其创新的价值。

四

托卡尔丘克的小说既有马尔克斯《百年孤独》的魔幻现实主义的手法，又有卡尔维诺的轻盈，也有博尔赫斯短篇小说的凝练和睿智。然而更重要的是，她的散文式小说，是典型的流动性的女性话语，是碎片式的片段写作，是各种各样的越界。它是无边无际的，可以延伸到四面八方，可以延伸到历史中被掩埋的瞬间，也可以延伸到身体里一个令人锥心疼痛的点，可以延伸到房子里的个体，或是个体内心中的房子，可以覆盖世界的中心——太古，也可以覆盖宇宙的边界。就像“我”梦见玛尔塔的背上长

① James Wood, “‘*Flights*’, *A Novel That Never Settles Down*”, *The New Yorker*, October, 2018.

出了一对翅膀，这两只翅膀能说明一切。也就是说，托卡尔丘克的小说最迷人的内壳，就是自由，而这不正是文学有别于科学和其他工具理性思维的所在吗？

2018年10月写于香港科技大学

第二辑

文学的变幻之旅

博尔赫斯的梦

豪尔赫·路易斯·博尔赫斯（Jorge Luis Borges）是隐喻之王，他的文学意象非常丰富，结合了抽象的思索和天马行空的幻想，神秘深远，所以关于他的解读是无止境的。用格非的话来说，就是“世界上有多少博尔赫斯的读者，就会出现多少种对博尔赫斯的误解”[①]。残雪写了一本《解读博尔赫斯》，是一位作家对另一位作家的灵魂探索，解读得非常精彩，既为读者揭示了博尔赫斯的心灵魔术，也让我们看到她在那座心灵迷宫漫游和冒险的脚步。批评家纷纷指出博尔赫斯小说和诗歌中最常出现的几个意象，如镜子、蓝虎、图书馆、匕首、高乔人、迷宫等，但是对我来说，最能揭开他的心灵迷宫的钥匙应该是“梦”。通过“梦”，

---

① 格非：《博尔赫斯的面孔》，南京：译林出版社2014年版，第307页。

他自由地穿梭于现实与虚构、抽象与具象、文学与哲学、短暂与永恒、生与死之间，构筑起一个属于他自己的第三艺术空间。阎连科曾经这样描述："博尔赫斯带来了一种镜花水月的虚无感，一种人生无常、世事莫测的梦幻感觉，从真实中引出梦境，再从梦境中引出真实，如梦幻般模棱两可。这样，他就在现实和想象这两个空间之外，为后人搭建了第三个讲故事的平台：梦。"①的确，梦是博尔赫斯召唤出的古老的魔术，是他接近永恒的途径，也是他对艺术和文学本质的定义。

博尔赫斯的梦就像他的小说《特隆、乌克巴尔、奥比斯·特蒂乌斯》（*Tlön*，*Uqbar*，*Orbis Tertius*）中所想象的"特隆"世界一样，不是唯物的，而是唯心和唯灵的，是虚无主义的，带有浓厚的幻想文学色彩，以玄思神游为出发点去感知和想象整个天荒地老的广博悠远的宇宙世界。在这个特殊的世界里，有形的宇宙是一个幻影，而那看不见的需要通过潜意识去感知的神秘世界反而是实实在在的。特隆世界的本质就像残雪所阐释的："特隆是一个幻想的王国，它同一切世俗的规范都不相干，人在凝视中看到的模糊景象是无限的创造力的涌动，是'无'和'有'的纠缠，是丰富到极点的混沌，是限定与突破的统一。"②这段话一样可以概述博尔赫斯的艺术世界。就像特隆的玄学家们，博尔赫斯不追求真实性，也不追求逼真性，他所寻求

① 阎连科：《百年写作十二讲：阎连科的文学讲堂（二十世纪卷）》，香港：中华书局（香港）有限公司2017年版，第149页。

② 残雪：《解读博尔赫斯》，上海：华东师范大学出版社2008年版，第28页。

的是惊奇和神奇。[①]他总是驰骋于现实与虚构的模糊地带，在灵光一闪的瞬间，展示比现实和理性更为宽广和神秘的世界。即便他的小说充满了哲学内涵，具有无穷神性的宇宙观，他仍是用幻想文学作为翅膀，来飞离被概念束缚的牢笼，所以他所营造的小说世界，让工具理性变得毫无用武之地，也让学院派的学者试图用来评论他的政治话语变得词不达意，唯有懂得心灵密语的艺术家，才能够与他共享那个不断衍生的无穷大的神秘宇宙世界。他在特隆世界中举了一个例子："门槛的例子十分典型：乞丐经常去的时候，门槛一直存在，乞丐死后，门槛就不见了。有时候，几只鸟或一匹马能保全一座阶梯剧场的废墟。"[②]这个例子有中国写意画的韵味，富有禅意，只可意会，不可言传，从心的影像里看到生命的处境，哪怕只有残缺不全的对物质的勾勒，完整的物的灵还存在，一样能够唤起读者思念天地之悠悠的宇宙感。

虽然加西亚·马尔克斯（García Márquez）运用了许多奇特而怪诞的"魔幻"的手法，但是他在《百年孤独》（*One Hundred Years of Solitude*）中所虚构的马孔多，仍旧是现实社会的"镜子城"，是哥伦比亚乃至拉丁美洲的历史缩影，所以他的家国情结和乡土情结比较重。相比之下，博尔赫斯则完全超越了家国情

① ［阿根廷］博尔赫斯：《博尔赫斯全集·小说卷》，王永年、陈泉译，杭州：浙江文艺出版社1999年版，第79页。

② ［阿根廷］博尔赫斯：《博尔赫斯全集·小说卷》，王永年、陈泉译，杭州：浙江文艺出版社1999年版，第83页。

怀，而是典型的世界主义者，甚至是宇宙主义者。他的小说里不仅有西方世界，也有东方世界；不仅有现实世界，也有古今中外书籍中的世界；不仅有醒来时看得见的物质世界，也有梦幻中的潜意识世界。他的“梦”的意象，跟他的“镜子”的意象一样，都是他试图拓展和延伸现实世界的努力。他不满足于现实的单一维度，他的灵感来源于对古今中外鸿篇巨制的大量阅读，他可以自由地跟隐藏在世界文化历史书籍中的精灵们展开对话，借助“梦”的桥梁，他把抽象变成具象，把自己的思想用幻想文学的形式表现出来。他很喜欢邓恩的《时间试验》，因为邓恩说做梦的时候，我们每个人都拥有“某种低微的个人永恒”：“做梦的人瞥一眼就能看到，就像上帝从其广漠的永恒看到宇宙间的一切过程一样。醒来时又将会怎么样？就像我们习惯于延续不断的生活一样，我们会给我们的梦以叙事的形式；然而我们的梦是多重的，是同时发生的。”[1]博尔赫斯认为世界文学的所有经典作品都是精彩的“梦”，梦是幻想，是文学创作，是最古老的美学活动，是可以包容宇宙一切过程的最自由的艺术创造过程，在这个过程中，自我对世界的认知是多重的，对自我的认知也是多重的。面对无穷大的不断衍生的梦，他一方面用怀疑的态度来质疑世俗世界中的所谓真理，另一方面他也真切地感到一种面对超自然和虚无的个体恐惧感。当他把梦以叙事的形式表现出来时，梦就变成他独有的美学作品，既可以令他徘徊于存在与虚无之间，展示一

① ［阿根廷］博尔赫斯：《博尔赫斯全集·散文卷》下卷，黄志良、陈泉等译，杭州：浙江文艺出版社1999年版，第78-79页。

种与天地合一、与万物等量齐观的透视力和感悟力，又让他像但丁（Dante Alighieri）在《神曲》（*The Divine Comedy*）中所做的一样，对人内心的黑暗——“地狱的裂缝”[①]进行奇妙而丰富的灵魂探索。

一

博尔赫斯对《一千零一夜》（*1001 Nights*）情有独钟，比如他的短篇小说《南方》（*The South*）中的主人公达尔曼在其命运转折之前，手里拿着的就是一本不成套的魏尔版的《一千零一夜》，后来达尔曼踏上回南方的旅程，手里拿着的还是这本神奇的书。《一千零一夜》那么吸引他，是因为这本书代表了变化万千、取之不尽的文学故事与文学之梦，拥有永不枯竭的创意和想象。阎连科曾经这样解读：“《一千零一夜》作为另一种元小说在《南方》中的对应与存在——回到《南方》的文本本身，《一千零一夜》在小说中的出现，不是一种道具与借助的意义，而是另一种元小说的意义。”[②]把《一千零一夜》看成是一个“元小说”的元素，就意味着它是小说中一个举足轻重的“角色”，跟小说中的人物和情节有着相应的对话。博尔赫斯的小说常常来源于他在书本里的阅读经验，从书籍中发现另一个想象的世界，然后又重新

---

① ［阿根廷］博尔赫斯：《博尔赫斯全集·散文卷》下卷，黄志良、陈泉等译，杭州：浙江文艺出版社1999年版，第90页。

② 阎连科：《百年写作十二讲：阎连科的文学讲堂（二十世纪卷）》，香港：中华书局（香港）有限公司2017年版，第139页。

创造这一世界，属于叙述中的叙述，想象中的想象，迷宫中的迷宫，梦中之梦。他有一首诗，题为“《一千零一夜》的比喻”，给我的印象很深，我甚至觉得他似乎在概述自己小说中的比喻，而其中一个最重要的比喻就是“梦”。

阿拉伯人和波斯人
梦见隐秘的东方大门
或者已成灰烬的花果园，
人们还会做同样的梦，
直到他们生命的终结。
正如伊利亚派学者的悖论，
一个梦化为另一个，生生不息，
进行着无用的交织，
织成了无用的迷宫。
书中之有。王后并不知晓，[①]

博尔赫斯在一篇题为《一千零一夜》的散文里，不仅提到这本书带给他的东方神秘性是无穷无尽的，也强调梦是《一千零一夜》偏爱的主题。他在文中谈到了《一千零一夜》中的两个人做梦的故事：一个开罗居民在睡梦中梦到有人让他去波斯的斯依法罕寻找宝藏，等他历尽千辛万苦到了斯依法罕，可是那里的法官却反讽地

① ［阿根廷］博尔赫斯：《博尔赫斯全集 · 诗歌卷》下卷，王永年、林之木译，杭州：浙江文艺出版社1999年版，第186-187页。

告诉他，他梦见过开罗的一个花园里有一个宝藏，后来开罗居民回到了开罗家里，果然在他自己家的花园里找到了埋在那里的财宝。这个故事后来又被博尔赫斯改写成了短篇小说《双梦记及其他》。《一千零一夜》对于博尔赫斯的意义，不仅在于其神秘性，更在于文学比现实世界多了一个维度，可以让人在文学世界中超越人生的困境。他写道："一个人希望丢失在《一千零一夜》之中，一个人知道，进入这本书就会忘却自己人生可怜的境遇。"[①]而他著名的小说《南方》果真就借助《一千零一夜》而达到了一个双重的世界。

博尔赫斯的短篇小说《南方》写的就是一个双重世界：既是现实，又是梦，完全超越了我们熟悉的因果关系，达到了一种人生即梦的情景。主人公达尔曼有一天突然发烧，进了医院后，医生诊断他得了败血症，手术后的日日夜夜，他似乎活在地狱和梦魇中，生不如死，身体仿佛不属于自己，只能任人摆布。可是故事发展到这里，博尔赫斯笔锋突然一转，很快就写到医生说达尔曼可以出院了，于是他就踏上了去南方的火车，准备回到他在南方的庄园。在旅行的路上，他又带上了《一千零一夜》——梦的隐喻，博尔赫斯还特地交代了达尔曼带这本书的目的："这部书同他不幸的遭遇密切相连，他带这部书出门就是要表明不幸已经勾销，是对被挫败的邪恶力量一次暗自得意的挑战。"[②]在此，

---

① ［阿根廷］博尔赫斯：《博尔赫斯全集・散文卷》下卷，黄志良、陈泉等译，杭州：浙江文艺出版社1999年版，第98页。

② ［阿根廷］博尔赫斯：《博尔赫斯全集・小说卷》，王永年、陈泉译，杭州：浙江文艺出版社1999年版，第187页。

《一千零一夜》是令博尔赫斯可以跨越现实和梦境的至关重要的角色，有了它，所有难以想象的超越世俗日常生活的梦幻般的场景都会自然出现，而且一切都变得顺理成章。

在火车上，达尔曼在冥想："明天早晨我就在庄园里醒来了，他想道，他有一身而为二人的感觉：一个人是秋日在祖国的大地上行进，另一个给关在疗养院里，忍受着有条不紊的摆布。"[①]坐在行驶向南方的火车上的达尔曼，做了一个梦，梦中见到的是隆隆向前的列车。这一路程带有梦的色彩，打破了线性的时间观："达尔曼几乎怀疑自己不仅是向南方，而是向过去的时间行进。"[②]后来，火车突然在一个他不认识的车站停住，他下了火车，四周是一片荒野，他走进了一间杂货铺。接下去发生的故事，果然让人感到时光倒错，很像美国的西部片，达尔曼自己坐在杂货铺里孤独地喝酒，可是店里有一个素不相识的粗鲁的人要跟他打斗。正当达尔曼不知如何应付的时候，"蹲在角落里出神的那个老高乔人（达尔曼在他身上看到了自己所属的南方的集中体现），朝他扔出一把亮晃晃的匕首，正好落在他脚下。仿佛南方的风气决定达尔曼应当接受挑战"[③]。在此，高乔人是城市人对过去怀旧的象征，是都市生活中已经流失的久远的神话，是

① ［阿根廷］博尔赫斯：《博尔赫斯全集·小说卷》，王永年、陈泉译，杭州：浙江文艺出版社1999年版，第188页。

② ［阿根廷］博尔赫斯：《博尔赫斯全集·小说卷》，王永年、陈泉译，杭州：浙江文艺出版社1999年版，第188页。

③ ［阿根廷］博尔赫斯：《博尔赫斯全集·小说卷》，王永年、陈泉译，杭州：浙江文艺出版社1999年版，第190页。

富有勇气的男子汉的符号。不过，这时候的达尔曼依然是两个人，一个向往着富有英雄气质的死亡，拿着他不善于使用的匕首，向平原走去，另一个还想着“疗养院里绝对不允许这种事情落到我头上”[①]。

这篇小说的现实和虚构的界限其实是相当模糊的，读到最后的结局，我们仿佛明白，达尔曼的南方之旅只是他在疗养院里做的一场梦。虽然整个旅程写得充满现实感，许多小小的细节，比如咖啡馆里的猫，都为了增强这种真实感而小心翼翼地铺垫着。可是作为读者的我们完全可以猜测，原来这趟前往“南方”的旅程就是病人达尔曼为了超越现实做的一个梦，是一个类似《一千零一夜》中的文学故事：“他跨过门槛时心想，在疗养院的第一晚，当他们把注射针头扎进他胳臂时，如果他能在旷野上持刀拼杀，死于械斗，对他倒是解脱，是幸福，是欢乐。他还想，如果当时他能选择或向往他死的方式，这样的死亡正是他要选择或向往的。”[②]这种梦想成真的结尾就是博尔赫斯心目中文学应有的样子。南方是达尔曼的梦中之乡，尤其在他的身体被疾病束缚的时候，南方更是给了他梦想和希望。那个拿起匕首、义无反顾地走向决斗和死亡的硬汉子，只存在于文学中，只存在于《一千零一夜》的故事里，现实中的他其实

---

① ［阿根廷］博尔赫斯：《博尔赫斯全集 · 小说卷》，王永年、陈泉译，杭州：浙江文艺出版社1999年版，第190页。

② ［阿根廷］博尔赫斯：《博尔赫斯全集 · 小说卷》，王永年、陈泉译，杭州：浙江文艺出版社1999年版，第190-191页。

还待在疗养院里，面对着人生困境，无奈地被自己的身体所囚禁。

博尔赫斯在他的小说《博闻强记的富内斯》（*Funes the Memorious*）中，描写了“一个土生土长、未加斧凿的查拉图斯特拉”[①]。富内斯是一个拥有超凡记忆力的人，仿佛连历史中的每一片树叶他都能记住，可是他惊人的记忆力发生在生活中的一场灾难之后。19岁那年他从马上摔下来之后，“他生活过的19年仿佛是一场大梦：视而不见，听而不闻，忘性特大，什么都记不住。从马背上摔下来之后，他失去了知觉；苏醒过来时，眼前的一切是那么纷繁、那么清晰，以前再遥远、再细小的事都记得那么清晰，简直难以忍受”[②]。即使他已经瘫痪，他的记忆力却让他似乎变得无所不能，无所不知。富内斯说：“我一个人的回忆抵得上开天辟地以来所有人的回忆的总和。”[③]他的身体虽然被监禁在轮椅里，可是他的精神却可以在古今的记忆中自由地驰骋，无论是伦敦和纽约以往的辉煌，还是沸腾现实的热力，还是古老的知识和语言，各种各样的细节都在他的脑海里清晰地呈现。叙述者“我”觉得富内斯“像是一尊青铜雕像，比埃及更古老，早在

① ［阿根廷］博尔赫斯:《博尔赫斯全集·小说卷》，王永年、陈泉译，杭州：浙江文艺出版社1999年版，第138页。

② ［阿根廷］博尔赫斯:《博尔赫斯全集·小说卷》，王永年、陈泉译，杭州：浙江文艺出版社1999年版，第141页。

③ ［阿根廷］博尔赫斯:《博尔赫斯全集·小说卷》，王永年、陈泉译，杭州：浙江文艺出版社1999年版，第142页。

预言和金字塔之前就已存在”[1]。类似于《南方》中的并置——被疾病折磨的身体与浪漫的梦想，博尔赫斯展示了富内斯的双重世界：一方面是他哪里都去不了的身体，以及他必须面对的无奈的现实困境，另一方面他却拥有那么丰富的精神资源，像一个精神超人，一个完全不被现实束缚而获得精神大自由的超人。而这样的双重世界恰恰就是文学的隐喻，就像卡夫卡笔下的煤桶，会带着主人公从困窘的现实困境中飞起。

二

博尔赫斯的梦跟艺术家的心灵创作过程紧紧相连，他似乎通过梦来谈论作家苦思冥想时的思绪，其创造时的痛苦与喜悦，以及创造时应该拥有的心灵状态。他的能够进入梦的最彻底的虚无深处的小说，应该是《环形废墟》（*The Circular Ruins*）。这是一篇典型的关于“梦中之梦”的故事。这篇小说里，一位来自南方的沉默寡言的魔法师来到被焚毁的庙宇的遗迹，在这个环形场所，他知道最重要的任务是睡觉做梦。“引导他到这里来的目的虽然异乎寻常，但并非不能实现。他要梦见一个人：要毫发不爽地梦见那人，使之成为现实。”[2]开始，他的计划实施得并不顺利，梦境起初是一片混乱。后来他梦见自己在环形阶梯剧场给许多学生

① ［阿根廷］博尔赫斯：《博尔赫斯全集·小说卷》，王永年、陈泉译，杭州：浙江文艺出版社1999年版，第144页。

② ［阿根廷］博尔赫斯：《博尔赫斯全集·小说卷》，王永年、陈泉译，杭州：浙江文艺出版社1999年版，第100页。

讲课，但很快学院就变形了，这个梦等于失败了，就像作家构思的一个作品半途而废一样。等魔法师花了一个月的时间恢复体力后，他几乎马上梦见了一颗跳动的心脏，接下来的几天他慢慢梦见了一个个重要的器官。然后逐渐地，他梦见了一个少年，等于在梦中创造了一个“儿子”，并派他去另一座荒废的庙宇做拜火的仪式。自从有了这个来自他的“梦的投影”的儿子，他夜里不再做梦了。不过他担心儿子会发现自己只是一个幻影。“魔法师花了一千零一个秘密的夜晚，零零星星揣摩出来的那个儿子的前途，当然使他牵肠挂肚。”[①]小说的结尾，他思索的结局来得非常突然，火神庙宇的废墟再次遭到火焚，他朝火焰走去，可是发现：“火焰没有吞噬他的皮肉，而是不烫不灼地抚慰他，淹没了他。他宽慰地、惭愧地、害怕地知道他自己也是一个幻影，另一个人梦中的幻影。”[②]这篇“梦中之梦”的故事，通过梦来像上帝一样造人的故事，仿佛博尔赫斯版的“弗兰肯斯坦”，让人在梦中扮演上帝的角色，不仅儿子是幻影，而且魔法师也是他人梦中的幻影——好似文学的创作过程，在虚构的作品里，一切都是作者的梦中之人，梦中之物，一切都是幻影。佛教说的“四大皆空”，又何尝不是看清了人生一切皆幻影？

如果《环形废墟》展示的是一位作家进行精神创作的神秘

---

① ［阿根廷］博尔赫斯：《博尔赫斯全集·小说卷》，王永年、陈泉译，杭州：浙江文艺出版社1999年版，第103页。

② ［阿根廷］博尔赫斯：《博尔赫斯全集·小说卷》，王永年、陈泉译，杭州：浙江文艺出版社1999年版，第103页。

过程，甚至是一位作家存在的虚无感，那么《神的文字》（*The Writing of the God*）则展现了一位作家在创作过程中必须拥有的心灵的自由状态。《神的文字》中也一样提到了“一梦套一梦”和“套在梦里的梦”。[①]一方面是永远被关在石牢里的巫师，一个束手无策的囚徒，永远都得不到现实中的自由，但是另一方面，他却通过“梦”而感受到了一种心醉神迷的与神和宇宙结合的大快乐。他见到了一个既是水也是火的无穷尽的轮子，这个轮子由过去、现在、未来的事情交织组成，他因此而感悟到了宇宙的隐秘，万物的起源，并且获得了无限幸福的感觉。这个故事透露了一个信息，那就是一个作家无论身处何地，只要内心拥有大自由，他就无所不能。它如同流亡文学里常常提到的“自我放逐”，即使身处暴君专制的国度，作家通过内心的自我放逐，也一样可以获得精神的大自由。这位巫师，即使他被囚禁在地牢里，当他感悟到自由就存在于自己的内心，他居然念出偶然凑成的口诀就可以“摧毁这座石牢，让白天进入我的黑夜，我就能返老还童，长生不死，就能让老虎撕碎阿尔瓦拉多，就能用圣刀刺进西班牙人的胸膛，重建金字塔，重建帝国”[②]。这很像庄子的《逍遥游》，而这口诀其实就是启开心灵自由的钥匙，关键还在于作家自己的意念——他是想要被现实所羁绊，还是想要获得个体精神的绝对大自由。

---

① ［阿根廷］博尔赫斯：《博尔赫斯全集·小说卷》，王永年、陈泉译，杭州：浙江文艺出版社1999年版，第273–274页。

② ［阿根廷］博尔赫斯：《博尔赫斯全集·小说卷》，王永年、陈泉译，杭州：浙江文艺出版社1999年版，第274–275页。

三

博尔赫斯曾经说过："说到头，文学无非是有引导的梦罢了。"①他的文学之梦有着自己独特的关于空间和时间的定义，他喜欢把故事的时间和空间安排得比较远，以便更自由地发挥想象。博尔赫斯有一篇非常神奇的小说《阿莱夫》（*The Aleph*），谈的既是关于文学之梦的空间的定义，也是关于作家的视角和胸怀的问题。在小说之前，他引用了莎士比亚的《哈姆雷特》第二幕第二场的句子："啊，上帝，即便我困在坚果壳里，我仍以为自己是无限空间的国王。"②这句话揭示了文学的秘密，那就是，文学有"梦"的翅膀让我们拥有无限的空间。藏在地下室里的阿莱夫，"是空间的一个包罗万象的点"，"从各个角度看到的、全世界各个地方所在的一点"。③它的直径大约只有两三厘米，可是宇宙空间都包罗其中，所有的灯盏和光源也在其中。透过它，可以看到宇宙的任何角度，大到浩瀚的海洋，小到地上的蚂蚁，甚至看到逝去的情人以前写的信。"……我看到爱的关联和死的变化，我看到阿莱夫，从各个角度在阿莱夫之中看到世界，在世界中再一次看到阿莱夫，在阿莱夫中看到世界，我看到我的脸和脏腑，看到你的脸，我觉得眩晕，我哭了，

① ［阿根廷］博尔赫斯：《博尔赫斯全集·小说卷》，王永年、陈泉译，杭州：浙江文艺出版社1999年版，第316页。

② ［阿根廷］博尔赫斯：《博尔赫斯全集·小说卷》，王永年、陈泉译，杭州：浙江文艺出版社1999年版，第296页。

③ ［阿根廷］博尔赫斯：《博尔赫斯全集·小说卷》，王永年、陈泉译，杭州：浙江文艺出版社1999年版，第303-304页。

因为我亲眼看到了那个名字屡屡被人盗用、但无人正视的秘密、假设的东西：难以理解的宇宙。”[①]这个隐藏在地下室的阿莱夫，是博尔赫斯关于文学的最神秘的隐喻。他曾经说明，阿莱夫是希伯来语字母表的第一个字母，在犹太神秘哲学中，它象征着无限的、纯真的神明。其实，阿莱夫的隐喻就是“作家的眼睛”，作家的视野。优秀的作家可以看到世界上的各个角落，可以看到离家乡万里之外的实实在在的葡萄、地上的蚂蚁，以及女人的身体、过去的秘密等外在宇宙的每一个具体的存在，也可以看到每个人的内心宇宙，甚至自我的内心世界，关键还在于，这个作家的视角是否是“宇宙的视角”。无论他住在哪里，哪怕只是住在狭小阴暗的地下室里，只要他拥有阿莱夫，拥有宇宙的视角，他就拥有包罗万象的世界和宇宙，而他的文学作品也会像宇宙一样宽广。

博尔赫斯的小说拥有宇宙的视野，区别于其他拥有乡土情怀和家国情怀的小说。他是这样描述自己的写作的：“我不知怎么福至心灵，会想到写直截了当的短篇小说。我不敢说它们简单；因为世上的文章没有一页、没有一字不是以宇宙为鉴的，宇宙最显著的属性就是纷纭复杂。”[②]正因为他有宇宙的视角，他虽然承认自己是保守党人，但是他的小说是超越各种党派纷争的，他没

---

① ［阿根廷］博尔赫斯：《博尔赫斯全集·小说卷》，王永年、陈泉译，杭州：浙江文艺出版社1999年版，第307页。

② ［阿根廷］博尔赫斯：《博尔赫斯全集·小说卷》，王永年、陈泉译，杭州：浙江文艺出版社1999年版，第315页。

有让他自己的政治立场影响到他的文学创作，拒绝把文学当作政治的工具。他认为："我写的故事，正如《一千零一夜》里的一样，旨在给人以消遣和感动，不在醒世劝化。"[①]由于他拥有"宇宙的视角"，像庄子的《齐物论》一样，在宇宙的观照下，现实中的善恶、是非、贵贱等二元对立对他而言也消失于无形。对于他，这个丰富多彩的世界其实来源于一个共同的东西，那就是万物的本源，物之初，是虚无。因为是虚无的，所以万物是同一的，不需要纠缠在这些对立项中。比如他的小说《神学家》（*The Theologians*）写到两位神学家奥雷利亚诺和胡安的纷争，两个人一个是正统，一个是异端；一个是憎恨者，一个是被憎恨者；一个是告发者，一个是受害者。在现实世界里他们纠缠斗争了一辈子，但是当他们到了没有时间概念的天国，对于深不可测的神而言，他们构成了同一个人。这种超越正反、黑白二元对立的观点，也类似于中国佛教说的"不二法门"，只有拥有宇宙极境的眼光，才能超越这样的二元对立之争。他的另一篇小说《扎伊尔》（*The Zahir*）通过一枚普通的钱币看到事物的正面和反面，让那个普通的钱币"扎伊尔"，变成透明的，两面都不重叠，而景象变球形，扎伊尔出现在球的中央——这样的描述是为了令读者从一个细小的东西看到包容万象的宇宙，看到涉及宇宙的正与反、是与非的历史景象和生命景象，以及无穷的超越因果的复杂关系，而不被非此即彼、非黑即白的二元法所局限。

---

① ［阿根廷］博尔赫斯：《博尔赫斯全集·小说卷》，王永年、陈泉译，杭州：浙江文艺出版社1999年版，第315页。

四

博尔赫斯喜欢在小说、诗歌和散文中写他自己，不过他笔下的博尔赫斯可是千变万化的，是拥有多重主体的。他在一首《我就是我》的诗里曾经这样描述自己：

我是我自己看不见的躯体和面庞。
我是残阳将尽，那个听天由命的人，
用与众稍有不同的方式
摆弄卡斯蒂利亚语的词句，
叙说寓言故事，
穷尽所谓的文学
……
我知道我只是一个回声，
希望无牵无挂地死去。
我也许是梦中的你。
我就是我。正如莎士比亚所说。[①]

博尔赫斯之所以千变万化，是因为他对自我的认知常常通过梦来实现，而文学本身就是无数的梦——过去的梦，现在的梦，将来的梦，梦中之梦，“梦的深处仍是梦”，即使完全失明也不影

① ［阿根廷］博尔赫斯：《博尔赫斯全集 · 诗歌卷》下卷，王永年、林之木译，杭州：浙江文艺出版社1999年版，第220-221页。

响他继续做梦，而梦中看到的一切比现实本身更真切更完整，集个人经验、文学记忆、古老神迹于一体。正如他在一首《梦》的诗里所说的："我比尤利西斯的水手们航行得更远，/驶向梦的境界，/超越人类记忆的彼岸。"[①]以前阅读博尔赫斯时，我会不由自主地倾心于他有如图书馆一样的博学，可是最近重新阅读他的小说和诗歌，我更加明白，"梦"既是他对文学的定义，也是他寻找那个隐藏在书本中的多重自我的途径之一，或者说，他所阅读的所有跟他心灵相通的前人，都构筑成了他内心的一部分。就像庄周梦蝴蝶一样，不知是文学中的人物梦见了他，还是他梦见了梦中的人物。"我将是众人，或许谁也不是，/我将是另一个人而不自知，/那人瞅着另一个梦——我的不眠。"[②]"或者，还有另外一个隐秘的我/我曾经到那贪婪的镜子里/去寻找过那如今已消失了的幻象的我？/也许，只有待到死了以后/我才能知道自己只是一个名字还是真的存在过。"[③]在一篇散文《博尔赫斯和我》里，一个拥有"世俗角色"的博尔赫斯和一个拥有艺术家的"本真角色"的博尔赫斯展开有趣的对话，但这两个角色其实都是博尔赫斯本人，是他的双重主体。

每次谈到时间时，博尔赫斯都会谈到著名的赫拉克利特的

① ［阿根廷］博尔赫斯：《博尔赫斯全集·诗歌卷》下卷，王永年、林之木译，杭州：浙江文艺出版社1999年版，第93页。

② ［阿根廷］博尔赫斯：《博尔赫斯全集·诗歌卷》下卷，王永年、林之木译，杭州：浙江文艺出版社1999年版，第93页。

③ ［阿根廷］博尔赫斯：《博尔赫斯全集·诗歌卷》下卷，王永年、林之木译，杭州：浙江文艺出版社1999年版，第288页。

小河，“他说过一句名言我经常引用：人不能两次踏进同一条河流。为什么人不能两次踏进同一条河流？首先，因为河水是流动的。第二，这使我们触及了一个形而上学的问题，它好像是一条神圣而可怕的原则，因为我们自己也是一条河流，我们自己也是在不停地流动”。在博尔赫斯看来，时间问题比任何形而上学的问题都更加与我们紧密相关。当我们像赫拉克利特一样，看着河流中自己的倒影时，不仅这河不是原来的河了，赫拉克利特不再是原来的他，而我们也不再是原来的我们了。于是博尔赫斯发问：“我是谁？我们每一个人是谁？我们是谁？也许我们有时知道，也许不知道。但与此同时，诚如圣奥古斯丁所说，我的灵魂在燃烧，因为我想知道时间是什么。”①

他在两篇小说里——《另一个人》（*The Other*）和《1983年8月25日》（*August 25, 1983*）——都采用同样的“元小说”的叙述手法，让一位博尔赫斯邂逅另一位博尔赫斯。《另一个人》是博尔赫斯的小说集《沙之书》（*The Book of Sand*）中的一篇小说。故事发生在1969年2月，不满20岁的博尔赫斯在剑桥市的查尔斯河边遇到了头发灰白的70多岁的博尔赫斯，两个人展开了有趣的对话。他们谈到自己喜爱的文学，可是发现昨日的人已不是今日的人：“半个世纪的年龄差异并不是平白无故的。我们兴趣各异，读过的书又不相同，通过我们的谈话，我明白我们不可能相

① ［阿根廷］博尔赫斯：《博尔赫斯全集·散文卷》下卷，黄志良、陈泉等译，杭州：浙江文艺出版社1999年版，第56页。

互理解。我们不能不正视现实，因此对话相当困难。每一个人都是对方漫画式的仿制品。”[①]他们后来虽然约好了第二天再见面，可是谁也没有赴约。他们这次邂逅仿佛是相互做的一场梦，不过我们每个人在不同的时间段都有一个不同的自我，自我可以是多重的、有差异性的，并不见得总是有连续性和因果性。《1983年8月25日》重复了这一主题，这一次刚满61周岁的博尔赫斯在一家饭店的19号房间遇到了即将死去的84周岁的博尔赫斯，他们觉得他们即是两个人又是一个人。84岁的博尔赫斯对61岁的博尔赫斯说：“在拉丁语和维吉尔之中，你会完全忘却这奇怪的带有预言性的对话，它发生在两个时间和两个地方。当你再次做梦时，你将是现在的我，而你则成为我的梦。”[②]84岁的博尔赫斯说完这话就死去了，61岁的博尔赫斯则逃出了房间，而他走进来时看到的所有景物如院子、桉树、塑像、凉亭、喷泉也随之消失了，仿佛一场梦幻。只有在梦中，“今日之我”才能与“旧日之我”在同一个时间和同一个空间里邂逅，并展开对话，互相观察。博尔赫斯不仅领悟到多重的主体性，也对自我用怀疑的眼光进行形而上的批评、解剖和领悟：哪一个自我是真我，哪一个自我是假我？或者这些多重的自我都像《环形废墟》中的魔法师一样，全部来自虚无，并且走向虚无？

---

① ［阿根廷］博尔赫斯：《博尔赫斯全集·小说卷》，王永年、陈泉译，杭州：浙江文艺出版社1999年版，第392–393页。

② ［阿根廷］博尔赫斯：《博尔赫斯全集·小说卷》，王永年、陈泉译，杭州：浙江文艺出版社1999年版，第477–478页。

五

当然也只有在梦中，作家才有虚构时间的能力，打破直线式的进步的时间观。在他的小说《秘密的奇迹》（*The Secret Miracle*）里，赫拉迪克是一位剧作家，被当局逮捕后，他向上帝祈求再给他一年的时间完成他手头的剧本《仇敌》。生命即将结束的最后一晚，他梦见他去图书馆的阅览室里找上帝，管理员告诉他上帝在图书馆四十万册藏书中的某一卷某一页的某一个字母里。他随手翻翻一本地图册，一个无处不在的声音告诉他，“你要求的工作时间已经批准”，[①]这时他猛然醒来。第二天行刑的时候，士兵们突然一动不动，时间突然停滞了，他果然获得了一年的时间把剧本写完。在写完剧本最后一个词的时候，子弹突然飞来，这一次他真的被枪决了。这篇小说里的主人公赫拉迪克做了好几次梦，通过梦，他把瞬间延长成整整一年，并用这一年的时间在死亡之前完成剧作。其实，上帝就是作家自己，他用虚构幻想的魔法来改变现实的时间，在自己的文字里把瞬间变成永恒。当然这被上帝批准的被延长一年的时间，也可以阐释为相对于“客观时间”而言的“主观时间”，现代小说中的意识流或许多超现实主义的艺术作品中都充满了作家和艺术家们虚构的“主观时间”。

伊塔洛·卡尔维诺（Italo Calvino）在《美国讲稿》中曾经

① ［阿根廷］博尔赫斯：《博尔赫斯全集·小说卷》，王永年、陈泉译，杭州：浙江文艺出版社1999年版，第170页。

谈到故事时间的寓意性，即故事时间不能跟现实时间等量齐观。他谈到《一千零一夜》中的故事时，他认为一个套一个，就是故事的时间不断扩张，这种在作品内部延长时间是为了躲避，躲避什么呢？当然是躲避死亡与终结。他也谈到博尔赫斯的《小径分岔的花园》（*The Garden of Forking Paths*）中的时间观，谈到其中的多样化的多枝杈的时间的观点，仿佛任何现在都分成了两个未来，形成了一个“令人头晕目眩的相互分离、相互交叉又相互平行的不断扩大的时间网”[①]，使得无限个宇宙可以同时存在。的确，博尔赫斯通过多变的梦，成功地实现向无限和永恒的时空的过渡。

虽然博尔赫斯看到作家有虚构时间、虚构永恒、超越瞬间的能力，他也探讨了关于有限的人生更加珍贵，还是永恒的人生更加令人羡慕的问题。在他的小说《永生》（*The Immortal*）里，那个“永生者之城”充满了神秘性，其实那位跨越了几个世纪的穴居人就是荷马，而叙述者“我”似乎在某一段时间也曾是荷马。作为读者，我们在几个世纪的梦幻般的传奇旅行中跟随着博尔赫斯一起思考着永生的问题。博尔赫斯认为永生者普遍受到因果报应的世界观的影响，所以他们失去了怜悯之心，他们对别人的命运漠不关心，对自己的命运也漠不关心。相对而言，有限的时间赋予人们“死亡”，“死亡（或它的隐喻）使人们变得聪明

① ［意大利］卡尔维诺：《卡尔维诺文集：寒冬夜行人等》，吕同六、张洁主编，萧天佑译，南京：译林出版社2001年版，第414页。

而忧伤”，[①]懂得珍惜转瞬即逝的生命。有限与无限似乎是一个悖论，人们因为有限的人生而向往永生，而永生的人却变成了“穴居人”，生老病死和进步的时间观对他们而言没有任何意义。在这篇小说的结尾，博尔赫斯揭示，真正能够“永生”的唯有文字，荷马就象征着所有载入文学史里的作家，也象征着永生的文学——文字和词语，它们是“时间和世纪留下的可怜的施舍”[②]。

六

在博尔赫斯的小说《蓝虎》（*Blue Tigers*）里，那个讲授东方逻辑学的教师似乎真的去了恒河三角洲的热带丛林，又似乎只是做了一场梦，在一个被当地人视为圣地的山上带回了会自己衍生的蓝虎圆石。这个神秘的蓝虎圆石就是博尔赫斯小说中的“第三空间”的隐喻。它存在于高地上的隙缝之中，在《圣经》中它们象征着上帝的非理性，当地人只有在梦中才能见到，它的衍生与消失或者回归，完全没有任何秩序和规律可循。“这究竟是什么奇妙的空间，居然能吸收圆石，然后随着时间的推移又一颗一颗地归还，遵循的是一些不可思议的规律或者说是惨无人道的决定？”[③]这个不遵循人类熟悉的时间和空间规范的蓝虎圆石，是

① ［阿根廷］博尔赫斯：《博尔赫斯全集·小说卷》，王永年、陈泉译，杭州：浙江文艺出版社1999年版，第205页。

② ［阿根廷］博尔赫斯：《博尔赫斯全集·小说卷》，王永年、陈泉译，杭州：浙江文艺出版社1999年版，第208页。

③ ［阿根廷］博尔赫斯：《博尔赫斯全集·小说卷》，王永年、陈泉译，杭州：浙江文艺出版社1999年版，第486页。

博尔赫斯构筑的独特的文学想象空间，它充满了偶然性，完全脱离了历史现实中唯物主义的决定论或因果论，极其富有创意。他所描写的那本无限的“沙之书”，或是自开天辟地以来就存在的“通天塔图书馆”，或是可以一览宇宙和世界的“阿莱夫”，都属于这个独特的“第三空间”——它是无限的，周而复始的，让拥有这个空间的人有时甚至感到恐惧与害怕。这个神秘的空间属于文学的世界，并叩问着个体在这个世界中的存在意义。也就是说，当一个渺小的个体面对浩瀚无边的宇宙时，他存在的本质是什么？

博尔赫斯在一篇谈到但丁的《神曲》的散文《第四歌里高贵的城堡》中，提到地狱中的一个高贵的城堡。他说但丁的《神曲》只是他的一个梦，而但丁本人只是梦的主体而已。“他告诉我们说，他在漆黑一片的丛林里不知所措，那里的梦何等深沉。”[①]但丁在地狱里见到了四位既无悲哀又无欢乐表情的高大的鬼魂，那是荷马、贺拉斯、奥维德和卢卡努斯，这些赫赫有名的幽灵以“同行之礼”与但丁相见，并带他和维吉尔去那永恒的高贵的城堡。这些人在基督教问世前就已死去，似乎被上帝打入另册。但丁把他们安置在这个城堡中，虽然看起来在地狱，可是其实是处于天堂和地狱之间的一个“第三地带”。博尔赫斯写道：“但丁不能置教义于不顾而拯救他的英雄们，便在想象中把他们

① ［阿根廷］博尔赫斯：《博尔赫斯全集·散文卷》下卷，黄志良、陈泉等译，杭州：浙江文艺出版社1999年版，第172页。

安置在阴曹地府，远在天堂上帝的视野和支配之外，对他们神秘的命运深表同情。”[1]在《神曲》中描写的地狱里不允许诗人写作，于是这些鬼魂只好靠探讨文学来打发永恒的时光。在我看来，博尔赫斯在其作品中所营造的第三空间，似乎就像这座高贵的城堡一既不属于天堂，也不属于地狱，现实世界的道德伦理规范根本无法描述这个空间，但它却是诗人与作家进行秘密的心灵创作的乐园。

博尔赫斯把文学创作等同于梦的虚构，梦即是他的美学。在创作中，他穿过“地狱的裂缝”去审视每一个灵魂，包括自己灵魂的黑暗面。他一方面感到艺术创作时的大快乐，就像《神的文字》中那位被关在地牢里的巫师，通过梦而有了顿悟后，感受到了一种如痴如醉的与神和宇宙结合的大快乐。但是另一方面，他也常常提到梦醒后的恐惧感，当然这种恐惧来源于现实世界给他的压抑感，以及他面对虚无的无力感。无论梦带给他快乐还是恐惧，都是他面对自我和世界的最真实的感知，都包含着形而上的思索，但不同于哲学的理性思辨，他的目的是恢复文学对人的内在本性的认识。

曹雪芹的《红楼梦》的梦跟博尔赫斯的梦一样，也表现了人生即梦的主题，但是他所描写的“警幻仙境”和贾府的现实世界

① ［阿根廷］博尔赫斯：《博尔赫斯全集·散文卷》下卷，黄志良、陈泉等译，杭州：浙江文艺出版社1999年版，第173页。

毕竟还是“彼岸”和“此岸”的关系，二者似乎并不存在于同一个空间，而博尔赫斯的梦则都在“此岸”，存在于同一个空间，他笔下的人物可以自由而随意地穿梭于存在与虚构之间，把现实世界变得无穷大。梦，特别适合概括博尔赫斯小说的特性。第一，因为梦是多变的，随意的，捉摸不定的，无法预测的，与现实形成同构的关系，加上博尔赫斯对自己的小说有高度的自反性，有清醒的元小说的自觉，他所呈现在读者面前的世界是繁复的多层次的，时空被扩充到无限大，让人有山阴道上目不暇接之感；第二，当梦的主体在现实和多变的梦境中游移，现实世界变得不再那么确定，而是充满了荒诞感和神秘感，梦的主体被一种淡淡的感伤和恐惧所笼罩，对人的本质以及人与宇宙的关系不由得产生深刻的叩问；第三，梦对于博尔赫斯，不仅仅是一个名词，而是功能性的，是一种传输、转换，乃至于创造与再创造的机能。他梦幻空间里的每一座山，每一条河，每一块石头都拥有永恒性和超越性，都与世界和宇宙连成一体，就像《永生》里的荷马一样，也像历史长河里留下的文字和词语。也就是说，博尔赫斯的梦都变成了世界文学的精品而获得了永恒，进入他心目中的天堂——图书馆。

2018年1月写于香港清水湾

色彩缤纷的舒尔茨

1892年布鲁诺·舒尔茨（Bruno Schulz）出生于波兰的一个小镇德罗霍贝奇，他的父母是犹太商人。父亲去世后，他为了谋生，在当地的一所学校担任美术教师。他后来出版了《肉桂色铺子及其他故事》（*The Cinnamon Shops and Other Stories*）和《沙漏做招牌的疗养院》（*Sanatorium under the Sign of the Hourglass*），引起了波兰知识界的注意，波兰文学院授予他“金桂冠”的称号。1939年，他生活的德罗霍贝奇被并入苏联，1941年遭到德国人入侵，犹太人开始被大批地杀害或驱逐。舒尔茨曾经一度幸运地得到一位自称喜欢文学艺术的德国盖世太保官员的庇护，但是后来他被另外一位盖世太保在街上挑出来枪毙。这样一位天才的画家和作家，由于时代的悲剧，只为世人留下一些画作——蚀刻画和素描画，还有薄薄的两本小说集，据说他还有一部长篇小说《弥赛亚》，可是因为灾难的战争岁月而永远地消失了。然而，即使只有《肉桂色铺子及其他故事》和《沙漏做招牌的疗养院》这两本小说集，也足够让舒尔茨在世界文学史上留下不朽的名声。

南非作家库切（J.M.Coetzee）曾经这样评论舒尔茨的小说："有丰富的幻想，充满对活生生的世界的理解的喜悦，风格优雅，机智诙谐，并得到一种神秘但前后一致的唯心主义美学的加固。两本书都是独特而骇人的产品，似乎都是毫无来处。"[①] 余华应该是第一位写文章盛赞舒尔茨的中国当代作家："即便有卡夫卡的存在，布鲁诺·舒尔茨仍然写下了本世纪最有魅力的作品之一。"[②] 美国学者拉塞尔·布朗曾经比较过舒尔茨和世界文学的关系。他认为像卡夫卡一样，舒尔茨也写变形，但是他的"变形记"中所包含的游戏和创造的味道比较浓厚，没有背负卡夫卡的沉重的负疚感；像普鲁斯特一样，舒尔茨的小说也有明显的自传的元素，他总是沉浸在对童年的回忆和怀旧之中，同样异常敏感，同样赋予房间、家具、窗户等周遭环境拟人化的描写，同样是意象和语言的创意大师，不过他比较执着于自己生活的波兰小镇，没有写到小镇外面的世界；像托马斯·曼（Thomas Mann）一样，舒尔茨也喜欢在写作中表达极其强烈的神话意识，不过托

---

① ［南非］J.M.库切：《内心活动》，黄灿然译，杭州：浙江文艺出版社2017年版，第67页。

② 余华：《我能否相信我自己——余华随笔选》，北京：人民日报出版社1998年版，第11页。

马斯·曼的神话来自他的博学，来源于《圣经》故事和一些古典材料，而舒尔茨的神话则是从少年的角度即兴编织出来的，是天真的、自发的和原创的。[①]

一、私人的神话

在《天才时代》，布鲁诺·舒尔茨描写他童年的“天才的时代”，写他如何轻而易举地进入神话的王国：“我全身充满灵感地站在那里，张开双臂，伸长手指愤怒地叫他们看。我像路标一样伸直身子，在狂喜中颤抖不已。我的手引导着我——那陌生又苍白的手拉着我向前，像蜡一样僵硬，简直像是人们去教堂还愿的手，或是天使举起来宣誓的手。”[②]当绘画的灵感喷涌地来到他的身上，他仿佛生活在梦中，被闪电击中，紧张而仓促地画着，眼里充满着斑斓流动的色彩，把神的启示疯狂而快速地涂抹下来。天才的时代是童年的时代，少年的时代，青春的时代，也是充满创作灵感的时代，因为他还未被混杂的世俗生活所污染，因为他还处于完全本真本然的原创状态，所以即使舒尔茨已经成长为成年人，他也要一次次地返回到这个天才时代，用童年或少年的眼光去观察世界，构筑属于他自己的现代神话。可以说，“天才时代”是他创作的灵感源泉——这就是他在小说作品中一直坚持以

---

① Russell E. Brown，“Bruno Schulz and World Literature”，*The Slavic and East European Journal*，vol.34，no.2（Summer），1990，pp.224–246.

② ［波兰］布鲁诺·舒尔茨：《鳄鱼街》，林蔚昀译，桂林：广西师范大学出版社2016年版，第157页。

少年的视角来讲故事的原因。

舒尔茨是一位把自己的视觉感受带入写作中的作家，无论他是写自然，还是写小镇风情、人物或动物，都有一种只有画家才拥有的对颜色的敏感，他的语言就像小说中“父亲”的布店里绚烂多彩的布料的颜色一样，流淌不已，到处蔓延，绵延不绝，也像那些让“父亲”痴心热爱的大批怪异的鸟类，它们多彩的羽毛把天空一下子就变成一幅有韵味的会微微颤动的壁画，让我们不由自主地渴望加入这些鸟群辉煌的飞行队列。由于舒尔茨一直以敏感的少年的眼光来看世界，看父亲，以及看他自己的心灵世界，他所筑造的现代神话，是少年的天才时代的神话，而这些神话都是为了从琐碎和平庸的日常生活中，召唤回一种久违了的崇高感和神奇感。在他的小说《梦想共和国》里，他通过一种乌托邦式的想象，揭示了他写作的目的——那就是要建立一个充满神话语言和自然精神的青春共和国：

> 这里的生活将高举诗歌和冒险的大旗，将满含无穷无尽的领悟和惊奇。我们要做的事情，不外乎拆除墨守成规的壁垒，去掉陈规陋习施加在人类公共事务之上的桎梏，而我们自身的生活将回归本质，迎来不可预知的洪水、浪漫传奇的大潮。我们要以神话寓言的激流、历史事件的狂澜环绕生活，任凭自己在它汹涌的波浪间浮沉，完全顺从其摆布。归根到底，自然精神是一位伟大的讲故事者。寓言、神话、传奇和史诗源源不绝，以

> 不可阻挡之势从它的核心涌出，广漠的大气里充斥着童话传说。你只需在这遍布幽灵的天穹下边放一只捕猎夹子，在风中插一根木桩，当故事碎片在它顶端颤动时，便会钻入圈套。[①]

舒尔茨心目中的“梦想共和国”其实是诗歌的独立之邦，是写作者可以抛开日常凡俗的事务而找到艺术理想的地方，是写作者随时能够听到内心的召唤的有灵性的土地，是写作者可以在宇宙天地之间自由地翱翔的梦幻般的所在。在这个植根于现实的堡垒里，舒尔茨紧紧抓住了“自然精神”，并以它为切入点，让所有少年和青春浪漫的想象和灵感，随着大自然的脉搏和气息而起起伏伏，而同呼吸共哭泣，让他所筑造的神话和寓言充满创意的变形和奇妙的感觉，超逾各种古老成规的疆界，开辟一个完完全全属于他自己的“幻想试验室”。在一篇题为《现实的神话建构》的随笔短文中，他告诉我们，“我们最精准的概念和定义不过是古代神话和史诗的遥远旁枝。我们所有的思想，无不源自神话，源于经过变形、拆分、重塑的神话”，“任何一首诗均是一次书写神话的行动，致力于创造有关这个世界的神话。将世界建构为神话的过程仍未终结”。[②]可以说，他的写作其实是让原始神话重生，通过重现书写属于他自己的神话，他不仅为简单平静的生活

① ［波兰］布鲁诺·舒尔茨：《肉桂色铺子及其他故事》，陆源译，成都：四川人民出版社2017年版，第133–134页。

② ［波兰］布鲁诺·舒尔茨：《肉桂色铺子及其他故事》，陆源译，成都：四川人民出版社2017年版，第178页。

增添光彩和意义，还致力于寻找世界的终极意义。舒尔茨在一封写给维特凯维奇的信中，曾经提到他自己跟托马斯·曼的区别："在托马斯·曼的圣经历史中讲述的都是流传至今的巴比伦和埃及神话。我只是想在我个人最小的范围内找到自己个人的发展历史和自己家族神话的起源。就像古希腊人一样确定自己的祖先是和神话有关联的，就是人与神的结合。我也一样，试图给自己找到一个神圣的祖先，创立一个家庭，找到自己真正的祖先。"①于是，在这两本非常散文化的小说集里，我们可以看到舒尔茨的几种塑造神话的方式：少年的书和集邮册、父亲孤独的英雄形象、迷宫般的时间、色彩斑斓的自然精神。通过这些方式，舒尔茨在日常生活中重新发现了属于他自己的私人的神话、史诗、寓言，当然这些神话是以一个生活在"天才时代"的少年的名义凭空创造的，几乎无典可循，充满了文学的原创力，而那源源不绝的原创力就是他最吸引我们的地方。

二、天才时代的典籍

对于舒尔茨来说，他所塑造的神话来源于他在少年时代喜欢看的书、广告、有插画的奇奇怪怪的江湖传闻记载、集邮册等。在《书》的这篇小说里，他一开篇就写道："我简单明了地称其

① "An Essay for S.I.Witkiewicz" Trans. Walter Arndt. *Four Decades of Polish Essays.* Jan Kott, Ed. Evanston：Northwestern UP, 1990. 转引自［波兰］布鲁诺·舒尔茨：《与撒旦的约定——布鲁诺·舒尔茨书信集》，瓦当编，乌兰译，北京：北京时代华文书局2013年版，第19页。

为书，不加任何修饰或限定语。”[①]这本“书”，在叙述者“我”的童年时代，给他带来的是不可思议的新鲜而充满魅力的感觉，也是他跟父亲单独相处的幸福时光的见证。他用非常浪漫的语言来描述这本“书”：“正如书页被风扫过，将颜色和形状吹散；一道战栗穿过文本，从字里行间解放了大群的燕子和云雀。它升上半空，一页一页散落，浸满色彩，温柔地弥漫在晨景之中。有时候，那本书躺着一动不动，风绕着它静静吹拂，像打开一朵巨大的玫瑰。花瓣一片又一片，一层又一层，全都昏暗无明，柔若丝绒，如梦似幻，徐徐呈现一枚蓝色瞳孔，好像一颗五彩缤纷的孔雀心，或一个喧闹的蜂鸟巢。”[②]这段极其感性的描述，为这本神秘的书注入了神话一般的色彩，让它发散着神光与神韵。

后来由于妈妈的介入，他一度遗忘那本书，等他充满悔恨地想重新找寻这本书的时候，作为读者的我们会惊讶地发现，原来这本令他魂不守舍和狂热无比的书，并不是那本家喻户晓的伟大的《圣经》，而是一本满是插图的充斥着各种奇奇怪怪、杂七杂八的江湖传闻的书。这本书对于家里的女仆阿德拉来说，几乎是一本不值一提的破书，是垃圾，她每天从这本书上撕下几张纸，用来包肉。可是对于“我”而言，这本书就是他自己的《圣经》，

---

① ［波兰］布鲁诺·舒尔茨：《沙漏做招牌的疗养院》，陆源译，杭州：浙江文艺出版社2015年版，第1页。

② ［波兰］布鲁诺·舒尔茨：《沙漏做招牌的疗养院》，陆源译，杭州：浙江文艺出版社2015年版，第2页。

是一部在他“记忆深处持续燃烧、火焰熊熊”的“原刻真本”，是一部“沙沙作响的宏大法典”，因为这本书满足了一个男孩对大千世界的好奇心。它包容万象，有黑头发的辛布里流浪汉，有重新长出长发的朝圣者安娜和她狂热的信徒，有善于驯服男人的马格达太太，有会变戏法的黑魔术大师，有关于不同品种的鸟类的图片及其介绍，有脚踏风琴、齐特琴、竖琴、手摇风琴的绘画，有鼓吹包治百病的灵丹妙药，等等。这些记载着无足轻重的充满日常琐碎事务和传闻的书，被舒尔茨上升为一本天才时代的神圣的典籍。或者说，舒尔茨试图从残损和破碎的日常生活中，从每个卑微和细小的世俗碎片里，找寻神的启示，找寻神圣的痕迹，就像他说的：“如果追本溯源，某个事物可能很渺小、很微不足道，然而，若拉近到眼前，其内核也许会展露一派无限、璀璨的景观，因为一种更高等的存在秩序，总是试图通过它呈现自己，并把它映照得无比绚烂。”[①]在舒尔茨的小说里，微不足道的流浪汉可以被他命名为潘，潘是希腊神话中半人半羊的牧神，象征着创造力、音乐、诗歌与性爱，也标志着恐慌和噩梦；而他童年时的一只小狗玩伴则被他命名为尼姆罗德，尼姆罗德是《圣经》中诺亚的曾孙，一位英勇的猎手。

在他的小说《春天》里，有神迹的书转化成了一本集邮册。就像卡尔维诺用塔罗牌作为叙述的媒介来写《命运交叉的城堡》

① ［波兰］布鲁诺·舒尔茨：《沙漏做招牌的疗养院》，陆源译，杭州：浙江文艺出版社2015年版，第17页。

一样，舒尔茨找到了集邮册作为叙述的创新形式，用游览集邮册的办法，来引领我们进入少年叙述者“我”所讲述的那个热情洋溢的红色的春天。原本平静、空洞、平淡的生活，因为一本鲁道夫的集邮册，一下子变得辉煌炫目和丰富无比，有如“天启显现，突然将世界如火如荼的美妙图景打开”。舒尔茨写道：

> 这本册子里满是令人惊奇的概念、公式、开给文明的药方，还有轻巧便携的护身符，它们能将气候和省份的本质保存于世人的大拇指与食指之间。它们是帝王、共和国、群岛以及大陆的银行汇票。难道皇帝们、篡位者们、征服者们和独裁者们还能够占有比这更多的东西？我突然领略到那种君临大地的甜美，那种唯有统治权才可以满足的强烈欲求。如今，我渴望陪伴马其顿国王亚历山大去征服全世界。而以毫厘计量的地方并不比世界要小。①

就像那本神奇的“书”一样，这本集邮册又一次为叙述者“我”展开了存在的无限可能性，让他可以跨越所有的法度和规则，把自己完全解放出来，让想象力满世界自由地飞翔，去寻找浪漫与幻想。这本集邮册，是“我”创作想象的源泉，也是“我”可以直接接触到上帝的神性——创造性的捷径，是艺术创造接近神性的象征。它也让写作者明白，他可以在自己的文学精

---

① ［波兰］布鲁诺·舒尔茨：《沙漏做招牌的疗养院》，陆源译，杭州：浙江文艺出版社2015年版，第42页。

神领地里拥有比历来的君主更加宽广无垠的土地与天空，拥有更多的自由和创造的力量。叙述者“我”一下子就变成了新福音的信徒，而新福音就是这本集邮册，它跟那本作者童年时爱读的“书”一样，都被舒尔茨变成了他的私人神话的典籍，变成了他自己的《圣经》。“我”体内的创造力和想象力，在那个美丽的春天，在自然精神和集邮册的诱发下，一下子爆发出来，开启了似幻似真的艺术探险的旅程。于是，“我”在小镇甜食店偷偷观察并暗恋的一位美少女比安卡成了故事里的女主角，成了建立奥匈帝国的弗兰茨·约瑟夫一世的私生女。为了营救公主比安卡，“我”可以召集世界上的精英们和伟人们，尽管这些伟人是蜡像做的，而这些蜡像来自当地的一场魔幻剧，充满了梦幻和反讽的色彩。小说结尾的那段对话，是关于政治与文学的对话，官员问主人公“我”有没有梦见《圣经》里描写的约瑟夫，并且警告他这个梦已经被高层注意到了，“我”回答说：“我无法为自己的梦负责。”少年的文学之梦不受任何专制的政府所管制，在文学想象的领域里独裁者或伟人们有如蜡像一样被作家随心所欲地摆布——这样的文学创作迥异于任何正史、宗教典籍或官方版本的故事，而更像一个春天的童话。

库切认为舒尔茨的故事来源于他对童年和自己创造活动进行回忆的内心生活。[①]显然，《书》《天才时代》《春天》不仅属于

① ［南非］J.M.库切：《内心活动》，黄灿然译，杭州：浙江文艺出版社2017年版，第78页。

舒尔茨对自己创造活动的内心探索，也构成了他的神话的基本构架之一。这些少年记忆中绚烂辉煌的“书”，不属于集体和大众，只属于舒尔茨个人，是他的护身符，是他在世俗生活中收集起来的充满青春色彩的神话。它们是那样地鲜活和纯真，自由地穿梭在梦境和现实之间，像春天的生命一样不受约束地旺盛生长。跟我们以往读过的神话典籍不同，这些书中的神话和寓言生机勃勃，轻而易举就瓦解了虚伪的教条，不受任何权威的控制。在这些现代的神话典籍中，舒尔茨自己就是造物主和所有灵光的收集人。

三、孤独而神奇的父亲

舒尔茨为世界文学贡献了一个非常独特的父亲形象，这个父亲无论是以人的形象出现，还是以变形后的动物形象——蟑螂、螃蟹、蝎子、苍蝇出现，都显得非常孤独、郁郁寡欢，与正常的世俗世界格格不入，但是在“我”的心目中，爸爸绝对是他神话故事中的英雄。父亲是舒尔茨神话中重要的一部分，因为他要把父亲塑造成家族里神圣的祖先，所以他尽力将父亲神化。《死季》里，父亲是“其血脉的最后一人，是肩负宏富遗产之重担的天神阿特拉斯”，他像一位先知，“将对四处游荡、无家可归的以色列人负起责任，率领他们走进狂风大作的夜晚”。[①]《圣经》中

① ［波兰］布鲁诺·舒尔茨：《沙漏做招牌的疗养院》，陆源译，杭州：浙江文艺出版社2015年版，第156页。

的先知摩西受上帝之命，率领被奴役的希伯来人走出埃及，到达流着奶水和蜜的迦南，在此，父亲被舒尔茨形容得跟摩西一样。《父亲参加了消防队》里，父亲跟家里的女人们——母亲和阿德拉争吵过后，突然以一个高大光辉的形象又重新出现在家里，穿着金辉闪闪的盔甲，带着沉甸甸的罗马执政官的头盔，像一个真正的骑士，"一个如假包换的圣乔治"："身穿盔甲的父亲看上去更加魁梧，他笼罩在一片炫目的金光之中，堪比一位统率天使兵团的大将军。"[①]舒尔茨用骑士的盔甲和罗马执政官的头盔来神化父亲，把父亲的形象变得异常高大、充满男性化的光辉和力量，大胆地去挑战他以往非常害怕的女仆阿德拉。显然，女仆阿德拉是庸常世界的代表，而父亲则象征着舒尔茨神话世界中敢于挑战大风车的堂吉诃德，包含着"崇高"的哲学意蕴。父亲指责阿德拉"不理解更高层次的事物"，"无缘体会想象力的高贵飞翔"，"对超越庸常的一切满含无意识的怨恨"。最后他还以一个漂亮的"英雄"姿态，攀上窗沿，"轻舒猿臂，如耀眼的陨星划过天际，纵身跳入万千灯盏交相辉映的夜晚"，[②]引得众人兴奋欢呼，连一贯看不起父亲的阿德拉都不由得鼓掌和欢叫。

然而，在舒尔茨大多数的小说篇章中，比如《显圣》《鸟》《蟑螂》《父亲的最后一次逃跑》，我们很少见到当消防队长的父

---

① ［波兰］布鲁诺·舒尔茨：《沙漏做招牌的疗养院》，陆源译，杭州：浙江文艺出版社2015年版，第130页。

② ［波兰］布鲁诺·舒尔茨：《沙漏做招牌的疗养院》，陆源译，杭州：浙江文艺出版社2015年版，第135页。

亲高大光辉的英雄形象，更多的是他面对庸常世界的内心挣扎，以及挣扎过后以“变形”的方式跟这个世界告别，或者跟周围的人划清界限，隐身进入自己孤独的内心世界。《显圣》这篇小说中，父亲的健康状况逐渐恶化，在家里又沉迷于账本中，似乎在经营上出现了危机。这些现实生活中的压力，使他逐渐走上了后来“变形”的道路。然而，即使在父亲内心充满挣扎和痛苦之时，他在儿子的眼里，仍被形容成“圣人”，如同《旧约》中的先知一样，同上帝大声地争论与声辩。后来这个“圣人”缓缓衰弱下去，逐渐枯萎，只关注自己复杂的内心事物，“父亲的人格似乎已分裂成许多彼此抵触、互相为敌的自我”，慢慢地，他“似乎摆脱了肉体需求，可以几个星期不吃东西，天天沉湎于大伙根本闹不明白的繁复离奇之事”，最后他越缩越小，“已远离人类世界，远离真实世界。他解开了一个又一个与我们相连的结纽，斩断了一个又一个与人类社会衔接的联系。他所留下的，仅仅是一副躯壳和一堆荒唐无稽的怪癖，它们迟早也会消失，如同堆积在墙角的灰渣，每天悄无声息地等待阿德拉倒进垃圾箱里”[①]。

父亲的内心远离庸常的世俗社会之后，他试图塑造一个属于他自己的艺术世界。《鸟》是父亲建构自己理想王国的一次试验，虽然最后他以失败告终，但他曾经拥有过绚烂精彩的美妙瞬间，

① ［波兰］布鲁诺·舒尔茨：《肉桂色铺子及其他故事》，陆源译，成都：四川人民出版社2017年版，第24页。

充分施展了一次他作为艺术家的才能，而他与一只秃鹫的内在联系，也令人震撼，因为这只秃鹫被舒尔茨形容成“一个骨瘦如柴的苦修者”，“一名举手投足十分冷峻庄重的喇嘛僧”，“保持古埃及诸神的永恒姿势”，“好像是我父亲的一位兄长”。[①]《人体模型》中，作为儿子的“我”终于明白父亲的独特之处：“直到今天，我才终于理解父亲孤独的英雄主义，他单枪匹马发动战争，企图打败使这座城镇窒息的、无边无际而又根深蒂固的空虚乏味。他孤立无援，得不到我们认可，这个乖僻的男人捍卫了已经失落的诗意理想。”[②]父亲捍卫这个失落的崇高和诗意理想的最基本方式，其实就是创造。他有一套关于创造的理论：“我们的愿望仅仅是，在自己较低的层次上成为创造者，我们渴望为自己创造，我们渴望创造的喜悦，一言以蔽之，我们渴望造物之能。”[③]对于父亲来说，养鸟是一种艺术创造，在小说《彗星》里他还进行科学试验，这些创造的时刻都属于父亲多姿多彩的辉煌的天才时代。然而，父亲创造出来的理想王国总是那么短暂，不堪一击，女仆阿德拉轻而易举就可以将其摧毁，而母亲也从来没有爱过父亲。于是，父亲便成了一个传奇的悲情英雄，他变成蟑螂，变成螃蟹，甚至短暂地变成过苍蝇，虽然心中充满了创痛和苦楚，可是“父亲绝不妥协的英雄气概令人钦敬，他孤注一掷地把自己抛

---

① ［波兰］布鲁诺·舒尔茨：《肉桂色铺子及其他故事》，陆源译，成都：四川人民出版社2017年版，第28页。

② ［波兰］布鲁诺·舒尔茨：《肉桂色铺子及其他故事》，陆源译，成都：四川人民出版社2017年版，第31页。

③ ［波兰］布鲁诺·舒尔茨：《肉桂色铺子及其他故事》，陆源译，成都：四川人民出版社2017年版，第40页。

向绝望的死胡同，而它看上去没什么回头路可走”[①]。

父亲是一个孤独的英雄，也是一个充满浪漫精神的冒险家，他的冒险在世人眼里是荒诞不经的，但其实他的所有冒险都已经进入到内心世界。舒尔茨之所以把父亲变形成各种动物，就是要彰显父亲这种独一无二的内心浪漫的冒险精神，揭示父亲所象征的“崇高”内涵和诗意理想，以及他不屑于与庸常世界和解的姿态。用“我”在《死季》中的语言来描述，父亲的变形“更近乎一个内心抗争的象征、一次暴烈而无望的示威，尽管如此，真实并非绝不存在”[②]。在卡夫卡的《变形记》中，人的异化和变形充满着无奈，是荒诞的外在世界对人的异化和压迫，把人逼迫到孤独无依和无助的境地和状态，无处逃遁；而在舒尔茨的变形记中，人的变形是父亲自己主动的选择，是传奇，是神话，是一种积极抗争的方式。父亲一次次地变形，甚至死去还能复活——这便是舒尔茨独特的神话和传奇，也是他重塑的对立于平庸时代的关于“崇高”的美学。正如他在《传奇的诞生》的一篇随笔中所写的：“传奇是崇高可以被人理解的必要保证。它是人类精神对伟大的回应。”[③]所以，舒尔茨把父亲变形，是为了通过“传奇”来让世人明白父亲所维护的“崇高”精神，这份“崇高”，

---

① ［波兰］布鲁诺·舒尔茨：《沙漏做招牌的疗养院》，陆源译，杭州：浙江文艺出版社2015年版，第151页。

② ［波兰］布鲁诺·舒尔茨：《沙漏做招牌的疗养院》，陆源译，杭州：浙江文艺出版社2015年版，第152页。

③ ［波兰］布鲁诺·舒尔茨：《肉桂色铺子及其他故事》，陆源译，成都：四川人民出版社2017年版，第171页。

一方面打破日常的思维方式，蔑视世俗的诱惑，另一方面要求个体有英雄式的牺牲精神，而父亲便是这二者的结合。不过，父亲代表的“崇高”在世俗生活面前总是轻而易举地被瓦解，从此我们也可以看到舒尔茨对神话的自我解构和反讽是同时进行的。舒尔茨的变形记，甚至有后现代反讽的含义：一方面塑造着父亲崇高的英雄形象，一方面又通过父亲夸张和戏剧化的变形来嘲讽和解构这个英雄形象。

四、变形的时间

舒尔茨的时间观非常独特，充满了创意，他通过时间来探寻人的生命以及人的生存方式这些带有哲学维度的问题。在《盛季之夜》，舒尔茨写道：“众所周知，在普普通通平平凡凡的岁月轨道里，稀奇古怪的时间偶尔也孕育出另类的年份，这些不正常的变质的年份，会从什么地方生成虚假的第十三个月，好比一只手长出第六根指头。”这个“白给的、老菜梗似的日子”，这个“弯腰驼背的月份”，这个“编外的、多多少少有点儿虚假的月份”，同时又被作者称为“伟大的季节”“不同的时代”“全新的神圣之年”，让作者得以跨越日常生活的确定的时间来改编关于父亲的逸闻和故事。这个多出来的虚假的第十三个月份，是否会让人们从禁锢他们的时时刻刻暂时解脱出来？还是让人觉得空洞、苍白和多余？是否能给父亲的存在本身带来巨大的改变呢？它是真实的，还是作者主观的感受？在故事里，父亲在自己经营的布店，恢复了正常，他善于经商，非常敏锐，被

"我"再次神化——在商场上"如同一位战场上的先知"，游荡在《圣经》中上帝赐予亚伯拉罕的迦南，"双手如先知般探入云端"，甚至那些曾经被阿德拉驱逐的鸟的后裔，又突然出现在天空中，令父亲动容，他不由得伸出双手，用古奥的咒语召唤它们。然而，很快这个激动人心的瞬间马上就变成了一场闹剧，鸟被人打落后，父亲才发现这些鸟或是纸做的，或是伪造的，外表虽然华美，内里空虚，并没有灵魂。于是父亲悲伤不已地走回来，一切又回归以往的日常生活，回归乏味和单调的日子。这个多出来的第十三个月份似乎是虚假的，但是父亲的悲伤却又那么真实。

《天才时代》也描述了一种特殊的时间，不同于凡俗的时间观，不依循着前因后果，不按照直线性连贯和环环相扣的方向前进。舒尔茨在小说里问道："你是否听说过，在双轨的时间之下有一种平行的时间流？这样的时间支线确实存在，尽管非法而又可疑，但是，像我们一样，当某人受到那堆走私货物般无法注册的意外事件的拖累，他就不会挑三拣四了。让我们试着在某个历史的节点上寻找此类支线——它是一条失明的轨道，能够使这些非法的事件扭转方向。"[①] 正是因为有这样一个平行的时间流，舒尔茨才能回到个人的回忆空间，在主观时间里，收集起他生命旅程中某个阶段被遗忘的碎片和幻象，重新创造出激动人心的天才时代，创造出那个象征着早已被直线性的前进的时间流抛弃的属

① ［波兰］布鲁诺·舒尔茨：《沙漏做招牌的疗养院》，陆源译，杭州：浙江文艺出版社2015年版，第19页。

于个人的宏伟辉煌的瞬间。

在小说《沙漏做招牌的疗养院》里，舒尔茨展现了一个最令人匪夷所思的时间观。整篇小说都是以灰色或黑色为基调，我们仿佛在看一部黑白影片，来到了一个被人抛弃的充满终极空虚感的超现实的世界。主人公“我”坐上列车来到疗养院，在这里见到了死去多次又复活的父亲。根据疗养院戈塔尔医生的说法，“我们都知道，按照你家乡的看法，令尊已经谢世。这无可避免。在此地，他还活着，但死亡毕竟投下了阴影嘛”[①]。原来，疗养院的医生把时钟倒拨，用简单的相对论的道理，父亲在家乡已经死亡了，可是在疗养院，死亡还未到来。然而，“我”很快就厌倦了这个“经过反刍的时间”或是“二手的时间”，因为在这样的时空中，父亲虽然在一个跟家乡很相似的小镇租店做生意，可是只能算是个被囚禁在疗养院的半个真人，大多数的时间，父亲和“我”都处于随时随地就会昏睡过去的状态，天天迷迷糊糊，恍恍惚惚，如同行尸走肉。这趟旅程其实是作者的一个梦境，是他往内心转的一段旅程，一段潜意识的找寻父亲和告别父亲的旅程。然而，这趟超现实的旅程，其实也是一次哲学之旅，可以解读为舒尔茨对死亡的思考。他在小说中似乎认同海德格尔的“向死而生”的哲学，主张要逃离“沉沦的时间”[②]，也就是逃离那

---

① ［波兰］布鲁诺·舒尔茨：《沙漏做招牌的疗养院》，陆源译，杭州：浙江文艺出版社2015年版，第165页。

② ［德国］马丁·海德格尔：《存在与时间：修订译本》，陈嘉映、王庆节译，北京：生活·读书·新知三联书店2014年版，第394-397页。

些充满欲求、异化和囚禁自我的时间，而追求真实的活在此在的生存方式。即使他很爱父亲，他还是义无反顾地逃离了疗养院。因为他爱的那个父亲，原本是他自我神话构建中的英雄和家族的祖先，即使一次次在现实中被挫败，仍旧可以一次次以各种变形的方式复活，而疗养院中的父亲则生活在人们磨损的二手时间里，已经完全失去了天才时代的英雄气概，那样半死不活的生命并没有多少意义。在小说的结尾，“我”在逃离疗养院之前，鼓起勇气，敢于面对那条凶狠狰狞的狗，并把它从束缚中解救出来，狗于是马上“人化”，变成了一位图书装订员，最后被“我”留在了父亲的房间里。这条凶狠的狗象征着人们对死亡的恐惧，然而当“我”鼓起勇气，战胜对死亡的恐惧，最后就可以活出自己的人生意义，哪怕在小说结尾“我”选择的是漂泊无依的永不停止的流浪汉的生涯，也比活在昏昏沉沉的疗养院有意义多了。

舒尔茨的小说时间观非常精彩，他的小说不仅有四季循环往复的日常俗世的时间观，还有个体主观的潜意识流动的时间观，二者有时似乎是平行的，有时主观的时间会超越客观的时间。正如海德格尔所说，“如果‘主体’在存在论上被理解为生存着的此在而其存在奠定在时间性中，那么必须说：世界是‘主观的’。但这个‘主观的’世界作为时间性的超越的世界就比一切可能的‘客体’更‘客观’”[1]。在舒尔茨的主观的时间里，每一个个体的

① ［德国］马丁·海德格尔：《存在与时间：修订译本》，陈嘉映、王庆节译，北京：生活·读书·新知三联书店2014年版，第415页。

存在变得更加真实，而主观的世界也以真实和丰富的方式向我们展开和绽放，照亮存在的意义。

五、迷人的自然精神

舒尔茨的《春天》这篇小说，充满了象征的寓意，不仅隐喻着青春少年的性欲萌动，而且指涉著作者创作的过程，或者用残雪的话来说，“揭示了创作机制”[①]。再者，它还象征着故事的复活——“一夜之间，古老的故事上已长满了新绿”，这恰恰揭示了文学创造的秘密就是在古老的众多的故事上生长。当春天到来时，那些史诗、古老歌谣、传奇之书、永恒之书、遗失之书，甚至还不曾写出来的书，那些深植远古历史之中的老枝，会恢复自己的绿色，“好像是史上第一次，那道绿色将重新供世人阅读，从一开始就被分成各个音节，而故事将借此获得新生，再度启动，如同从未被讲述过一样”[②]。而催发这些故事复活的最原始的力量，就是舒尔茨小说中所包含的自然精神。库切认为舒尔茨在《春天》里讲述的是探险故事，“但是在半途中，当舒尔茨开始对他正在编造的故事失去兴趣时，他把眼光转向内心，进入一次四页篇幅的密集沉思，沉思自己的写作过程，我们只能想象它是在恍惚状态下写的，一种狂想诗文式的哲学思考，最后一次发

① 残雪：《艺术家的春天的故事——读布鲁诺·舒尔茨的〈春天〉》，《创作与评论》2012年第4期，第87-88页。

② ［德国］布鲁诺·舒尔茨：《沙漏做招牌的疗养院》，陆源译，杭州：浙江文艺出版社2015年版，第63页。

展了地下土床的意象——神话也正是从中吸取其神圣力量”[①]。的确，在舒尔茨的小说中，地下土床或自然精神都是他所缔造的个体神话的重要来源，是赋予他神奇书写的魔法秘诀。

舒尔茨的“幻想实验室”，让整个自然都围绕着它旋转，让天上和地上的精灵都围绕着它旋转。我们还从来没有见过哪位作家像他那样懂得把自然精神融入他的书写中，让他的神话像生命力强大的绿色植物，繁殖力强盛，在读者面前形象而生动地蔓延成一片繁茂的有神性和有灵性的机体。他自己也强调过这种自然精神：“如同莎士比亚的杰作，我们的戏剧将渗入自然并与之紧密相连。它植根于现实，从一切元素中汲取冲动和灵感，跟随大自然循环往复的恢宏潮汐而起起落落。我们会找到伟大的自然机体全部活动的枢纽，所有故事和寓言在此流进流出，仿佛是她非凡而朦胧的灵魂所生成的幻觉。”[②]自然精神是舒尔茨对抗工业文明的一种方式，是他建造私人现代神话的重要基石，是他运用象征主义、超现实主义形式的一个载体，是他不同于其他现代作家的特征之一，是他永不枯竭的创意的源泉，也是他返回内心的一条秘密的途径。自然赋予他伟大的宇宙维度和神话维度，为他的梦想带来实实在在的生命。

舒尔茨常常把自然拟人化（anthropomorphism），赋予它跟

① ［南非］J.M.库切：《内心活动》，黄灿然译，杭州：浙江文艺出版社2017年版，第78页。

② ［波兰］布鲁诺·舒尔茨：《肉桂色铺子及其他故事》，陆源译，成都：四川人民出版社2017年版，第135页。

人类平等的人格和主体，仿佛与人类同形同性。《秋天》这篇小说中，他有一段跟夏季的对话，完全把夏季当作一个活生生的人来进行心灵交流。“我”认为夏季并非无辜，并且把它当作一个平等的人来告诉其罪咎所在，整大段的描写都把夏季称为“你”，对“你”所具备的非凡的品格、矫揉造作的姿态、年少轻狂的烙印、甜腻和伤感、放纵奔荡的激情、联想和暗示，甚至芬芳的味道等都做了细腻的分析，如同分析人性。《第二秋季》中，父亲把秋日比喻成一位“老态龙钟而技艺娴熟的图书管理员，身穿垂坠的长袍，摸索着爬上木梯，去品尝所有世纪所有文化储存的一勺勺蜜糖”①。《狂风》中，狂风像人一样愤怒，它的吼叫、呼啸和呻吟，仅仅是“夜晚的胡编乱造，是在狭窄的剧场后台上演悲剧式的浩瀚无垠，以表现宇宙的无家可归和狂风的孤苦伶仃”②。

更奇特的是，舒尔茨借父亲之口来描述他自己定义的独特的自然精神，那就是“创造是全体生灵的特权。物质可以无穷衍化，生命力源源不竭，同时又具有一份迷人的魅力，引诱我们投身于创造”③。于是，舒尔茨发现在物质的深处，隐藏着无限的可能性，植物、动物、家具、窗户、大门、墙壁、季节乃至我们生活周围点点滴滴的物质和环境，全部都等待着他来赋予其生

① ［波兰］布鲁诺·舒尔茨：《沙漏做招牌的疗养院》，陆源译，杭州：浙江文艺出版社2015年版，第140页。

② ［波兰］布鲁诺·舒尔茨：《肉桂色铺子及其他故事》，陆源译，成都：四川人民出版社2017年版，第101-102页。

③ ［波兰］布鲁诺·舒尔茨：《肉桂色铺子及其他故事》，陆源译，成都：四川人民出版社2017年版，第38页。

命的呼吸和灵魂。他似乎深谙造物主缔造万物的秘诀，把宇宙中的所有实体都通过他的想象重新赋予活生生的生命，把它们从生活的假象中挖掘出来，让它们跟我们人类的心灵连成一体。“父亲开始在听众眼前描绘一幅他以梦幻为我们建构的无生命起源画卷，那是一个世代的半有机生灵、伪植物和伪动物，是物质发酵的神奇果实。”[①]于是，所有周遭的事物都与人的感觉和神经紧紧相连，房间因为长期不用，会在我们的记忆中消失，而人也会物化，就像父亲的亲弟弟因为疾病，会逐渐变成一卷橡皮管。对于舒尔茨而言，这种自然精神让他轻易地就跨越了肉体和灵魂的边界，物与灵的边界，让他把宇宙包罗万象的物质的色调和生命，全都变成他的魔幻王国里最有力度的原始形式。

六、结　　语

也许正是因为舒尔茨过于着迷于他自己魔幻王国的神话建造，过于沉浸在他自我孤独的世界和对童年时代的回忆和怀旧里，他对人生的种种生存困境似乎缺乏像卡夫卡那样深刻的关怀，他的写作源泉似乎也并未超越他自己的家庭和童年的往事。然而，我们无从知道是否他遗失的小说《弥赛亚》已经开始对他所亲身经历的犹太种族的黑暗历史进行描写，我们也无从知道如果他躲过了盖世太保的屠杀，他的写作是否会从超现实的想象转

① ［波兰］布鲁诺·舒尔茨：《肉桂色铺子及其他故事》，陆源译，成都：四川人民出版社2017年版，第45页。

向对现实的批判，或是二者的结合。可悲的是，这些问题永远无法得到答案了。

不管怎样，即使他所留下的文学遗产，只是薄薄的两本小说，可是它们是如此的璀璨多彩，如此的独一无二，让我倾心不已，不由得久久地流连在天才时代如梦如幻的神话想象中，流连在他密集的意象以及浓烈的华彩般的语言里。在舒尔茨的笔下，痛苦、欢乐、欲望，都能够具象化，而且染上奇妙的色彩。他天才的表现力，不仅扩展了小说的疆土和边界，也给文学本身带来了巨大的活力。他所书写的植根于现实而富有神话寓言和自然精神的梦想共和国和诗意理想，在辽阔的文学天宇下，仿如仙境，让人梦牵魂萦，无法忘怀。

2018年3月8日写于香港清水湾

“变形”的文学变奏曲

一说起卡夫卡，我们就会首先想起他的《变形记》(*Metamorphosis*)，萨姆沙一早起来发现自己变成了甲虫，这样厄运般的身体的突然变形，使他与自我的关系，与亲人的关系，与社会环境和生活环境的关系一下子变得紧张和扭曲。即使变成甲虫，他仍然保留着一颗柔软善良的心，“怀着深情和爱意想着亲人，消灭自己的决心比妹妹还强烈”，然而人类世界却用残酷、无情和冷漠吞噬了他。他的变形是对人类世界的一块试金石，不仅揭示人的主体性在现代工具理性的挤压和摧残下几乎消失殆尽，异化成一种“非人的状态”——充满孤独、压抑和绝望的生存状态，而且探测出人类的集体变质和现代社会人情的淡漠与人心的荒芜。

美国文学批评家乔治·斯坦纳（George Steiner）曾经断言卡夫卡是一位预言家，因为卡夫卡早就预言现代社会作为个体存在的荒谬性，揭露官僚机构和工业机器的邪恶性，并呈现了现代极权统治的噩梦，更重要的是，他预言了西方人文主义将被灾难性地毁灭的前景。斯坦纳写道："卡夫卡从陀思妥耶夫斯基的《地下室手记》中得到启示，把人描绘成受折磨的害虫。萨姆沙的变形记（初次听到这个故事的人认为只是一场噩梦）将是上百万人的真实命运。选用德语中'害虫'（Ungeziefer）一词，是卡夫卡悲剧性灵光的乍现。"[①]斯坦纳所指的上百万人的真实命运，当然是指第二次世界大战法西斯对犹太人灭绝人性的集体屠杀。"卡夫卡一点也不逊色于《圣经》中抱怨肩负启示重任的先知。萦绕着卡夫卡的是非人道的特别暗示。他注意到人类身上兽性的复活。随着毁灭的暗影日渐迫近，旧城市的秩序之墙上的不祥之气更浓。"[②]然而，卡夫卡看得其实更远，他的小说把变形当作一种寓言，悲哀地见证现代社会整体悲剧性的趋势：人性的异化和人文精神的失落，人最后无处逃遁，连自我都无法把握和认知，不仅失去原本的"我"，而且失去"语言"，失去精神家园。

可以说，卡夫卡开创了20世纪的超现实主义写作。我们熟悉的许多20世纪和21世纪的小说都绕不开人"变形"的母题，

① ［美国］乔治·斯坦纳：《语言与沉默：论语言、文学与非人道》，李小均译，上海：上海人民出版社2013年版，第138页。

② ［美国］乔治·斯坦纳：《语言与沉默：论语言、文学与非人道》，李小均译，上海：上海人民出版社2013年版，第138页。

外表的变形、心灵的变形是超现实主义小说中反复出现的具体形态，由人的身体变形指涉外在生存环境的变形，让读者强烈感受到自我的异化、社会的异化、人类的异化。这一系列关于“变形”的母题，即便是母题，也充分个性化，充满想象力，完全不属于那种公式化和容易模仿的东西，反而常常挑战我们日常生活中的习惯性思维，以极端的表现方式来引起“震惊”的效果。一位喜欢运用“变形”的作家，如何能够延续和超越这一表现手法，如何既能灌注丰富的“比喻”和想象力，又能创意地再现人物与环境的紧张关系？在卡夫卡之前有过怎样的“变形记”？在他之后，又有怎样的关于“变形记”的延伸和发展？“变形”的写法是否来自风格化的、善用比喻的作家？它是否也逃避不了“影响的焦虑”，逃避不了雷同和重复的命运？古典和现代的“变形记”有什么区别？它们体现的是这一母题的广度、深度，还是高度？它们揭示的是人性的深度，还是历史、社会和文化的深度？

一

人体“变形”的隐喻，从身体的变形，延伸到自我的变形，再延伸到自我与他者关系的变形，包含着深刻的关于存在主义的哲学问题的思考。不过，卡夫卡并不是第一位把“变形”的表现手法引入文学创作中的作家，古今中外涉及变形的文学作品实在太多了，比如《卢喀俄斯或驴子》和《金驴记》写人变驴及还复人形的故事，都是较早出现的“变形记”，但是系统性地描写“变形”的先驱者应该是罗马诗人奥维德（Ovid），他是《神曲》中但丁下地狱见到的“四大幽灵”（荷马、贺拉斯、奥维德、卢卡努斯）之一。奥维德早在他的长诗《变形记》（*The Metamorphoses*）中就取材古希腊罗马神话，根据古希腊哲学家毕达哥拉斯的灵魂不朽论和轮回变易说，以及罗马哲学家卢克莱修的“一切都在变易”的观点，用“变形”来贯穿全书。故事中的人物，由于种种原因，变成动物、植物、星星、石头等，通过这种“变形”的夸张的讲故事的方式，他赋予神、半神半人、人的世界极其奇妙的色彩。就像《变形记》的中文译者杨周翰写的：“他对待故事的崭新的态度和叙述故事的技巧，使这些尽人皆知的故事得到新生命，时而引起人的同情，时而引起人的厌恶，时而悲惨，时而滑稽，使故事的情调生动而有变化。”①

黑格尔把“变形记”看成一种比喻的艺术形式，是区别于寓言、影射语、格言以及宣教故事的体裁。他是这样定义“变形记”这一体裁的：“这类作品当然具有象征的神话的性质，但是把精神界事物和自然界事物明确地对立起来，使一种现存的自然界事物，例如岩石、动物、花或泉水之类，具有一种特殊的意义，即精神界事物的堕落和所受的惩罚，例如斐罗米尔、庇耶里德九姊妹、纳什苏斯和阿越杜莎之类都由于某一种错误、情欲或罪过，堕落到无穷的罪孽灾痛里，因而被剥夺去精神生活的自

① ［古罗马］奥维德、贺拉斯：《变形记·诗艺》，杨周翰译，上海：上海人民出版社2016年版，第7–8页。

由，转变为一种自然界事物。”[①]黑格尔认为希腊、罗马神话与埃及神话在处理动物和自然方面完全不同。他指出，埃及神话以动物做象征的时候，从动物的内在生活中直接显现出神性的东西，把自然和精神结合在一起，变为一体化，属于一种“象征性”的神话，自然世界还未成为精神世界自由观照的对象。跟埃及神话不同，希腊、罗马神话属于真正的神话，变形记这种方式强调的是精神界和自然界的区别，通过给自然灌注精神性，把自然“个性化”为内外两方面都有人形的神，开始用人体形状去体现精神性的宗教。黑格尔对变形记的定义，体现了他对这一艺术表现体裁的重视。他充分认识到这一艺术形式的特殊性，然而，他并不满意奥维德所写的《变形记》，认为奥维德所描述的那些变形故事，“显出了他的聪明才智和微妙的情感和见识，但是也写得很啰唆，缺乏内在的伟大的主导的精神，只是把单纯的神话游戏和外表的事物杂凑在一起，其中看不到一种较深刻的意义”[②]。

在我看来，奥维德《变形记》的最大成就并不在于其“深刻性”或“伟大的主导的精神”，而在于它独特的文学表现力和创造力，甚至在于它的流动性和游戏的态度。杨周翰在中文版的序文里，提到许多“巨人”作家的启蒙读物就是《变形记》，比如彼特拉克、薄伽丘、乔叟、蒙田、莎士比亚、弥尔顿、莫

① ［德国］黑格尔：《美学》第二卷，朱光潜译，北京：商务印书馆2011年版，第115–116页。

② ［德国］黑格尔：《美学》第二卷，朱光潜译，北京：商务印书馆2011年版，第182–183页。

里哀、歌德等作家都特别喜爱这部著作。[①]当恋人阿波罗误听大乌鸦的闲话，怀疑他美丽的情人科洛尼斯跟别的男性有染，并把她射死时，我们仿佛看到了莎士比亚的《奥赛罗》；虽然莎士比亚在《仲夏夜之梦》中嘲弄了皮拉摩斯和提斯柏的故事，但是这个故事中两个情人误以为对方死亡而最后相继自杀的悲剧，又跟《罗密欧与朱丽叶》的结局非常相似。文艺复兴时期，《变形记》又启发了那么多伟大的经典绘画和雕塑作品，可谓影响久远。

因为奥维德的《变形记》几乎把古代世界的神话传说集中在了一起，所以主题特别多样和丰富，有“罪与罚”的主题，有生态学的主题，有歌颂爱情的主题，有变性人、双性人的主题，有反抗的主题，有关于流行疾病、死亡、谣言、大风暴、飞行等主题，涵盖面非常广。黑格尔所提到的“罪与罚”的主题，在这部叙事诗中，可以说是被多次重复的最重要的主题之一。首先，人因为冒犯了神，或者不相信神而受到惩罚，因而被变形。比如阿克泰翁因为无意之间看到裸体的狄安娜女神，被惩罚变成一只麋鹿，连他自己的猎犬和朋友们都不认识他，最后他被自己的猎犬活活咬死。又比如忒拜城的国王彭透斯由于不信酒神巴克科斯，而被酒神惩罚变成野猪，自己的母亲和姊妹完全不认识他，把他杀死并分尸。再比如弥倪阿斯的女儿们不愿意信酒神狂热的教

① ［古罗马］奥维德、贺拉斯：《变形记·诗艺》，杨周翰译，上海：上海人民出版社2016年版，第16–17页。

礼，而被变成了蝙蝠。或如皮厄鲁斯的9个女儿与文艺女神赛歌，输了后，被变成9只喜鹊；女战神弥涅耳瓦跟织女阿拉克涅比赛纺织手艺，后来织女被变成了蜘蛛。再如尼俄柏因为自夸和骄傲，说她生了14个儿女，胜过阿波罗的母亲，于是她的14个子女被阿波罗和阿波罗的妹妹阿特米斯杀掉，她伤心欲绝，转化成一块哭泣的石头。其次，除了冒犯神而得到变形的惩罚，还有因为情欲和孽缘而变形。比如密耳拉对她父亲的爱是变态的爱，最后犯下乱伦的罪孽后，她被神变成了树。再比如比布利斯无可救药地爱上她的弟弟，因为得不到她弟弟的爱情而发疯，后来眼泪流干，变成一眼清泉。

然而，除了“罪与罚”的主题以外，还有各种各样丰富多彩的主题，比如人与生态之间的关系就是一个大主题。在《变形记》的结尾，奥维德提到毕达哥拉斯学说，反对肉食，主张素食，认为“我们的灵魂是不死的，灵魂一旦离开躯体，又有新的躯体接纳它，它又在新的躯体中继续存在”①。他认为世界是变化的，一切形象都在变易中形成。“灵魂是流动的，时而到东，时而到西，它遇到躯体——不论是什么东西的躯体——只要它高兴，就进去寄居。它可以从牲畜的躯体，移到人的躯体里去，又从我们人的躯体移进牲畜的躯体，但是永不寂灭。灵魂就像在蜡上打印，第二次的形状和第一次的形状决不相同，而且它也决不

① ［古罗马］奥维德、贺拉斯：《变形记·诗艺》，杨周翰译，上海：上海人民出版社2016年版，第409-410页。

长久保持同一形状，但是蜡本身还是那块蜡。”[①]在他看来，灵魂是不变的，所以无论植物、动物或人都拥有灵魂，我们不要轻易杀生，不要“以血养血”。他的理论强调宇宙万物都有生命、有灵魂，所以我们对于各种生命都要给予尊重。在《变形记》中，甚至连物体也会变得有生命，比如当图尔努斯火烧埃涅阿斯的松木船队时，女神朱诺把特洛伊的船只变成人形：“船体忽然变软，木头变成了肉体，弯弯的船头变成了头，船桨变成了手指和能游水的腿，原来是船舷，现在成了人腰，船底中心的龙骨变成了脊椎，缆绳变成了柔软的头发，帆杆变成了臂膀，颜色还是从前的蓝灰色。”[②]这些由伊达山采的松木做出的船只被女神变成了水上女仙，她们居然对特洛伊还有情感和记忆。再比如皮格玛利翁的故事，也是物体变成人的故事。因为厌恶周围的女性过着无耻的生活，皮格玛利翁运用绝技，把一块雪白的象牙，刻成了一位姿容绝世的女子，并深深地爱上了自己的创造物，最后跟维纳斯祷告后，这位象牙姑娘获得了生命，成了他的妻子。又比如美丽的女性德律俄珀变成树的故事，这个故事同样告诉读者，连花草都有生命和灵魂。德律俄珀没有做过任何坏事，她只是有一天在湖边摘了花，花里滴滴答答流出血来，花枝也在发抖，乡民们说原来这花枝是一位水仙变的。因为德律俄珀无意中掐了花，她的全身从脚到头逐渐变成了树，还剩下脸的时候，她让亲人们告

① ［古罗马］奥维德、贺拉斯：《变形记·诗艺》，杨周翰译，上海：上海人民出版社2016年版，第410页。

② ［古罗马］奥维德、贺拉斯：《变形记·诗艺》，杨周翰译，上海：上海人民出版社2016年版，第391页。

诉她的儿子，长大以后千万要来树下问候，因为妈妈藏在树里，而且将来一定不要从树上掐花，因为结野果的灌木可都是女神的身体。她对亲人们说："如果你们还爱我，你们要保护我的枝子，不要让快斧来砍伤，保护我的叶子，不要让羊吃掉。"[①]等她停止说话后，她完全变成了树。这个故事写得非常动人，让读者强烈感受到每一棵树、每一朵花都有一个灵魂、有一个主体住在里面，我们不能轻易去伤害。《变形记》中有许多人物变成动物、植物、江湖、石头、星星，这并不意味着他们已经死去，他们只是用另一种生命方式让自己的灵魂延续下去，成了宇宙秩序中的另一种存在。奥维德的这些描述，跟我们当代的生态学理论有异曲同工之处。

由于《变形记》中充满了暴力的描写，不仅有残暴的杀戮，而且有许多男神对女性强暴等细节，到了我们当下女性主义崛起的后现代社会，《变形记》成了一个备受争议的问题。牛津大学和哥伦比亚大学都发生过是否应该把《变形记》从文学课堂中取缔的争议。的确，如果从女性主义的眼光来看《变形记》，其中男神对女性强暴的细节，确实充满问题，女性似乎只能是被观看、被蹂躏、被玩弄的角色，比如朱庇特看上伊俄，强暴她后，又怕他的妻子朱诺知道，就把伊俄变成了一只白牛，伊俄从被强奸到被变形，都是一个无力反抗的受害者。然而，这些情节

① ［古罗马］奥维德、贺拉斯：《变形记·诗艺》，杨周翰译，上海：上海人民出版社2016年版，第247页。

在古希腊神话故事中比比皆是，奥维德与同时代诗人弗吉尔不同的是，他对神的态度一直不恭敬，把神都降格到凡人的水平，揭露他们为所欲为、荒淫残忍的欲望，让读者对弱小的被欺压者产生同情。可以说，这些强暴女性的男神被他们的情欲所支配，显得很荒谬，奥维德并不赋予他们正面的英雄形象。奥维德写伊俄变成白牛后，他用许多笔墨去写她内心的强烈痛苦和挣扎，伊俄看到父亲时，说不出话，只能把名字写在地上，他父亲认出女儿后，拥抱着她痛苦地哭泣。

在《变形记》中，变形固然是因为某种罪而得到的一种惩罚形式，但也可以是一种“反抗”的方式。比如阿波罗爱上河神的女儿达佛涅时，不停地追逐她，美丽的达佛涅不愿就范，一边不停地飞跑，一边请求河神爸爸把她的美貌毁掉。“她的心愿还没说完，忽然她感觉两腿麻木而沉重，柔软的胸部箍上了一层薄薄的树皮。她的头发变成了树叶，两臂变成了枝干。她的脚不久以前还在飞跑，如今变成了不动弹的树根，牢牢钉在地里，她的头变成了茂密的树梢。剩下来的只有她的动人的风姿了。”[①]达佛涅的变形，完全不同于“罪与罚”的主题，属于她自己主动做的一种选择，她不愿意屈服于阿波罗的追逐，主动变形，所以“变形”反而象征着她的“自由意志”，是女性的主体性和自由选择的表现。再比如特洛伊被希腊人攻陷后，特洛伊人受到侵略者

① ［古罗马］奥维德、贺拉斯：《变形记·诗艺》，杨周翰译，上海：上海人民出版社2016年版，第36–37页。

的欺凌和蹂躏，“特洛亚灭亡了，普里阿摩斯也殉国了。普里阿摩斯的王后也丧失了一切，最后连她自己的形体也丧失了：她在赫勒斯滂托斯狭长的海峡上变成了一条狗，望着异乡的天空发出吓人的吠声”[①]。特洛伊王后赫卡柏遭受许多苦难，不愿向命运屈服，愤而变成狗，“她这时发出低哑的吠声，并且去咬那些向她扔来的石头，她的嘴生来是为说话的，现在她一想说话却只会叫”[②]。她悲惨的叫声，不仅感动了特洛伊人，也感动了她的敌人和天神。于是，变成狂犬成了她自己选择的最后反抗命运的方式，并不是任何神强迫她变形的。她在变形中掌握着主动性，连天上的神都为她不公平的命运而唏嘘感叹。类似这样的故事很多，虽然女性相对男性而言，地位比较低，力量也比较弱小，但她们同样也有自己的意志，通过“变形”来反抗，来主动地选择和决定自己的命运。

我喜欢读奥维德的《变形记》，主要还是由于我喜欢他讲故事的方式，他的许多描写都带有魔幻现实主义的色彩。比如，当奥维德写到“谣言女神”时，整段文字描写不仅充满想象力，而且充满寓言性。

在陆、海、空三界交界的地方，在宇宙的中央，有

① ［古罗马］奥维德、贺拉斯：《变形记 · 诗艺》，杨周翰译，上海：上海人民出版社2016年版，第351页。

② ［古罗马］奥维德、贺拉斯：《变形记 · 诗艺》，杨周翰译，上海：上海人民出版社2016年版，第357页。

一个所在，在这个地方无所不见，不论事物有多远，只要它存在就可以从这里看到；在这里，无论什么地方说的一句话也都能够听见。谣言之神就住在这里。她选择了一座高山，在山峰上建筑了一所宅第。她在房屋上开了无数的口，足有一千个孔，上面却不设可以开关的门户。不论黑夜白昼，房子总是敞开的。房子全部是黄铜铸造的，最便于传声。整所房子充满了声音，传到这里来的话都被重复一遍。房子里面无一处是安静的，但是倒也并没有大声的喧哗，只有压低了的、微细的声音，就像远远听到的波涛声一样，又像朱庇特令乌云互相撞击发出雷声后的余音一样。[①]

奥维德继续写到宅子里挤满了人，来了一批又一批，千万种谣言到处游荡，令人难辨真伪。在这个宅子里“可以遇到‘轻信’、不动脑筋的‘错误’、毫无根据的‘欢乐’和惊慌失色的‘恐惧’；在这里也可以遇到敏捷的‘煽惑’和虚构的‘耳语’”[②]。奥维德通过这一段精辟的描写，把谣言的传播完全空间化，而且人格化，用超现实的笔法描述了谣言的传播与人性的深刻关系。再比如，当奥维德写到“枯迈女先知”的故事，笔法也特别神奇。枯迈女先知西彼拉带着埃涅阿斯来到阴府幽界，去看

① ［古罗马］奥维德、贺拉斯：《变形记·诗艺》，杨周翰译，上海：上海人民出版社2016年版，第317页。

② ［古罗马］奥维德、贺拉斯：《变形记·诗艺》，杨周翰译，上海：上海人民出版社2016年版，第317页。

望他父亲和祖宗们的亡魂，并安全地回到地上。女先知年轻时被日神追求，被赐予长寿，但是由于她并不接受日神的爱情，所以无法永葆青春。她的身体会逐渐缩小，衰老的四肢会缩得跟羽毛一样轻，到最后，她的身体会萎缩到别人都辨认不出来，只剩下声音，人们还会从她的声音来辨认她。身体最后变成声音，这样的描写真是太富有想象力了。

作为古罗马的古典文学经典著作，奥维德的《变形记》总是给读者提供“变形”详细的“前因后果”，比如这些神和人为什么会变形，变形后是怎样的一种生存状态，周围的人有怎样的反应，等等，借用阎连科在《发现小说：文学随笔》中的概念来描述，就是仍旧属于一种“全因果”叙述，“因”与“果”仍旧有某种“完全性和对等性”[①]，因而不可避免有些局限。然而，奥维德对“变形”这一表现手法娴熟的运用，并不只是关注社会世俗的表层，而是对人性或人的精神性、灵魂的深度有着更加深入的探索，所以他所描写的神和人的身体往动物或植物、石头、星星的转化，其实在某种程度上已经超越了“全因果”，而有走向“潜因果”“隐因果”“内因果”的趋势。比如有的人变成了喜鹊或啄木鸟，虽然有外在的世俗的压迫，有命运的安排，但也跟其内在精神有着紧密的关系。奥维德《变形记》中的许多悲剧，一方面是人作为个体无法抗拒命运的悲剧，另一方面也是人的性格所导致的命运悲剧。学者兼译者杨周翰特别强调奥维德的《变形

---

① 阎连科：《发现小说：文学随笔》，天津：南开大学出版社2011年版，第91-106页。

记》中的一部分故事也有其社会批判内涵，他写道：“从他所塑造的神的形象里可看出罗马的贵族社会，从他对神的态度里可看出他对于这一社会的讥讽和否定宗教的倾向性，从他的富于修辞意味的人物内心矛盾的分析，可以看出提出这样一种创作手法的客观要求和现实基础，如果客观世界不存在罪恶，罪恶的矛盾心理也不会提到创作者的日程上。”①当然，这部叙事诗中的一些故事确实包含社会指涉性，针对和讽刺当时罗马贵族社会的道德面貌，然而，它更加吸引读者的，应该是作者对人性的深刻认识，对人物内心的矛盾和痛苦充满力度的刻画和描述，对人性的内在悲剧性的充分探索。也就是说，是人的灵魂深处的真实，最终导致了各种各样的“变形”。也许正是因为这一人性深度，奥维德的《变形记》才能跨越时光，长久地吸引读者，一直拥有巨大的文学魅力。

二

“变形”这一美学表现手法，无论在古典文学还是现当代文学中，都以其丰富的想象力和创造力获得独特的生命。如果奥维德的《变形记》表现的是“变形”这一母题的广度，包含极其丰富的内容，如罪与罚的主题，反抗的主题，生态学的主题，男女情欲的主题，甚至代达罗斯（Daedalus）的飞行技能、瘟疫、洪

---

① ［古罗马］奥维德、贺拉斯：《变形记·诗艺》，杨周翰译，上海：上海人民出版社2016年版，第13页。

水、大火等，那么现代的诸多“变形记”所侧重的则是这一母题的深度，尤其是社会批判的深度、历史描述的深度、文化反思的深度、人性探索的深度，以及对人的存在的终极意义的思考。

果戈理（Nikolai Gogol）的《鼻子》（*The Nose*）是一篇有趣的批判19世纪俄国社会生活的“变形记”，用人身体的变化来隐喻深刻的社会现象，不过这篇小说应该属于阎连科所定义的“半因果”，属于那种“存在又不对等”的因果关系。[①]小说一开头就写到理发师伊凡·雅柯夫列维奇在吃早餐的时候，把面包切成两半，居然发现里面有一个鼻子，他马上回想起有可能是八等文官柯瓦辽夫的，因为他每星期三和星期日去给他刮脸，于是他悄悄地把这鼻子扔到桥下的河里。小说第二节才写到八等文官柯瓦辽夫，他一早起来洗漱，发现鼻子没了。他决定去警察局报案，可是路上却发现自己的鼻子把自己打扮成一位绅士，穿着绣金的五等文官的高领制服，还佩了一把剑，四处招摇撞骗，但他毫无办法。丧失了鼻子的柯瓦辽夫，以及“鼻子”的荒诞不经的经历，其实是在讽刺那些热衷于升官发财的人已经丧失了自己的本来面目，而整个社会也丧失了本来应有的面目，沦入道德沦丧的深渊。小说的结尾，以五等官员的身份到处乱闯而惹起满城风雨的鼻子，突然又回到柯瓦辽夫的脸上，仿佛压根儿没有发生过什么事似的，而那位理发师又重新回来给他刮脸。作为叙述者的“我”还有一番类似“元小说”因素的议论，说这故事有许多

① 阎连科：《发现小说：文学随笔》，天津：南开大学出版社2011年版，第113页。

不可信的地方："但是，最奇怪，最难懂的是怎么世间的作家们，竟会写着和这一样的对象。其实这是应该属于玄妙世界里的了。说起来，恰恰……不，我什么也不懂。"①果戈理在整篇小说中，都没有特别详细地交代为什么柯瓦辽夫会失去他的鼻子，为什么他的鼻子会装扮成五等官员的身份，为什么最后鼻子又回到他的脸上。叙述者只给我们一个模糊的甚至不可信的线索，那就是理发师是所谓的"主犯"，他可能在无意之间刮掉了柯瓦辽夫的鼻子，因此只是提供了一个"半因果"的解释，属于那种"存在又不对等"的因果关系。然而，虽然这个"变形"故事在生活中不可能发生，显得荒诞无稽，但是它所展现的当时社会生活的精神面貌却是那样不可思议的真实。

到了卡夫卡的《变形记》，他则一开篇就告诉我们："一天早晨，格里高尔·萨姆沙从不安的睡梦中醒来，发现自己躺在床上变成了一只巨大的甲虫。"②作为读者的我们，完全不知他变成甲虫的原因，既没有任何"神"由于他的某种罪行而惩罚他，也没有如同果戈理的《鼻子》一样，交代一个理发师作为模棱两可的原因。萨姆沙变成甲虫，一如我们在毫不知觉的没有任何选择的情况下，被投入这个世界般荒诞和无奈，所以"变形"成了一种表现主义的形式，表现现代人整体被扭曲、被异化的孤独无依的生存状态。阎连科在《发现小说：文学随笔》中写道："卡夫卡

① ［俄国］果戈理：《鼻子》，鲁迅译，北京：人民文学出版社1952年版，第47页。

② ［奥地利］卡夫卡：《变形记》，《卡夫卡文集》第一卷，李文俊译，武汉：武汉大学出版社1995年版，第15页。

为我们创造、提供了‘零因果’。零因果——即无因之果。《变形记》正是这无因之果的最好实践。它之所以成为20世纪乃至永久的经典，就在于它对新的因果关系——零因果——无因之果写作的开创性。”[①]也就是说，卡夫卡的《变形记》，不像现实主义那样有“全因果”的关系交代，而属于“零因果”的关系，并因为“零因果”而产生“黑洞”似的无穷阐释的空间和效应——“一端是现实世界，另一端是黑洞的重量。现实愈大、愈复杂、愈是摄人心魄，那一端看不见的黑洞，就愈有与之相应的意义和重量”[②]。萨姆沙的突然“变形”，发生在“上帝已死”的现代社会，具有一种“震惊”效果，一种“陌生化”的效应，自我变成了“非我”，而之后，卡夫卡又用现实主义的手法描写日常生活的故事，描写父母亲和妹妹对变成甲虫后的萨姆沙的厌恶和疏离，揭示自我与家庭、自我与社会的关系也是一种异化的关系。可以说，卡夫卡的《变形记》比奥维德的《变形记》更有深度，也比果戈理的《鼻子》更有力度。如果奥维德用变形是为了夸张地描写神与人的悲剧性格和悲剧命运，果戈理用变形是为了嘲笑和讽刺社会现象，那么卡夫卡则是把变形提高到了存在主义哲学的高度，神秘而深刻地预言了现代人荒诞的存在方式。

卡夫卡之后的现当代作家，似乎不容易摆脱布鲁姆所说的“影响的焦虑”，比如美国作家菲利普·罗斯的（Phillip Roth）

① 阎连科：《发现小说：文学随笔》，天津：南开大学出版社2011年版，第76页。

② 阎连科：《发现小说：文学随笔》，天津：南开大学出版社2011年版，第84页。

《乳房》(*The Breast*)、日本作家安部公房的《墙》(*The Wall*),还有玛丽·达里厄塞克(Mary Darrieussecq)的小说《母猪女郎》(*Truismes*),都是非常典型的深受卡夫卡影响的文学作品。日本著名小说家安部公房被称为“日本的卡夫卡”,他于1951年出版的中短篇小说集《墙》是他早期的作品,受卡夫卡的《变形记》的影响特别深。在小说中,他大量地运用变形的怪诞夸张的超现实主义手法来描写现代都市令人窒息的境况,到处弥漫着孤绝、隔离、异化和精神世界荒芜的气息。这部小说集的主要表现手法就是各种各样的变形,比如《洪水》中人变成了液体人;《S·卡尔玛先生的罪行》中卡尔玛先生变成了一面墙;《巴别塔的狸》中诗人的影子被如意狸吞掉后变成了透明人;《红茧》中,叙述者“我”变成了一个空心的茧。所有这些关于变形的描写都有一个共同的特点,那就是反复强调个体存在的虚无和荒谬感。安部公房的短篇小说《红茧》中的叙述者“我”,在都市中像一个无家可归的犹太人一样漂流,总也找不到自己的家,最后他被有黏性的丝线缠住身体,变成了一个空心的茧,自己则完全消失了。这篇短短的变形故事比喻现代人精神上的流离失所,让人不由得联想起艾略特的“空心人”。《S·卡尔玛先生的罪行》中的卡尔玛有一天突然失去了自己的名字,变成了一个被社会排斥的人,没有任何身份认同感,内心空空洞洞,还受到“审判”,连自己身上的衣服、裤子、鞋袜都排斥他,他没有任何人可以信赖和依靠,最后他无路可走,全身变成了一面墙壁。“一望无际的旷野,在其中我是静静生长的墙壁”——这面触目惊心的墙壁象征着现代人类普遍的荒诞的生存状态,丧失名字意味着丧失自我,个体变成了一面“物化”的墙，不仅残酷地禁锢着自我，而且隔绝着人与人、人与社会之间正常的关系。安部公房的《墙》虽然充满了丰富的想象力和象征意味，但受卡夫卡《变形记》影响的痕迹还是太重，相比之下，他后来的小说《砂女》和《箱男》则更有自己的特色，比如《砂女》中作者用细腻的手法描述了有如西西弗神话一般周而复始、毫无意义的生存状态，而“我”最后虽然有机会逃离这种可怕的生存状态，却完全不懂得自由的意义，这其中蕴含的隐喻是非常深刻的。

美国作家菲利普·罗斯的《乳房》(1972年)简直就是一部向卡夫卡的《变形记》致敬的中篇小说。小说的主人公是一位文学教授大卫·凯普什，他最开始先经历了一些莫名其妙的下身的刺痛，过了一段时间，他突然在一夜之间完完全全变成了一只重达155磅[①]的硕大的乳房，失去了原本健康的形体和社会地位。最诡异的是，即使变成了一只硕大的乳房，他仍然会思想，仍然有做人的理智和尊严，有自卑和屈辱感，甚至还有强烈的性欲。不同于卡夫卡《变形记》中的萨姆沙，菲利普故意放大了变成乳房后的文学教授凯普什的内心世界，放大他的欲望，放大他的自我意识，以及他的理性思维，不停地质问“我是谁”的形而上等哲学问题，对人的存在、生命本质和自我身份等问题进行深入的思考。变成一只乳房后的凯普什不知如何才能逃出这一困境，于是宁可相信自己疯了，宁可把现实解释成幻象，并把自己变形的处境跟以往的文学研究和教学联系起来，他认为自己的变形是因

---

① 1磅≈0.4536千克。——编者注

为过于投入地教卡夫卡的《变形记》和果戈理的《鼻子》等荒诞文学作品，在此，变形的文学母题成了小说的重要组成部分，形成了一种互文的对话关系。乳房本身象征着生命的本源，象征着性，在我看来，也象征着菲利普的这篇怪诞小说的文学源泉——卡夫卡的《变形记》、果戈理的《鼻子》、斯威夫特的《格列佛游记》等。不过，遗憾的是，菲利普并没有继续拓展这一怪异的乳房变形，没有把乳房跟女性主义联系在一起。就像凯普什被束缚在一只硕大的乳房中一样，菲利普的想象也局限在卡夫卡的“变形记”等文学源泉里，没有走得更远。

女性作家玛丽·达里厄塞克的小说《母猪女郎》是对卡夫卡《变形记》的一个模仿之作，写的是一位漂亮的女性在物欲横流的世界里，身体在被男性利用的过程中，逐渐变成了一只母猪。变形后，她失去了自我，过着悲惨的生活，在公园椅子下过夜，被政客利用，被警察追捕，短暂地与狼人过了一段快乐日子后，狼人被枪杀，而她完全无家可归，最后连自己的母亲都想杀了她去黑市卖一个好价钱。母猪女郎是女性被商品社会物化的寓言，她对商品社会既迎合又抗拒，但是还是沦落不了被“异化”的命运。作者用大量肉体和感官上的描写，来逐步勾勒美的消逝，让人渐渐变成“肉人”，然后变成动物，变成母猪，隐喻着充斥在广告上的各种各样没有灵魂的肉人，揭露了商品社会使人异化的本质，以及女性身体被男性利用的现实。《母猪女郎》受到卡夫卡的影响显而易见，但是玛丽·达里厄塞克的角度是女性的，写到商品社会对女性自然美的伤害和扼杀。小说中女性退化成具有动物本能的母猪的过程，一方面讽刺女性被商品社会物化了的膨胀的欲望和虚荣心，另一方面也谴责了玩弄女性的男权社会。

比起菲利普·罗斯的《乳房》、安部公房的《墙》、玛丽·达里厄塞克的《母猪女郎》，弗吉尼亚·伍尔夫（Virginia Woolf）、布鲁诺·舒尔茨（Bruno Schulz）、君特·格拉斯（Günter Grass）、萨曼·鲁西迪（Salman Rushdie）在运用“变形”的表现手法时，开辟出不同于卡夫卡《变形记》的表现路径，富有独特的创意。弗吉尼亚·伍尔夫在小说《奥兰多》（*Orlando*）中塑造了一个“变性人”奥兰多，他是一位16世纪伊丽莎白时代的贵族少年，受过伊丽莎白女王的青睐，喜欢写作，情场失意后，去土耳其做大使，后来变成了女性，跨越时代，活到20世纪，成为一位女作家。这位变性人或雌雄同体人，成了对文学和艺术的永恒追求的象征，就像他/她庄园里的大橡树，超越名利，甚至超越性别的界线，永远地屹立在那里。虽然在心灵困境的表现上，《奥兰多》远远无法与卡夫卡的《变形记》相提并论，但是这部小说所呈现的跨越世纪和跨越性别的文学想象，如同天上变幻的云彩，自由而潇洒。

波兰作家舒尔茨被许多学者认为是同代人卡夫卡的一个追随者，但库切一针见血地指出，这只是表面现象，舒尔茨其实再创造了一个完全属于他自己的艺术和神话世界。“他自己的倾向，是倾向于再创造——或许是编造——童年的意识，它充满恐怖、迷恋，以及疯狂的光荣；他的形而上学是物质的形而上学。这些，都是在卡夫卡身上找不到的。”[①]舒尔茨的两本小说集《肉桂

① ［南非］J.M.库切：《内心活动》，黄灿然译，杭州：浙江文艺出版社2017年版，第76页。

色铺子及其他故事》和《沙漏做招牌的疗养院》是耀眼的天才之作，他用传奇的形式和神话的精神来写自己童年的家庭故事，塑造了一个发散着内在光辉的世界。那个世界弥漫着神秘的原始的气息，充满形而上的唯心主义色彩，有着超凡的维度。卡夫卡写了一个人变成甲虫，而舒尔茨笔下的“父亲”则进行过几次“变形”，甚至死而复生。在《蟑螂》中，舒尔茨描写父亲变成过蟑螂，生活在地板的缝隙之间，早上被女佣阿德拉装进簸箕，被处理掉。在《死季》中，父亲有一刻变成扁平，融入墙壁的内部，后来因为厌倦无聊的布店生意，“变成一只丑恶无比、遍体长毛、散发着钢蓝色光泽的苍蝇，狂怒地绕圈乱飞，盲目地撞向店铺的墙壁”[①]。在《父亲的最后一次逃跑》中，父亲变成了一只螃蟹或硕大的蝎子，被家人煮了，搁在碟子里被端上饭桌，不过最后还是逃跑了，再也没有回过家。然而，不同于卡夫卡《变形记》中萨姆沙的那种无奈的莫名其妙地被“变形”，父亲的变形不是被动的，而是一种主动的自我选择，是“一个内心抗争的象征、一次暴裂而无望的示威”[②]，就像特洛伊王后变成狂犬一样，把内心的创痛、扭曲和苦楚，用“变形”的富有感染力的方式展现给我们，即使自我毁灭，或把自我放入绝望的境地，或自我放逐到远离人类的世界，也在所不惜，在悲情中散发着一种英雄气概。父亲的变形，是舒尔茨对伟大悲剧英雄人物的另类塑造，包

① ［波兰］布鲁诺·舒尔茨：《沙漏做招牌的疗养院》，陆源译，杭州：浙江文艺出版社2015年版，第151页。

② ［波兰］布鲁诺·舒尔茨：《沙漏做招牌的疗养院》，陆源译，杭州：浙江文艺出版社2015年版，第152页。

含着一种神圣感，代表着他跟庸常的日常生活的一场决斗，属于他个人的神话建构中的一块重要基石。

德国作家君特·格拉斯最有影响的作品《铁皮鼓》（*The Tin Drum*）也巧妙地运用了变形的手法，塑造了一个神奇的奥斯卡的形象。作为叙述者，奥斯卡还在母亲的肚子里，就已经在观察外界世界，就早已听懂了父母之间的谈话，并决定自己将来一定不继承父亲所安排的店铺生意。他三岁生日那天，得到了一个铁皮鼓作为礼物，自己蓄意制造了一场事故，决定从此不再长大，永远不加入成人世界。虽然他口齿不清，但是他的智力是常人的三倍，还意外地获得了“唱碎玻璃”的本领。不同于卡夫卡的《变形记》，奥斯卡对自己身体的“变形”——永远不再长大，永远保持三岁孩童的样子——是对自我命运的一种非常积极和主动的选择。通过这种选择，他与成人世界拉开距离，有一种疏离感，像一个“局外人”，对荒诞而野蛮的成人世界有了一种冷观的视角，用超然、冷漠，甚至戏谑、嘲弄的口吻看待但泽——这个跟德国和波兰有着纠缠不清的历史关系的城市，以及当时趋向疯狂和残酷的现实历史和现实社会。以往“变形记”中的人物倘若身体变形，马上就沦为被“观看”的对象，失去原本的尊严，成为异类，可是奥斯卡变形后，反而获得了“观看”他人的主动权，获得了冷静审视周遭世界的独特的视角，看到常人看不到的人性扭曲和丑恶的面目。奥斯卡敲打铁皮鼓发出的声音，以及他发出的尖利的叫声，是属于个体内心的声音，是一种不和谐的反叛的声音，是一种警笛，搅乱纳粹党徒对民众的煽动，惊醒盲从的人们，呼唤人们对充满暴行的历史和现实进行反思。奥斯卡如此形容自己的声音："我能够用歌声震碎玻璃，用叫声打破花瓶；我的歌声可以使窗玻璃碎裂，让房间里灌满过堂风；我的声音好似一颗纯净的、因而又是无情的钻石，割破玻璃橱窗，进而割破橱窗里匀称的、高雅的、由人亲手斟上的、蒙上薄薄一层灰尘的玻璃酒杯，却又不丧失自身的清白。"[①]奥斯卡的变形——定格在三岁的侏儒身体上，以"不正常"的身体来反讽表面"正常"、实质上已经完全畸形的成人世界，他击打的鼓声和发出的富有穿破力的声音，史无前例地赋予了人体"变形"巨大的魔幻般的力量，无情地撕裂满是"平庸之恶"的疯狂残暴的现代世界，为"变形记"增加了一个令人震撼的历史深度。另外，格拉斯富有创意的多层次的叙述方式，也把"变形记"成功地从现代主义阶段带入到后现代主义文学的表现阶段，以不确定性的叙述形式作为间离手段，将叙述本身变成被观照的客体，让叙述有了反观、反省和质疑的姿态，[②]大大地拓展了变形这一文学和美学体裁的叙述空间。

从文学的传承关系上来看，萨曼·鲁西迪（Salman Rushdie）的《午夜之子》（*Midnight's Children*）实际上受格拉斯的《铁皮鼓》的影响很大，他不仅继承了《铁皮鼓》多层次的叙述手法和叙述本身的自我质疑姿态，而且同样塑造了一个有特异功能的主人公/

---

① ［德国］君特·格拉斯：《铁皮鼓》，胡其鼎译，桂林：漓江出版社1996年版，第59页。

② 冯亚琳：《"不确定性"作为间离手段——论君特·格拉斯〈铁皮鼓〉的基本叙述策略》，《四川外语学院学报》2003年5月第3期，第50–54页。

叙述者萨里姆，用他来象征印度多种族的历史和现实。虽然萨里姆的身体外形并没有变形，但是他跟奥斯卡一样，有异于常人的神奇的本领。他出生的日期正好是印度独立日，所以他代表着印度独立的国家民族的寓言，而他的心灵感应术可以联结来自不同的种族和阶级的印度人，象征着一个超越种族和阶级之争的独立印度乌托邦的幻想。鲁西迪的《撒旦诗篇》（*The Satanic Verses*）中的男主人公之一萨拉丁空难生还后，变形成传说中的魔鬼模样，头上脚下长出羊角羊蹄，离羊性越来越近，离人性越来越远，变形后的萨拉丁与原来的自我疏离，与历史分隔。萨拉丁的变形，可以用来指涉移民的难以重生，在后殖民的语境下，站在西方主流文化之外的“他者”的移民的内心永远是一个复杂的矛盾体；[①]当然其变形也可以有更广的宗教意义，这一魔鬼形象与另一位变为天使的形象，充满对话和紧张关系，其实是作者深入探讨伊斯兰教本质的一个文本策略。鲁西迪的另一部小说《摩尔人的最后叹息》（*The Moor's Last Sigh*）的主人公/叙述者“我”是一个多元文化混合的杂种，小说讲述了印度香料世家四代人的家族历史，暗喻印度这个多元混杂的国家的神话的诞生、发展和破灭。“我”有一个特别的身体特征：他的正常生长速度总是他人的两倍，长得非常快，有着神奇的非现实的生长速度，生命的时间比常人短，年纪轻轻就已经是老年人的样子。这样的身体特征，其实象征着在当代急遽发展的科技和商品社会里，现代人“未老先衰”

① 王怡淑：《鲁西迪〈魔鬼诗篇〉中的混血问题》，“暨南国际大学”硕士论文，http://140.127.82.166/bitstream/987654321/2022/1/4.pdf，访问日期：2020年3月6日。

的样子和心灵——年轻人被快速发展的时代所裹挟，几乎还没有时间充分享受童年、少年和青年时代，就已经衰老了。鲁西迪喜欢在他的小说中用变形、戏仿、魔幻、挪用、拼凑等手法呈现后现代多义复杂的文学世界，在虚幻与真实、历史与寓言之间表现后殖民文化和文学内涵。

三

中国文学传统中的“变形记”非常丰富，《庄子》中的“庄周梦蝶”、《山海经》中的神话故事、《抱朴子》、《列异传》、《搜神记》等都记载了许多关于“变形”的故事，举不胜举。像孙悟空的72变，有趣而变化多端，代表一种自由的精神，如刘再复在《〈西游记〉悟语三百则》中所说的：“孙悟空是中国个体自由精神的伟大象征。它表达了中国人内心对自由的向往。从自然关系上说，它表达了人不受制于苍天也不受制于大地的束缚。从社会的关系上说，它又表达了人不受制于政治权力、宗教权力统治的自由意志。”[①]毫无疑问，孙悟空的72变，既是他作为超级英雄的本领和力量的证明，也是一种自由精神的象征。

---

① 刘再复：《〈西游记〉悟语三百则》，澳门：中国艺文出版社2018年版，第14页。刘再复还提出：“可贵的是，小说还表述了对自由的正确理解，前期孙悟空表现的是无所畏惧的积极自由精神，后期孙悟空则表现自由和限定、自由与规则的冲突与和谐。其主体性和互为主体性的矛盾和化解，也得到充分表述。”

除去关于鬼怪神仙充满变化的文学想象，人变成动物的故事，在中国传统文学中有非常多的记载。比如唐代孙頠《幻异志》，其中的“板桥三娘子”就写到三娘变成驴，然后又变回人的故事，不过寓意并不深刻，只是比较有趣，似乎借鉴了《一千零一夜》的想象。[①]另外，在中国文学传统中一些著名的关于“变形”的故事，总是不断地被“故事新编”。“薛伟化鱼”的故事就是一个例子，最早见于唐代李复言编的《续玄怪录》，后又见于《太平广记》卷471，明代冯梦龙又写成拟话本《薛录事鱼服证仙》。在不停地对故事演化、扩充和重写中，不仅加入佛家的不杀生和不忍之心的道理，也逐渐加入道家的关于自由的一些向往等。“白蛇传”的故事也是不断地被重新书写和讲述。唐人有一篇小说叫《白蛇记》，讲两位男子邂逅两位女子，与之缠绵，归家后都意外丧生，原来遇到的两位女子是白蛇妖怪变的。宋人有篇小说叫《西湖三塔记》，故事中的娘娘其实是白蛇，专门找男人寻欢，然后食之。后来有位道士施法，才把妖怪镇在宝塔下。明代的《警世通言》中的《白娘子永镇雷峰塔》则是我们熟悉的许仙和白娘子的爱情故事，后来又有清代方成培的《雷峰塔》，这些都是这些故事的“故事新编”。在白蛇故事的历史演变中，白蛇的“妖性”——也代表危险的女性的性欲——变得越来越弱，而“人性”和真挚的情感变得越来越强。

---

① 刘以焕：《古代东西方“变形记”雏型比较并溯源》，《文学遗产》1989年第1期，第19–28页。刘以焕在文中提到“板桥三娘子”受到《一千零一夜》中的《白第鲁·巴西睦王子和赵赫兰公主的故事》的影响。

关于狐仙的文学想象那就更早了，可以追溯到先秦，有非常悠久的传统。蒲松龄的《聊斋志异》通过狐仙变成美女的故事，以狐仙来寓意性爱，表达作者对情爱自由的想象，然而有时也不乏恐惧心理，对狐仙既爱又怕。鲁迅对《聊斋志异》如此评价："明末志怪群书，大抵简略，又多荒怪，诞而不情，《聊斋志异》独于详尽之外，示以平常，使花妖狐魅，多具人情，和易可亲，忘为异类，而又偶见鹘突，知复非人。"[①] 当然蒲松龄的谈狐说鬼的充满想象力的小说中，也有针对社会不平而表达愤慨的故事。比如他有一则故事《促织》，被很多学者当作中国早期的"变形记"来分析和讨论。《促织》讲的是皇帝喜好斗蟋蟀，象征赋税一样地征收蟋蟀，官吏为了讨好皇上，就对民众施压，借此升官发财。小民如成名者，苦苦寻觅不得，被官吏严杖得血肉模糊，甚至想自尽。后来好不容易找到一只蟋蟀，又被好奇的九岁的儿子不小心弄死了，儿子害怕父母责备，跳井而亡，后来为了救父居然变成"蟋蟀"，扭转了父亲的命运。这则故事中的"变形"，虽然批判当时人命不如蟋蟀的社会现状，但以皆大欢喜的喜剧结束，所以批判社会的力度减弱。儿子为了孝顺父母，变成蟋蟀，牺牲自己的生命和人性，在皇上面前，"每闻琴瑟之声，则应节而舞"，充满奴性。无论父母还是儿子，都没有任何做人的尊严。

中国当代小说中的"变形记"，在莫言、贾平凹、宗璞、残

① 鲁迅：《中国小说史略》，北京：中国和平出版社2014年版，第172页。

雪、王小波、阎连科等作家的笔下，都有精彩的表现，试图在神奇、荒诞和怪异中寄寓深刻的意蕴。[①]新时期文学，宗璞的《我是谁》用“变形记”对“文革”进行反思，描写知识分子在“文革”中被打成牛鬼蛇神，孟文起和韦弥在“文革”时期受虐待和侮辱，惊恐中变成了两条虫子，而后来许多大学教授和讲师也都变成虫子，伤痕累累，血迹斑斑，痛苦而屈辱地在地上爬着，发出嘶嘶的声音，仿佛说着“我是谁”。他们的“变形”表现了知识分子在政治运动中变成“非人”的悲惨命运。寻根文学、实验小说出现后，那些运用“变形”修辞的作家中，汪曾祺、贾平凹的“变形记”借鉴了更多中国古代文学和民间文学的传统资源，而残雪、王小波、阎连科受西方超现实主义的影响更多一些，莫言则结合中国传统文学、民间资源和西方多层次的叙述视角，写了中国版的《变形记》——《生死疲劳》。

汪曾祺《聊斋新义》中的《蛐蛐》等于是《促织》的“故事新编”，但他改写了蒲松龄故事中的喜剧结尾，让变成蛐蛐的孩子永远都不能恢复人身，所以具有更深刻的悲剧性。贾平凹的《太白山记》收录了18篇小说，被很多学者称为是当代的“聊斋”，写了许多非常怪诞不经的有地方特色的小小说。有些篇目中采用了“变形”的手法，来描绘宇宙万物的千奇百怪的现象，虚虚实实，内含寓言的深意，受到中国民间奇闻和传说的影响比

① 黄婕：《论中国当代小说中的人体物化变形叙事》，《闽南师范大学学报》（哲学社会科学版）2017年第4期，第18-23页。

较大。如《猎手》中的狼死而化为人；《公公》中的公公化为娃娃鱼；《人草稿》中一村寨的人由勤劳变为无为，完全失去了任何欲望，最后化为女娲当初造人时的木石，隐含着对“无为”哲学观的讽刺。贾平凹的《怀念狼》中写到狼变成人，金丝猴变成女人等“变形”，以狼来象征民间性，象征生机勃勃的原始生命，并且提醒人们要注意与自然的平衡关系。

残雪的小说历来充满荒诞的色彩，“变形”对于她，是心理和情绪的一种极端的表现形式。她借“变形”来探索深层复杂的精神现实，深入人性的深层结构，描写现代人在压抑的社会环境中异常扭曲的心理和精神病症。比如《污水中的肥皂泡》里“我”的母亲居然变成了一盆肥皂水，即使变形后，歇斯底里的母亲折磨儿子的嘶哑的声音还是可以从木盆底部发出，肥皂泡还是会瞪着儿子，而作为儿子的叙述者“我”则变成了一条狂吠的疯狗。在残雪的笔下，“变形”指涉着完全变质和扭曲的亲情。《山上的小屋》中的父亲、母亲跟两个女儿的关系都特别怪异，敏感的女儿发现父亲夜间变成一只悲号的狼。残雪笔下的“变形”，跟人的“潜意识”有关，不仅揭示了现代人心理的幽暗面，人际关系的互相折磨以及由此带来的荒诞感，也表现了整个社会大环境疯狂压抑的精神面貌。

王小波在他早期的短篇小说中也喜欢用变形的手法，比如《战福》中失去生活寄托的战福最后变成了一条狗。《这是真的》中的老赵变成了一头驴。他变成驴后的内心纠结，让人不由得联想起莫言《生死疲劳》中的驴，只不过在小说结尾作者还是告诉读者，这只是一个梦。《变形记》中一对恋人性别互换，互相变到对方的身体里，体验完全不同的异性感受。王小波运用“变形”手法的这几篇小说，虽然很有独特的想象力，可是寓意还不够深刻。他的另外一篇小说《绿毛水怪》中的变形则别开生面，有新颖的想象和构思。小说中的女孩妖妖以为失去了爱情，喝一种药水变成了绿色的女水怪，加入海底世界中的水妖一族，远离现实世界。这些墨绿色的长着蝙蝠翅膀的水怪一族，拥有自成一体的如“乌托邦”一样的海洋王国，他们有发达的科技，可以自由自在地生活。在此，“变形”不仅成了自由的象征，而且开拓了一个“理想化”的世界，跟不自由的牢狱般的现实世界形成对话。

阎连科在《受活》中写了一个“残疾人”的村庄，象征着一个自给自足的“小国寡民”的乌托邦，然而后来受活村的残疾人集体“入社”——纳入社会体系——后，这个快乐自由的“受活”村就变成了一个“失乐园”。革命时期，受活村的残疾人受到了正常人（圆全人）的掠夺，失去了原本的快活和自由，而到了商品经济发达时期，他们更是变成了商品社会的奴隶，丧失了原本善良的本性。阎连科写了一个受活村的侏儒女孩，跟着残疾人的艺术团全国表演，每次跟圆全人睡觉后，她就长高一些，最后居然长得跟圆全人一样了。侏儒女孩的“变形”，跟我们熟悉的变形的方向不一样，从外表上看，她变得更美、更高、更正常了，然而她的内心也在“变形”，变得连自己都不认识自己了，加入社会上道德伦理沦丧的群体，丧失了质朴的本真的自我。

莫言的《生死疲劳》套用佛教中的六道轮回故事，讲一个叫西门闹的地主，在土改中被正法后，因为对自己的命运感到不公平，而跟阎王爷要求投胎转世，在随后的岁月中相继变成了驴、牛、猪、狗、猴和大头婴儿蓝千岁，并且用这些变形后的不同视角来看待中国当时的历史政治变迁。在莫言的“变形记”之前，其实就有王韬的《反黄粱》，其中的主人公死后也经历了多次的变形，曾经变成猪、公牛、妓女等，与前世的自我形成有张力的对话。莫言的“变形记”一方面有本土魔幻现实主义的色彩，采用佛教中的六道轮回作为变形的基本框架，并且借用传统地域文化中的民间神话和鬼怪故事等，另一方面也借鉴了西方后现代的叙述艺术和视角。比如《生死疲劳》中有三个叙述视角——“大头儿”、“蓝解放”和“莫言”，形成三重对话关系，把“莫言”写成书中的一个人物，用“元小说”的叙述方式，质疑正统的大历史叙述，并且对作者的叙述也同时进行自我解构。《生死疲劳》中的六道轮回表面上似乎属于“全因果”，给了合情合理的“变形”的解释，但是莫言其实更重视人的命运的偶然性，走入“隐因果”和“潜因果”，[①]重视人的灵魂颤抖中的感受和声音，让东方想象中的轮回观念跟进步的线性的时间观并置，让生生不息的原始生命与直线递进的革命历史形成多声部的对话。地主西门闹

① 阎连科：《发现小说：文学随笔》，天津：南开大学出版社2011年版，第100–101页。

在变成各种动物时，首先拒绝喝孟婆汤，拒绝遗忘个人记忆和历史，所以六种“变形记”是莫言保存历史记忆的一种独特的方式。其中地主西门闹变成驴和牛的两部分，写得最为精彩，因为他变成驴时，还清楚地拥有关于前世作为人的记忆，那种强烈的屈辱和悲愤的感觉，与驴的天性和视角交织在一起，给人耳目一新的感觉。“我在驴和人之间摇摆，驴的意识和人的记忆混杂在一起，时时想分裂，但分裂的意图导致的是更亲密地融合。刚为了人的记忆而痛苦，又为了驴的生活而快乐。”[①]西门闹再次轮回变成牛的那部分，写出了牛的倔强，尤其是跟它的主人蓝脸的倔强相互呼应，成了一个逆社会潮流的个体的象征。即使全村都进入人民公社的历史阶段，蓝脸还是以个体之力，顶住大潮流的压力，坚持做单干户，而西门牛的死亡，写得尤为动人，成了一头忠心耿耿的有骨气的反潮流的“义牛”。西门闹变成“猪”之后，狂欢和笑的成分多了一些，把变形的痛苦在无形之中淡化了。西门猪说：“说实话，我不是一头多愁善感的猪，我身上多的是狂欢气质，多的是抗争意识，而基本上没有那种哼哼唧唧的小资情调。”[②]猪身上的浪漫气质是屈辱的驴和倔强的牛所没有的，小说转向了更加戏谑化的叙述趋势。也许是因为关于人性和历史的记忆越来越弱，后面的几个变形如“狗”“猴”“大头婴儿”就不如“驴”“牛”“猪”的变形更有力度。不过总体而言，《生死疲劳》是一部非常精彩的中国版的“变形记”。

① 莫言：《生死疲劳》，北京：作家出版社2006年版，第17页。

② 莫言：《生死疲劳》，北京：作家出版社2006年版，第246页。

四

古典型艺术一般追求外在形象和内在意义的统一，可是“变形记”重视的恰恰不是统一，而是分裂，是通过外在形体的变化而产生的人的主体的内在的分裂，不仅扩展了无限的自由的主体性，也探索了个体内心多重的复杂的主体间性。古今中外书写人的身体的“变形记”，基本上属于黑格尔所描述的“象征型”艺术，居然产生了如此丰富多样的审美形态和叙述视角，造成不同程度的陌生化、异质性和审美怪诞感，让读者对主体本身，对人性本身，对自我与他人、与外界的关系产生更深层的思考。

“变形”往往包含悲剧性，外在形象的变异导致精神的变异，就像奥维德《变形记》中的许多人物无论怎样反抗，都无法逃脱“被变形”的悲剧命运；“变形”有时也包含喜剧性，就像《生死疲劳》中的西门猪在狂欢和浪漫情怀中找到一种“乐感”，成了中国乐感文化的一种象征，而王小波的《绿毛水怪》中的女孩通过变形，找到了自由和超越现实的乌托邦；然而，“变形”最强烈的效果是带给读者一种“荒诞感”，比如卡夫卡的《变形记》中的萨姆沙，没有任何理由，没有任何解释，就被变成一个“非人”的甲虫，让读者不由得叩问存在的本质和意义。“变形”可以是被人观看的视角，如奥维德的《变形记》中的许多变形都是被动的被观看的，在被正常人“观看”之时，产生一种悲剧意味，又如卡夫卡的《变形记》以及受卡夫卡影响的各种“变形”

描写，都强调主体被观看后产生的内心的扭曲和屈辱感。当然，“变形”也可以是观看他人的视角，如《铁皮鼓》中的奥斯卡通过“变形”而获得冷静的观看成人的荒诞世界的角度。“变形”可以是罪与罚的结果，也可以是反抗的形式；“变形”可以有历史和社会批判的深度，也可以有文化象征的深度，或是性别政治和种族身份认同的内涵。然而，无论是悲剧、喜剧还是荒诞剧，它都是探索人性真实的一个独特的美学形式。因为“变形”具有无穷的多元性的象征意味和叙述张力，即使到了后现代，仍然是一个充满创意和想象力的文学表现形式。

2019年6月写于香港清水湾

第三辑

文学的各种维度

文学如何面对暴力

中国文坛历来不乏敢于描写人性恶和暴力的作家，从鲁迅到余华、莫言、阎连科、贾平凹等，都具有敢于“直面惨淡的人生”和“正视淋漓的鲜血”的勇气。不过，刻意在自己的作品中把暴力变成一种奇观和风景的中国作家，恐怕非余华莫属了，怪不得王德威曾经这样评价余华。

> 在以后的十年里，余华要以一系列的作品引导我们进入一个荒唐世界：这是一个充满暴力和疯狂的世界：骨肉相残、人情乖离不过是等闲之事。在那世界的深处，一出出神智迷离、血肉横飞的秘戏正在上演。而余华娓娓告诉我们这也是“现实一种”，也有它的逻辑。他不仅以文字见证暴力，更要读者见识他的文字

就是暴力。[①]

文学中的暴力描写，跟充满暴力和残杀的惨烈的中国历史和现实紧密相连，暴力似乎是中国历史中的“常态”，就连沈从文如诗如画的山水描写中，也会时不时冒出关于“砍头”的主题。当然，它也跟作家的文学理念有紧密的关系。对于鲁迅而言，文学是疗治国民性的工具，所以他要在《狂人日记》中振聋发聩地揭示中国传统礼教“吃人”的真相。对于左翼作家而言，文学就是革命的传声筒，于是革命文学让暴力变得合法化，成了推翻旧世界而实现共产主义乌托邦的必要手段，然而就像汉娜·阿伦特在《论暴力》一文中所质疑的，暴力革命经常导致手段压过目的的危险，她反对以进步观念为标准来为暴力的合法性辩护：“进步观念不能再用作标准，以此评估我们已经无法掌控的灾难性的飞速发展进程。”[②]对于早期的余华而言，书写暴力不仅是进行文学形式创新的一种方式，而且是重写历史、反思历史的一个重要角度——展示暴力是如何积淀在中国人的文化心理和日常生活中的。他和同时期的许多作家，用荒诞的形式非常有力度地瓦解了革命文学宣扬的暴力与正义的合法关系。近一个世纪以来，中国现当代作家书写暴力、死亡和人性恶，这一行为包含着他们对国家民族心理的认知，包含着他们对病态文化的反思以及对文学现

---

① 王德威：《跨世纪风华——当代小说20家》，台北：麦田出版2002年版，第161-162页。

② ［美国］汉娜·阿伦特：《共和的危机》，郑辟瑞译，上海：上海人民出版社2013年版，第99页。

代化的实践，最重要的是，他们以文学的方式去参与中国的历史、批判现实、解剖人性的黑暗。

同样也书写暴力和人性恶，智利作家罗贝托·波拉尼奥（Roberto Bolaño）去世前完成的巨著《2666》，让我感到非常震撼，因为他的作品所涵盖的暴力范围之广，大大超过了以往的作家。首先，波拉尼奥具有全人类的视野，他以“全景式”的视角来审视整个人类在20世纪甚至21世纪所犯下的暴行和罪恶，涉及的国家有德国、法国、英国、西班牙、意大利、美国、墨西哥、智利。他所书写的暴力，有极权主义产生的暴力，如“二战”时德国纳粹发起的战争以及他们对犹太人的屠杀，有历史中存留下来的种族问题，如美国的黑奴问题，也有资本主义自由经济激发个人欲望后而造成的人性邪恶，如墨西哥的圣特莱莎市成了毒品贸易和对女性残杀的恐怖城市。有大至极权国家的暴力，也有小至家庭和两性关系的暴力；有人类集体犯下的罪行，也有个人犯下的暴行。其次，波拉尼奥写了大量的知识分子，或者说是知识的承载者和制造者，如文学评论家、哲学教授、作家、出版商、新闻记者等，并在小说中提到了无数从古至今的人文书籍，试图探讨在暴力面前知识的承载者是否能起到任何作用，试图从人文的角度来关注人类当下的困境，揭示人性的复杂和黑暗。

一、敲碎我们内心冰海的冰镐

阅读《2666》的过程中，我总是想起人文主义批评家乔治·斯坦纳（George Steiner）的重要著作《语言与沉默：论语言、文学与非人道》（*Language and Silence*：*Essays on Language, Literature, and the Inhuman*），脑海里总是回响着他在书中提出的大哉问：

> 我们是大屠杀时代的产物。我们现在知道，一个人晚上可以读歌德和里尔克，可以弹巴赫和舒伯特，早上他会去奥斯威辛集中营上班。要说他读了这些书而不知其意，弹了这些曲而不通其音，这是矫饰之词。这些知识应该以怎样的方式对文学和社会产生影响？应该以怎样的方式对从柏拉图到阿诺德的时代几乎成为定理的希望——希望文化是一种人性化的力量，希望精神力量能够转化为行为力量——产生影响？那些公认的文明传播媒介（大学、艺术、书籍），不但没有对政治暴行进行充分的抵抗，反而经常主动投怀送抱，欢迎礼赞。为什么会这样？在高雅文化的精神心理定势和非人化的诱惑之间，存在着怎样的尚不为人所知的纽带？是不是在文明内部生长出来的那种十分厌倦和过度抽象的观念，为野蛮的肆虐铺就了道路？[①]

斯坦纳的大哉问其实就是：在灾难和暴力面前，文学何为？

---

① ［美国］乔治·斯坦纳：《语言与沉默：论语言、文学与非人道》，李小均译，上海：上海人民出版社2013年版，第3-4页。

语言何为？知识何为？在“善”和“恶”面前，他认为“保持中立的人文主义要么是迂腐的骗局，要么是走向非人性化的序曲”[①]。斯坦纳认为，野蛮和政治暴行在人类的各个阶段都存在，没有一个时代可以幸免，但是当野蛮和暴力在文明发达的现代欧洲突起，就意味着以往的人文精神的毁灭。他说：“我不认为这类野蛮有任何特权，但它是理性人文主义的危机。”[②]斯坦纳欣赏的文学是卡夫卡的虚构作品中对未来“非人”社会和西方人文主义灾难的预言，用卡夫卡自己的话来说，就是：“一本书必须是一把冰镐，砍碎我们内心的冰海。”[③]他认为卡夫卡用最激烈的方式来质问：“诗人应该沉默吗？”“在这样一个时代，人人都像甲虫或耗子一样，吹出或挤出他们的痛苦之声，万物中最为人道的人文话语，还存在吗？卡夫卡知道，太初有‘言’；他问我们：结局会是什么？”斯坦纳也非常欣赏格拉斯的《铁皮鼓》，因为格拉斯的吼声，“压倒了令人沉醉麻木的塞壬之声，让德国人直面邪恶的历史，这才是德国作家中前所未有的成就”[④]。斯坦纳特别指出，“格拉斯知道，德国高傲晦涩的哲学话语对德国精神的伤害有多深，对德国人清晰思维和言说的能力的伤害有多

① ［美国］乔治·斯坦纳：《语言与沉默：论语言、文学与非人道》，李小均译，上海：上海人民出版社2013年版，第78页。

② ［美国］乔治·斯坦纳：《语言与沉默：论语言、文学与非人道》，李小均译，上海：上海人民出版社2013年版，第2页。

③ ［美国］乔治·斯坦纳：《语言与沉默：论语言、文学与非人道》，李小均译，上海：上海人民出版社2013年版，第79页。

④ ［美国］乔治·斯坦纳：《语言与沉默：论语言、文学与非人道》，李小均译，上海：上海人民出版社2013年版，第125页。

深”[①]，所以格拉斯故意用笑声和诙谐来瓦解德语旧词中的谎言，使他自己的文学表述焕然一新。我认为，波拉尼奥的《2666》对全人类范围的暴力的书写，就是一把可以敲碎我们内心冰海的冰镐，非常有力度。他不仅质疑人类文明发展的方向以及精神出路的问题，而且通过小说的形式继续探讨斯坦纳提出的大哉问，那就是面对人性的野蛮和邪恶，文学和语言是否已经失去了其本来应该具有的人文精神，还是仍然有力量去表现和批评现实中的暴力和谎言，发出呐喊，让麻木的人们为之震颤？那些知识的承载者，是否已经全军覆没，对黑暗的世界无能为力？

《2666》既有世界性的格局，又不失对地方政治文化的具体描述，比如《2666》的第四章专门写发生在墨西哥和美国边境地区的圣特莱莎市的几百起女性奸杀案，而跟这一地区直接或间接有关的几位主人公，有作家、文学评论家、教授、记者等，他们都是处于流动状态的人，常常从一个国家游离到另一个国家，自由地跨越国家和地域的界限，不仅如此，这些人所阅读过的书籍又都是从古至今的世界文化和文学经典，身上所承载的文化遗产来自全世界。或者更准确地说，《2666》是一个产生于全球化时代的小说作品，既有“地方性”——充满毒品交易和残杀女性的恐怖罪行的墨西哥的圣特莱莎市，又有“全球性”——欧美和拉美诸多国家。于是，地方性和全球性展开对话，20世纪以来人

① ［美国］乔治·斯坦纳：《语言与沉默：论语言、文学与非人道》，李小均译，上海：上海人民出版社2013年版，第132页。

类社会的一系列重大历史浩劫，如战争、种族屠杀、独裁等，和地方性、家庭性、两性的暴力事件，处于同等重要的位置，但是，波拉尼奥对于这些人性恶和暴力事件的书写，总是跟对整个人类的人文精神和文学的思考连在一起。他像一个预言家，试图通过他的文字，来反省文学的意义和价值，反省文学是否已经完全失去感染人心的作用，知识的承载者是否还有能力影响社会，文学跟人类的生存状态和未来的命运是否还能有所关联。

二、毕达哥拉斯文体

波拉尼奥的《2666》分成五章，他临去世前，为了后代的生计问题，嘱咐每章都作为独立的一本书来出版，但是后来他的好友把这五个部分合成一卷本出版，得到欧洲和拉美文坛普遍性的高度评价。有的评论家甚至说《2666》掀起了21世纪文学的新浪潮。这部小说的各章之间有巧妙的联系，围绕着同一个中心，那就是暴力——这个关乎人心的黑洞和人性的深渊的主题，采取的叙事方式是折叠式、流动式和多元式的，既有博尔赫斯般的梦境和现实自然穿梭的讲述，也有写实主义的如新闻报道式的记录，也有后现代主义叙述中常用的元小说元素，完全不同于传统的单一和线性的时间观，而是选取了书中间接或直接有所关联的几位人物生命中的某段经历，随意地把过去、现在和未来拆散、拼接和并置在一起，各章都采取开放式的结尾。甚至可以说，这部小说有斯坦纳提倡的“毕达哥拉斯文体”（The Pythagorean Genre），这是一种广义的文体。李欧梵非常推崇斯坦纳提出的这一文体：

> 就人文的广泛意义而言，他（斯坦纳）认为文学家不必局限于一隅，而应该打破传统的界限，不再做散文或诗、戏剧或小说、艺术想象或实地报道之分，更应该因时制宜、广采兼收，使得哲学、音乐、数学等不同学科的特长和内涵，可以做文学之用，这样，才能挽救语言的危机，才能表现当代人的“沉默感”，也才能于沉默中寻出一线生机。[①]

波拉尼奥在他的小说中做了这一“毕达哥拉斯文体”的实验，他在《2666》中融入历史学、哲学、社会学、人类学、心理学、数学、艺术学、海洋学、出版学、新闻学、电视学等学科，跨越虚构与非虚构的界限，跨越小说、散文、书信、传记和实地报道等文体的界限。他的这种写法，同样符合萨义德在《知识分子论》中所倡导的，即反对西方工具理性和知识的专门化，他认为有机的知识分子应该是“业余者”。因为业余者可以冲破专业的束缚，摆脱专业的有限眼界和学术体制内的权力的压迫，回到单纯的喜爱与关怀中，以“漫游者”的身份对广博的全人类知识有更加全面的理解。而林语堂在《生活的艺术》中也同样批判西方学院派的专门化和分割知识，认为这种逻辑思维和专门化的过度发展造成了一种扭曲的现象：“一个只有着知识门类而没有着知识本身的人类文化梯阶；只是专门化，但没有完成其整体；只

① 李欧梵：《语言与沉默——简论人文批评家乔治·斯坦纳（代译序）》，参见［美国］乔治·斯坦纳：《语言与沉默：论语言、文学与非人道》，李小均译，上海：上海人民出版社2013年版，第8页。

有专门家，而没有人类知识的哲学家。”[①]无论是斯坦纳还是萨义德，无论是林语堂还是波拉尼奥，他们都希望文学能够融汇广义的人类文化，恢复它应有的人文意义，阻止人类的“非人道”和“非人化”的势力，让知识分子能够对这一“非人道”的异化的势力发出有力度的反抗声音。

《2666》的中文译者赵德明认为：“《2666》的叙述艺术既是对20世纪下半叶各类小说技巧的高度概括，又有作者独具匠心的创造。这种创造的理论说法叫作‘全景式长篇小说’。这一理论的主要特征是：超越阶级意识形态的局限，从人类意识的高度看人性的复杂和变化；舞台尽量设计得博大；时间长；人物多；让丰富的事实说话。叙事的话语则是冷峻和白描的。”[②]的确，虽然波拉尼奥描写到西方启蒙主义以来的一系列重大观念和话语，如共产主义思潮、法西斯主义、新自由主义思潮、进步的观念、种族问题和性别问题等，但是他既不偏左，也不偏右，而是冷静地面对“过去的、现在的和未来的死亡的验尸报告”[③]，探讨暴力与这些思潮之间的潜在关系，揭露人类进入现代化进程后的精神危机。

---

① 林语堂：《生活的艺术》，越裔汉译，西安：陕西师范大学出版社2003年版，第300–301页。

② 赵德明：《〈2666〉的人性悖论与思想喻义》，《解放军艺术学院学报》2012年第3期，第19页。

③ Marcela Valdes, *Roberto Bolano* : *The Last Interview and Other Conversations*. With an Introduction by Andrea Valdes, New York : Melville House Printing, 2009, p.15.

《2666》这部小说中文初版一共有800余页，2012年由赵德明翻译出版。这部小说被法国导演朱利安·戈瑟兰改编成话剧后，2017年在天津大剧院演出过，居然长达12小时。小说的第一章《文学评论家》，讲述四位来自英国、西班牙、意大利和法国的文学教授，他们都出自学院派，因为共同的研究对象——“二战”后的一位不为世人注意的德国作家阿琴波尔迪的文学作品，因而结成学术和生活的密友，在世界各地一起参加研讨会并宣读论文，四人后来卷入多角恋。由于阿琴波尔迪是一位喜欢隐居独处的作家，这些学者们对他的生平所知甚少，所以后来获悉这位神秘作家的行踪后，他们就一起去墨西哥的圣特莱莎市找寻他的踪迹，在那里认识了一位当地的哲学教授，名字叫阿玛尔菲塔诺，但是他们最后都没有找到那位神秘的德国作家阿琴波尔迪。第二章《阿玛尔菲塔诺》，就是以这位智利哲学教授为主人公而展开的故事。因为皮诺切特政变，智利哲学家阿玛尔菲塔诺带领全家到墨西哥避难，他的流亡经历似乎带有某些波拉尼奥的自传因素。阿玛尔菲塔诺的西班牙妻子爱上了一位精神病诗人，离家出走，剩下他单独抚养女儿罗莎。在危机重重的大量少女被奸杀的圣特莱莎市，他一直忧心忡忡，惶恐不安，常常跟家里鬼魂的“声音”对话，非常担心女儿的安危。第三章《法特》，讲述一位美国黑人记者法特处理完母亲的丧事后，为服务于黑人的纽约《黑色黎明》杂志前往芝加哥采访一位黑豹党创始人西曼，后来又去墨西哥的圣特莱莎市采访拳击赛。到了这座城市，他发现这个小城大量的女性奸杀案更值得报道，可是杂志领导认为跟黑人没有关系，不准他报道。

最后他带着偶然相识的阿玛尔菲塔诺教授的女儿罗莎离开了这个充满暴行的城市。第四章《罪行》用的是客观的新闻报道的方式，不加任何渲染色彩地真实报道了近200个被奸杀的女子的案例，像是一篇篇触目惊心的验尸报告，讲述了这个城市很多女性被残害后，警察和政府无所作为的情况，并且揭露这个国家极其腐败的状态，官员和犯罪集团同流合污，整个文化都是典型的男权中心、蔑视女性的文化。第五章《阿琴波尔迪》则以传记的形式，讲述这位神秘的德国作家复杂曲折的人生故事。他出生于普鲁士家庭，从小就特立独行，年轻时被征兵参加了"二战"，到过波兰和苏联，无意间发现了一位犹太人的手记，因而了解了苏联作家被迫害的情况，后来又了解到德国人残杀犹太人的惨状。战后他开始写小说，受到德国一位出版家的青睐，但是他不喜欢交际，一直在世界各地漂流、居无定所，他的小说的销量也非常低，属于不被当时文坛重视的作家。直到20世纪90年代他才受到一些文学评论家的重视，他得诺贝尔文学奖的呼声突然变得很高时，却依旧过着简单平静的隐居生活。小说的结尾，他打算出发去墨西哥的圣特莱莎市，因为他的侄子被认为是连环杀手，被关在那里的监狱。小说至此就戛然而止，让读者自己去推测，并跟前面几章去做衔接。

我们在《2666》可以看到一些博尔赫斯小说中的元素，比如人物的梦与现实有神秘的关系，作者自由地徜徉在世界文化的天地里，拥有"百科全书式"的知识量，具有世界主义的"全景"视野，跨越不同文体的界限，让小说、散文、书信、新闻报道等文体相互补充和转换，并把一些人文知识如哲学、历史、人类学、艺术、诗歌、神话、小说等专业知识巧妙地变成小说虚构的一部分，大大延伸了作者的文学想象力。但是波拉尼奥和博尔赫斯又截然不同：一个密切关注社会现实和世界历史；另一个则躲进书本和幻想天地里，热衷于写充满知识性的幻想小说。当略萨评价博尔赫斯的作品时，他写道："博尔赫斯世界独一无二的特征在于：在那里，生存、历史、性、心理学、情感、本能等，都被消解了，都被压缩为仅仅属于精神的天地。生活，这个沸腾和混乱的骚动，是经过博尔赫斯的过滤成为神话，经过升华成为概念之后来到读者面前的。他的过滤属于从逻辑上进行清洁的工作，它是那样地完美和彻底，以至于有时会让人觉得他不是要纯净生活，而是要废除它。"①即使博尔赫斯写到暴力，也似乎只是传说中的一个元素，给他那些玄学和抽象的题材增加一些神奇的魅力，像一座艺术雕像，让人可以放心地观看，不用担心被匕首或酷刑伤害到，他笔下的暴力不沾泥土的气息。然而，波拉尼奥却正相反，他紧紧地抓住政治、现实和历史，把暴力和死亡冷静而赤裸裸地展示给我们，不满足只是写幻想文学，他对历史和现实中的灾难、浩劫、邪恶充满敏感，迎面而上，绝不妥协，引领读者来到满目疮痍的历史现场，甚至死亡现场，像法医一样冷静地勘察尸体，试图诊断历史与伤痕、暴力与正义、文学与邪恶等的关系。

---

① ［秘鲁］巴尔加斯·略萨：《博尔赫斯的虚构》，赵德明译，《世界文学》1997年第6期，第149–150页。

三、文学可以变成一种隐秘的暴力

文学与邪恶的关系一直都是波拉尼奥喜欢表现的主题。他的小说《美洲纳粹文学》(*Nazi Literature in the Americas*)借用了博尔赫斯的《恶棍列传》(*A Universal History of Iniquity*)的形式，只不过把眼光转向文坛，用天马行空的想象力杜撰了92名文坛恶棍、骗子、怪人、疯子，以讽刺的笔法写了他们的生平和作品简介，跨度长达百年，从20世纪初一直到21世纪，但是在小说中又常常提到历史和文坛中的真实人物，在真实与虚构中自由转换，书的结尾甚至还特别列举了美洲大陆跟“纳粹文学”相关的出版机构，以证明其“真实性”。《纽约时报》的书评对这部小说这样评价：“谁说文学对历史没有真正的影响力？至少对波拉尼奥不是。对他来说文学是令人不安的变数、是非难辨的力量，拥有自我创造、自我评价、自行塑造神话的可怕力量。纳粹诗歌是一个矛盾语吗？在波拉尼奥的设定中可不是，相反的，它大有可能出现。”

波拉尼奥在《美洲纳粹文学》中写的这些文坛恶棍，有的是骗子和流氓，追逐名利，靠剽窃别人的作品而暴得大名，但是有的居然真的具有文学创作的才华，不缺乏文学想象力，作品也不缺乏新颖的文学审美形式，比如有的诗人会写意象和韵脚都很出色的诗歌，有的会写先锋派戏剧，有的作家可以在自然主义、现实主义、现代主义、超现实主义等文学形式之间找到自己的路数，有的会设计颇有创意的行为艺术，然而，这些无论是蹩脚的还是有文学才华的作家，有一个共同点——那就是缺乏质朴和正直的心灵。正因为他们没有慈悲心，他们在文学作品中宣扬的基本上是“垃圾”思想，不是虚伪地附庸风雅，就是公开宣扬纳粹精神，或是歧视犹太人、女性、同性恋，要不然就在作品中堆积低级下流、污浊不堪的内容。而且他们的为人也非常低劣，有的杀过人，坐过监狱，绑架过人，参与过折磨人，宣扬过暴力和仇恨，有的基本上就是个精神病人，有的是坑蒙拐骗之徒，有的是利欲熏心之徒，所以他们是文坛的恶棍，没有一个人拥有正直和善良的心灵。他们不仅自己生产垃圾，在文坛有一定的地位，而且还有一系列的文化产业，如出版社、杂志、报刊等替他们繁殖和传播这些可怕和有害的思想。比如有一位文坛恶棍，想跻身上流社会，他说只有两个办法：“一是通过公开的暴力手段，这招不行，因为他性格温和，还容易紧张，看见血就恶心；二是通过文学创作，因为文学是一种隐秘的暴力，是获得名望的通行证；在某些新兴国家和敏感地区，它还是那些一心往上爬的人用来伪装出身的画皮。”[①]在波拉尼奥的眼里，“文学是一种隐秘的暴力”，如果这些文坛恶棍的文字成了社会主流，那么对人类的历史和现实是怎样的危害啊？

刘再复在《什么是文学——文学常识二十二讲》中，谈到文学的三大要素：一是心灵；二是想象力；三是审美形式。但是他

① [智利] 罗贝托·波拉尼奥：《美洲纳粹文学》，赵德明译，上海：上海人民出版社2014年版，第137-138页。

尤其强调第一要素是心灵："可以说，文学事业就是心灵事业，是心灵通过想象外化成审美形式去感动读者的事业。文学既是心灵的载体，又是想象的载体。凡是不能切入心灵的作品，都不是一流的作品。"[①]他还进一步指出："什么是'文学的心灵'呢？'文学的心灵'一定是超功利、大慈悲、合天地的心灵。要当好作家，不是只掌握一些艺术技巧就行，还要有大悲悯的心灵，像基督、释迦牟尼一样，才能写好大文章。"[②]波拉尼奥在《美洲纳粹文学》提出的其实是同样的问题，那就是文学最重要的还是心灵世界，只不过他是从反讽的角度来论证这一论点的。《美洲纳粹文学》里那些卑劣的所谓"作家"和"诗人"，那些华而不实的追求功利之徒，那些内心深处是一名纳粹的人，那些满脑子都是肮脏想法的人，他们一边把文学变成了传播暴力和邪恶的工具，另一边又有能力从事"新小说"和先锋作品的创造，最可怕的是，这些人常常在文坛占据一席地位，拥有一定数量的读者群和市场，一些文化机构又积极地帮助传播他们的垃圾思想。如果在鲁迅的眼里，文学是可以救治国民灵魂的工具，那么波拉尼奥则没有那么乐观，他提醒我们，文学并不像我们想象的那么简单和无辜，因为文坛恶棍也可以用文学来制造暴力和邪恶，可以把人拉进"心灵的地狱"。

① 刘再复：《什么是文学——文学常识二十二讲》，香港：三联书店（香港）有限公司2015年版，第82页。

② 刘再复：《什么是文学——文学常识二十二讲》，香港：三联书店（香港）有限公司2015年版，第17页。

四、沙漠中的恐怖的绿洲

波拉尼奥在《2666》中其实继续探讨了文学与暴力、文学与邪恶的问题，只不过这一次，他不是用讽刺的方式来看待“文坛恶棍”，而是用一种悲凉的眼光，来观察当下文坛中的文学评论家、大学教育者和文化承载者——这些文明的传播者。虽然这些人并不是《美洲纳粹文学》中的“文坛恶棍”，他们只是正常人，大多是职业文化人或学院出身的文学评论家或大学教育者，但是他们的身上已经丧失了斯坦纳呼唤的人文精神，在社会的暴力和邪恶面前，完全“沉默”，充满无力感。

《2666》以波德莱尔的一句诗“沉闷的沙漠中的恐怖的绿洲”作为小说开篇的题记。波德莱尔的原句是：“从旅行中获得的知识是多么酸辛！/单调狭小的世界，不论昨今和以后，/永远让我们看到我们自己的面影，/就象沉闷的沙漠中的恐怖的绿洲！”[①] 这句诗，让我联想起汉娜·阿伦特（Hannah Arendt）在《政治的应许》中提到的“荒漠中的绿洲”的意象。她用荒漠来比喻当代世界的具体状况，比喻我们对世界不断丧失，陷入一个不仅是“无物”，而且是“无人”的虚无主义世界，她说极权主义的风暴会威胁到沙漠中的绿洲，如果没有这些绿洲，人类更是无法生存和呼吸。对于汉娜·阿伦特来说，“绿洲是那些独立于或大

① ［法国］波德莱尔：《恶之花》，钱春绮译，北京：人民文学出版社2011年版，第316页。

体独立于政治环境而存在的生活领域”[①]。或者说，能够赋予荒漠绿洲的是那些遗世独立的艺术家、隐居独处的哲学家、爱情和友谊。然而，汉娜·阿伦特既反对努力调整自己而适应荒漠的生存方式，也反对从荒漠逃亡到绿洲的生存方式。前者只会让我们变得麻木，比如她说现代心理学是荒漠心理学，帮助我们适应荒漠，而不再感到痛苦，逐渐“变成真正的荒漠居民，在荒漠中觉得像待在家里一样的舒适自在”，不再积极地去改变外在的荒漠；后者则因为“当我们为了逃避而走向绿洲时，我们便破坏了维系生命活力的绿洲。因此，有时看起来似乎是所有东西串通起来要让荒漠环境普遍化”[②]。她反对逃避主义，反对逃避到绿洲，而是主张我们应该成为“行动的人”，成为“在荒漠环境中仍然保有生命激情的人”，敢于直面那些摧毁世界之恶，在困境和荒漠中积极地开拓公共空间，“唯有我们自然伸展出来的根能制造一个新的开端。就像大自然中的树木，它们将根扎到大地深处以改造贫瘠的土地，新的开端也能够把荒漠变成一个人类的世界”[③]。

我不知道波拉尼奥是否曾经读过汉娜·阿伦特的“荒漠中的绿洲”的隐喻，但是《2666》的各章其实一直都贯穿了这个隐喻。那些荒漠的扩张，也就是人类邪恶和暴行的扩张，在小说中

① ［美国］汉娜·阿伦特：《政治的应许》，［美国］杰罗姆·科恩编，张琳译，上海：上海人民出版社2016年版，第170页。

② ［美国］汉娜·阿伦特：《政治的应许》，［美国］杰罗姆·科恩编，张琳译，上海：上海人民出版社2016年版，第169-171页。

③ ［美国］杰罗姆·科恩：《编者导言》，参见［美国］汉娜·阿伦特：《政治的应许》，［美国］杰罗姆·科恩编，张琳译，上海：上海人民出版社2016年版，第19页。

比比皆是。而“绿洲”就是那位特立独行的德国作家阿琴波尔迪，他在战后独立于政治，过着隐居的生活，专心写自己的小说；绿洲当然也可以指一种逃避到哲学、艺术、爱情和友谊而对外界政治不闻不问的生活。所谓“恐怖的绿洲”则指当下知识分子因为完全丧失了对现实社会的影响，不是完全适应了在荒漠中生活，就是大量逃到了绿洲，破坏了维系生命活力的绿洲，让荒漠化变得更加普遍，而绿洲也面临逐渐干枯、临近消失的危险，所以可以被称作“恐怖的绿洲”——绿洲一旦被破坏，整个世界就会被荒漠占领，我们则无法呼吸。《2666》写了一批当下的知识分子，尤其是大学体制内的知识分子，他们可以代表“荒漠的恐怖的绿洲”，虽然受过良好的教育，可是他们的声音是“沉默的”，对荒漠充耳不闻、视而不见。

第二章的智利哲学家阿玛尔菲塔诺，有一天发现家里有一本跟他的专业毫不相干的书——拉法埃尔·迭斯特的《几何学遗嘱》，于是他模仿艺术家杜尚，把那本对他来说完全没有用的书挂在了院里晒衣服的绳上，让这本书经历风吹日晒。杜尚当初的意图是：“他因为败坏了‘一本满是原则的书之严肃性’而感到快活；他甚至暗示一位记者，那本几何学著作由于经受了风吹雨打而终于明白了生活四件事（衣食住行）。”[①]这本晒在衣服绳子上的几何书，其实是这部小说的一个非常重要的隐喻。在我看

① ［智利］罗贝托·波拉尼奥：《2666》，赵德明译，上海：上海人民出版社2012年版，第194页。

来，它意味着那些文明、文化、文学的制造者和承载者，已经变成了一本毫无用处的可以晒在衣服绳上的书，对黑暗和风暴没有什么感觉，沾上了灰尘也无力打掉，对社会已经不能产生任何影响了。就像杜尚一样，“他的全部生活就是一件ready-made（现成品），这是一种安抚命运又避免警铃的方式”，[①]也就是一种不疼不痒、可有可无、只是模拟和戏仿而并无原创力的方式，但是可悲的是，这种生存方式几乎弥漫当代的整个知识界、文化界和教育界。智利哲学家阿玛尔菲塔诺清醒地意识到大学教育和文坛中的种种弊病，所以用这种“行为艺术”来表达他内心的一种深深的悲哀和无奈，他属于无法适应住在荒漠中的人。在小说的第一章里，当他跟欧洲来的研究德国作家阿琴波尔迪的学者们对谈时，他曾经有一段反思墨西哥知识分子与权力关系源远流长的论述，他也延伸到对整个欧美和拉美大学和人文机制的批评，他说那样的机制只能让知识分子闭目塞听，没有兴趣看到真实的世界，只会追求自己的名利，完全失去了对现实的关怀和批判。他说：

> 知识分子的工作，说到底，可怜之极。著述中花言巧语，让人感觉是一场暴风骤雨；高谈阔论，让人感觉十分震怒；写作中严格遵守规范，里面只有沉默，既不震聋也不发聩。知识分子说些“啾啾、喵喵、汪汪”，

① ［智利］罗贝托·波拉尼奥：《2666》，赵德明译，上海：上海人民出版社2012年版，第193页。

> 因为巨型动物或说巨型动物的缺席，他们没法想象。另外，知识分子工作的舞台非常漂亮，非常有想法，非常迷人，但是舞台的体积随着时间的流逝而逐渐缩小。舞台的缩小丝毫没有减弱舞台的效用。仅仅就是舞台越来越小，观众席越来越小，观众数量自然也越来越少罢了。[①]

这位智利哲学家阿玛尔菲塔诺的反思很深刻，他说的其实就是斯坦纳提到的“语言的沉默”的问题，是当下知识界已经丧失了人文精神的问题。当今的知识分子，因为大学体制的束缚，只懂得专业的知识，越来越自我封闭，对现实中发生的事情非常冷漠，没有任何社会责任感，没有兴趣对现实的问题发出任何声音，所以他们的观众也就越来越少，舞台也越来越小，越发故步自封在学院的大墙内。阿玛尔菲塔诺说的这些反思的话，那几位欧洲学院派的知识分子居然完全没有听懂，仍旧悠然自得地享受着学院墙内越来越狭小的生活，即使到了充满黑暗的城市，对人性的暴力和邪恶也跟完全没有看见一样，丝毫不关心，只顾纠结在自己的情爱和性爱世界，满足于只有他们自己才听得懂的“小圈子的话语”。

第一章描写的那四位英国、法国、意大利、西班牙的欧洲文

① ［智利］罗贝托·波拉尼奥：《2666》，赵德明译，上海：上海人民出版社2012年版，第128页。

学批评家，因为找到了一位富有传奇色彩的德国作家阿琴波尔迪的小说，发现他是一个被文学评论界忽视的作家，于是开始做关于他的研究。这位德国作家的小说作品成了他们的“学术资本”，让他们从贫穷的学生，顺利找到教职，在他们所任教的大学升等，成了正教授，做了系主任，变成了学界的权威，并满世界开国际会议和旅游，形成一个四人的小圈子，自说自话，自得其乐，名利双收，“漂流在欧洲四所德语教研室舒适的河流里”，[①] 说着一些只有极少数人才听得懂的专业话语，从公共空间完全撤退，失去了以往的知识分子对社会的大关怀。这四个人还卷进无聊的“四角恋”，甚至法国教授和西班牙教授同时跟英国女教授丽兹上床，波拉尼奥以此暗讽他们毫无意义的“小圈子主义”。小说中，波拉尼奥用智利哲学家的话来讽刺他们这种画地为牢的学术生活，讽刺他们对传奇性的德国作家的研究，只是在追逐一个影子，甚至自己的影子，把自己生活和工作中的一切统统寄托在这个影子上面，直到末日来临也不会醒悟。这些学者的生活，只是内行人或专业人的游戏，就像戴维·洛奇在《小世界》中所讽刺的，他们周游世界、参加国际会议只是为了追求权力、荣耀、地位和感官享受，并不追求真正的学术意义，对在现实中开拓公共空间丝毫不感兴趣。

这些当下的学者不像20世纪早期的知识分子，比如本雅明、

---

① ［智利］罗贝托·波拉尼奥：《2666》，赵德明译，上海：上海人民出版社2012年版，第47页。

卢卡奇、威尔逊、利维斯等，后者具有共同的人文精神，把文学批评当作社会批判，对人类的行为可以产生正面的影响。《2666》第五章描写的一位已经70多岁的德国大出版家布比斯先生，身上就带着以往知识分子的这份人文关怀与社会责任感，让人肃然起敬。他出版过德布林、穆齐尔、卡夫卡、托马斯·曼等名家的著作，当然他出版过作品的青年作家中也有许多人后来变成纳粹党员或参加过党卫军，他自己统计过这个数字，统计的结果几乎让他想自杀。由于他的太太是犹太人，他只好流亡到伦敦，可是战后他还是回到德国，继续他的出版事业，希望经历了漫长的纳粹文化荒芜后，他能够为社会发现一批新的作家。一贫如洗的阿琴波尔迪就是他发现的，即使阿琴波尔迪的小说没有什么读者市场，一点都不赚钱，甚至赔钱，他依然坚持出版这位年轻德国作家的小说。他是一位真正的出版人，不为市场考虑，而是有更大的文化关怀和理想，他和他那一代的出版商和书商，对书抱着一种纯粹的热爱。比如他的一位老书商朋友，敢于冒着违犯纳粹黑森林法而被杀的生命危险，像保存圣物一样地藏起布比斯出版社的图书，“这是一种诚实商人的姿态，是掌握了一个几乎可以追溯到欧洲起源秘密的商人们的姿态，是一种神话或者为神话开门式的姿态，它的两个主要支柱就是书商和出版家，而不是作家——走异想天开的道路或者痴迷于无法捉摸的幽灵，而是书商、出版家和一位佛兰德斯画派画家笔下弯弯曲曲的道路”[①]。

① ［智利］罗贝托·波拉尼奥：《2666》，赵德明译，上海：上海人民出版社2012年版，第772页。

可惜，像布比斯这样的文化出版家，在我们当下的时代几乎消失殆尽了。他就是属于阿伦特所期待的“行动的人”，用自己的实际行动来重新开拓被纳粹破坏了的荒芜的文化事业。

五、无边无尽的荒漠

《2666》之所以分量非常重，跟波拉尼奥大量地写20世纪的暴力有关，他大幅度地展示当代文明可怕的荒漠状态，似乎在测试读者对暴力的接受能力和忍受程度，冷静地揭露人性可怕的深渊和黑洞，让他这部厚重的遗世之作成为人类关注自身命运的警铃。人性恶有个人基因的因素，有文化环境后天塑造的因素，也有国家极权主义的因素——这些出现在20世纪欧洲和拉美的种种暴力现象他基本上都涉及了。比如极权主义风暴下人类集体犯下的罪恶和暴力。波拉尼奥写到的无产阶级作家如鲍里斯，富有新左派的激情，相信革命和暴力的手段，认为革命是创造新世界的力量，会给人类带来进步和幸福，甚至浪漫地认为“革命会最终消灭死亡”，会消灭一切。不过，他和他的作家同伴很快就成了这场暴力革命的牺牲品。当波拉尼奥写到德国军人，他有一大段文字写这些德国高级军官一方面拥有非常丰富的文化知识，可以像知识分子一样探讨哲学、宗教、艺术等话题，可是另一方面他们又可以在战争中残忍地进行屠杀行为。还有一位平常的德国人，在波兰担任过一个机构的副主任，只是一个平庸的人，可是当他收到命令要处理掉500名波兰人时，仍然不加思考地去执行这个命令，杀犹太人的人手不够，他就让村里的波兰少年也参与杀戮，这完全就是阿伦特批判的“平庸之恶”的表现。

这些关于极权主义与暴力的关系，波拉尼奥大多从侧面描写，可是当他描述墨西哥圣特莱莎市大量年轻女性被奸杀的一系列事件时，他则正面强攻，用了整整厚厚一章的篇幅来写令人毛骨悚然的“死亡现场”。王德威在评论余华小说的时候，提到过“暴力的辩证”问题，他说“像《现实一种》《难逃劫数》这类作品，一方面暴露了暴力论述的堕落，但奇怪的是，另一方面也延伸了它的诱惑性。余华借写作来祛祓暴力魔魇，但也（不由自主地）‘演出’暴力。他对暴力的辩证姿态几乎使他成为大陆小说界的乩童了”[①]。文学中对暴力的表现确实是一把双刃剑，有其复杂的两面性，比如莫言的《檀香刑》也一样陷入这一悖论，一方面作者旨在鞭笞中国古代的酷刑，但是他对暴力的过度书写在不知不觉中变成了一种“演出”暴力了。也许正是由于这一辩证关系，波拉尼奥采取了新闻报道式的写法，并且选择写“死亡现场”，以法医的眼光来写女性尸体，不夹杂任何感情的因素，从1993年的第一起奸杀案写起，然后如实地记录之后每年每月出现的女尸，一直写到1997年的最后一起案件，如同长篇的法医报告。每一位女性被奸杀的案件都非常雷同，她们大多数是十几岁的少女，有长长的头发，为了养家糊口，早早就进入工厂工作，她们的尸体都有生前被残忍地强暴和折磨的特征，死后被随意地

① 王德威：《跨世纪风华——当代小说20家》，台北：麦田出版2002年版，第172页。

丢弃在大型的垃圾场、高速公路的绿化带、工厂的空地等公共场地，有的只被埋了半截，有的连埋都没有埋，被暴尸荒野。而当地警察司空见惯，只是懒懒地调查几日，常常抓不住凶手，然后就草草结案，把这些尸体葬在城市公墓里。波拉尼奥并不描写这些女性被奸杀的过程，但从对她们尸体的法医鉴定上，我们可以想象她们生前曾经忍受过的凶残的暴力，这样冷静的描述回避了书写对暴力的延伸，也回避了对女性受害者的第二次暴力——书写的暴力。作为读者，我们不由得思考，这些女性的尸体，跟“二战”中德国法西斯屠杀犹太人有什么关联之处？这一个个残骸是文明被摧毁之后的“遗迹”的延续吗？这些罪恶是人性中的兽性造成的，还是文化生成的，抑或是国家制度造成的？如果法西斯主义体现了国家极权主义和人性恶的关系，那么墨西哥女性的大量死亡体现了自由与邪恶的关系吗？在这一章里，波拉尼奥给了我们一些暗示，那就是这些女性的死亡跟墨西哥对女性歧视的文化环境有关，比如墨西哥警察在酒吧谈论到女性时，完全把女性当作没有脑子的“性物品”而已：

> 讲笑话的人说：来啊！伙计们，给女人下个定义吧！无人回答。答案是这样的：就是围绕阴道形成的细胞组织！于是，有人笑了。是个检察员。他说：这个笑话很好，就是细胞组织嘛。对呀，先生。又讲了一个，这回有国际意义：为什么自由女神像是女的呢？因为需要一个没脑子的人，好在头上设置瞭望台。再讲一个：女人的大脑分成多少块？伙计们，这要看情况啊。……

看你揍她有多狠。……或者可以这样说：女人如同法律，制定出来就是要破坏的。[①]

连这些执法者对女性都是如此蔑视的态度，他们面对再多的女性尸体，也不会有太多的同情心和怜悯心。在这一章“罪行”中，波拉尼奥对暴力的思考跟地方文化、国家差异、拉美政治状况和历史传统等联系起来，他非常悲观地告诉我们，不光极权国家有罪恶，民主社会一样有罪恶；专制会产生暴力，自由也一样会产生暴力。

《2666》中也写到个体的暴力。比如第一章中的法国教授和西班牙教授，属于受过高等教育的衣冠楚楚的绅士，可是当一位从巴基斯坦来的司机看不惯他们同英国女教授的三角恋情，说在巴基斯坦，人们把这种女人称为“婊子”，而把他们称为“二流子”的时候，他们居然大打出手，把那位巴基斯坦司机打得昏迷不醒，满脸出血，说是为巴黎的女权主义者出气，并且用暴力手段后，三位教授居然有经历性高潮的感觉。在这段小小的故事里，波拉尼奥不仅揭露人的兽性像冰山下的潜意识一样，无论他受了多少文明熏陶，仍旧隐藏在人性的黑洞里，随时可以爆发，而且对所谓的欧洲知识分子虚伪的“政治正确”也带有反讽的态度。

① ［智利］罗贝托·波拉尼奥：《2666》，赵德明译，上海：上海人民出版社2012年版，第531–533页。

六、结　语

波拉尼奥在小说的最后一章里写的德国作家阿琴波尔迪，是这部小说的一个灵魂人物。他从小就跟世界保持距离，有属于自己的想象世界，即使不得不参加“二战”，他也总是处于一种“游离状态”，属于一种在内心选择“自我放逐”的人。在战争中，他读了苏维埃犹太作家的手记后，被其中关于人性的文学内容深深吸引，早就超越了可怕的战争划出的战友和敌人的界限。“二战”后，他过着最简朴的生活，他写小说得到的稿费仅仅够维持最基本的生活，所以他什么底层的工作都做过，但是坚决不肯为自己的作品做任何宣传。他热爱自由，不愿意被战争束缚，不愿意被世俗的名利和金钱束缚。他不想当什么名人，在他看来，“就算不是追名逐利向上爬，成名的态度也会是暧昧的，也会谎话连篇”，“名气和文学创作是不共戴天的敌人”。波拉尼奥非常欣赏这种遗世独立的文学家的态度，当然这种态度更像以赛亚·柏林定义的“消极自由”，是“荒漠上维系人类生命的绿洲”，追求不被极权或世俗利益所干扰的最起码的私人创作空间，只有在这样自由的空间里，文学家和艺术家才能创造出真正好的作品。不过，虽然波拉尼奥充分肯定这种艺术家独立于世俗名利束缚的生活态度，他还是希望当下的知识分子有拥抱“积极自由”的勇气，不要纷纷逃到这片绿洲里，让人类的荒漠变得更加普遍化。

《2666》从头至尾都流露着波拉尼奥伤感的情绪——深深的悲伤、无尽的悲伤，就像那位智利哲学教授给丽兹的印象：“他是个悲伤的人，迈着巨人的步伐向死亡走去。”[①]然而，即使对人类的命运抱着绝望和悲观的态度，他仍然期许我们当下有更多类似新闻记者法特、欧洲出版家布比斯那样“行动的人”，那些敢于在人类的无尽的荒漠中开拓公共的政治空间的人，那些敢于面对地狱和摧毁世界之恶的人。可以说，《2666》是警铃，是敲碎人们内心冰海的冰镐，是荒漠中的嚎叫；它不是从世界逃离，而是迎面而上，直面人类灾难和死亡的残骸与遗迹，希望可以警醒众人，带来一个新的开端。

2018年8月22日写于香港清水湾

① ［智利］罗贝托·波拉尼奥：《2666》，赵德明译，上海：上海人民出版社2012年版，第120页。

互绑的个人与历史

在《历史与怪兽：历史，暴力，叙事》一书中，王德威研究文学与历史的互动，并以远古传说中的怪兽“梼杌”为象征，来勾勒20世纪以来，历史暴力如何以不同的形式肆虐中国。他所讨论的历史暴力，不仅指像战乱、革命、饥荒、疾病那些天灾人祸，也指“现代化进程中种种意识形态和心理控制机制——国族的、阶级的、身体的——所加诸中国人的图腾与禁忌”[①]。通过这个课题，他试图展现“还原历史”和“再现历史”的困境。可以说，文学对历史的再现，既是小说家见证和抗拒历史怪兽的过程，然而，又可以同时看作小说家在不知不觉中制造了自己时代的怪兽的过程，这里面的矛盾全都凝聚在

① 王德威：《历史与怪兽：历史，暴力，叙事》，台北：麦田出版2011年版，第5页。

“梼杌”的残酷和暧昧性中。王德威用怪兽“梼杌”的意象贯穿对现当代中国文学作品的分析，展现了文学与历史之间复杂的对话关系，他让我们看到，当历史中无处不在的暴力和创伤有形无形地侵犯和控制我们之时，小说叙事一方面是驯服这一历史怪兽的最好的手段之一，但是另一方面也有可能在不知不觉中沦为怪兽的一部分。

同样看到历史的双面性，李泽厚提出了“历史行程的二律背反”，强调历史总是在矛盾中前进，尤其表现在“历史主义”和“伦理主义”的二律背反上。基于李泽厚的关于历史行程的二律背反的论点，刘再复谈道：“政治家和文学家的矛盾总是从这里开始发生，文学家尊重人的情感，把个人的情感看得很重，而政治家往往是铁石心肠，为了达到一定的历史目标，他们总是说，牺牲是必要的，流血是必要的。历史学家可以歌颂拿破仑，但作为文学家的托尔斯泰，他绝对无法接受。帕斯捷尔纳克的《日瓦戈医生》中的主角，他从人道主义的立场去支持十月革命，结果最后自己被这场革命所吞没，因为革命并没有时间和精力去铭记他当时的善良心肠，它按照自己的钢铁轨道无情地向前运行，不惜碾碎曾经帮助过自己的人。”[①]相对历史主义的理性思维而言，文学家更重视历史进程中的伦理主义和情感真实，重视那些被历史的车轮所无情碾压的个体存在。文学最重要的存在价值，正是

① 刘再复：《李泽厚美学概论》，北京：生活·读书·新知三联书店2009年版，第197页。

在于它拥抱被历史怪兽吞没的个人情感和心灵图景，并基于这一情感，不断地对历史进行批评、反思和抗争。

当我面对以历史为题材的文学作品时，我总是带着这样的一个问题来阅读：作为一个个体存在的小说家，是站在自己的家国历史或是整个人类历史的高度来观察和认知一切，重视外在的社会层面，比如不同的社会、时代、民族、阶级、阶层、集团、部落等问题，给予一个历史全景的描述，还是立足于内在的、感性的、偶然的、个性的东西，重视在历史洪流中的个体身心问题？是应该具有向外看历史行程的眼光，还是应该具有向内看个体内心世界的眼光？或是应该有效地结合二者——结合外在的社会结构和内在的个体因素？海德格尔在《存在与时间》里，曾经论述道，“世界历史事物并非由于历史学的客观化而具有历史性；而是：它作为那以世内照面的方式是其自身所是的存在者而具有历史性”[①]。也就是说，海德格尔拒斥了所谓纯粹客观的历史观，而强调“人的此在是历史的首要‘主体’”[②]，把历史还原到个人的时间体验上，把历史主体的主体性当作历史性的根本建构。阿伦特承袭了海德格尔的历史观，从历史里拨出个人的时间体验，认为极权主义和客观历史主义等都压抑了个体的存在，她则主张个

① ［德国］马丁·海德格尔：《存在与时间：修订译本》，陈嘉映、王庆节译，北京：生活·读书·新知三联书店2014年版，第432页。

② ［德国］马丁·海德格尔：《存在与时间：修订译本》，陈嘉映、王庆节译，北京：生活·读书·新知三联书店2014年版，第432页。

人要借助思考回到历史，不仅干预历史，而且超越历史。[①]极权主义历史观总是强调历史的客观性，强调宏大叙事和历史规律，否定个人，抹杀个体在历史中的此在经验，而文学家最应该修复的就是个体的此在经验，恢复个体的本真历史存在。

在我眼里，萨曼·鲁西迪（Salman Rushdie）的《午夜之子》（*Midnight's Children*）是一部优秀的侧重于以个体的眼光，尤其是从叙述者/主人公的内心世界和存在方式出发，来重新编织历史的小说。一方面，这部小说的场面宏大，涉及印度现当代长达62年的历史，从1915年，也就是印度1947年独立之前的32年开始写起，写到了圣雄甘地和印度人民为独立自由进行的抗争，然后写到赶走英国殖民者之后的印度独立、尼赫鲁总统的第一个五年计划，再就是印巴分治、中印边界冲突、巴基斯坦政变、孟加拉战争、1957年印度大选以及英迪拉·甘地（Indira Gandhi）总理颁布紧急状态等真实的历史事件，而且它所涵盖的地域也很广，包括克什米尔、德里、孟买、巴基斯坦和孟加拉国等，并融入大量的印度传统文化中的宗教、迷信、隐喻、神话传说和风俗习惯等；另一方面，《午夜之子》并不以历史全景取胜，而是着眼于个人的成长历史和记忆，用非正式的主观语言把主人公萨里姆的成长过程跟印度的大历史紧紧结合在一起，重视个人成长的情感和经

① 参见Arendt，H. *The Life of Mind*，vol.1：*Thinking*，San Diego，New York and London ：A Harvest Book-Harcourt，1978，pp.202-21. 也参见Tung Tin Wong，*Human in Historicity* ：*Hannah Arendt on Political Experience*，MPhil thesis，Hong Kong University of Science and Technology，2018.

历，结合了欧洲“成长小说”和“流浪汉小说”的叙述特色，不断地叩问个体的存在问题，让个体在被历史捆绑的同时，还有回望自身的可能性。

国内外的批评家最乐于用后殖民主义理论来批评和分析鲁西迪的小说作品，因为他的移民身份，以及他自身跨越印度和英国的混杂的生活经验和文化认同，都非常容易符合后殖民主义关于“离散”“边界写作”“混杂身份”“第三空间”等理论。这些借用后殖民主义理论对《午夜之子》的阐释，虽然是必不可少的，并且颇有见地，但是不免有些雷同。对我来说，这篇小说更吸引我的，是鲁西迪神灵活现的讲故事的方法、巧妙的隐喻和象征手段、对世界文学传统的继承与超越、流动而驳杂的语言风格以及丰富的想象力——因为正是这些出色的文学表现手法，令他成功地开创了一个独特的书写历史又同时超越历史的文学场域。

一、不同的魔幻意义

萨曼·鲁西迪的第二本小说《午夜之子》，于1981年出版后，被《纽约书评》誉为“这一代人英语世界出版的最重要的书籍之一”，让作者赢得巨大的国际声誉，获得了布克奖等英美国家的文学奖，并于1993年再次荣获为纪念布克奖25周年而颁发的大奖——“特别布克奖”，1999年被美国兰登书屋评为100部20世纪最佳英语小说之一，2008年又荣获为纪念布克奖设置40周年特设的“最佳布克奖”。当我阅读《午夜之子》的英文版的时候，不由自主地被他出神入化的英文所折服。他的英文不仅幽默风趣，有一种音乐节奏感，而且运用了大量巧妙的比喻和双关语，读起来朗朗上口，清晰流畅，又带着明显的异国情调，仿佛混杂着各种香料的味道，怪不得他轻而易举地征服了广大英语世界的读者，被英国著名作家普雷切斯称为“一位滔滔不绝地讲故事的大师”。可以说，他的英文写作极大丰富了英文小说的语言和叙述，把多元的文化表象和混杂的语言叙述带入英文的小说世界里。

由于同样写漫长的家国历史和政治，同样具有魔幻的神奇色彩和大胆离奇的想象，评论家总会把《午夜之子》跟加西亚·马尔克斯的《百年孤独》以及君特·格拉斯的《铁皮鼓》放在一起比较。《午夜之子》中有大量的魔幻色彩，比如主人公萨里姆天生拥有能够倾听和联络1001个午夜之子的心灵感应术——“洞察人的内心世界的能力”，以及他后来转换成的超级嗅觉功能，还有那1001个有超自然能力的午夜之子，个个神通广大，有的力大无穷，有的会算命，有的会隐形术，有的可以在过去和未来之间穿越和旅行，有的闭上眼睛就可以飞上天空，有的在水里可以变幻性别等。这些神奇的想象会让人不由得联想起《百年孤独》中那些令人难以置信的魔幻故事，比如飓风刮走整个马孔多镇，俏姑娘雷梅苔丝随床单升天，人鬼对话，整个镇子突然被传染性的失眠症和遗忘症所笼罩，有预言能力的奥雷里亚诺上校，以及骨殖袋里发出的沉闷咯啦声等超自然的现象。跟马尔克斯一样，鲁西迪能够在他的叙述中自如地跨越现实世界和虚幻世界的界限，然而，鲁西迪的魔幻跟马尔克斯的魔幻显然不同。陈众议在《保

守的经典　经典的保守——再评加西亚·马尔克斯的〈百年孤独〉》一文中曾经论述道，马尔克斯的魔幻是一种拉美“集体无意识的喷薄”，正因为有了马孔多的孤独和落后，才有了《百年孤独》的魔幻与神奇，最后这个代表传统社会的小镇才会被跨国资本主义侵入和毁灭，而小说相对应的叙述形式和结构形态也是比较传统和保守的，马尔克斯扮演的是一位全知全能的叙述者，采用既可以瞻前又可以顾后的叙事方式，“他的方法完全可能出现在19世纪，甚至更早的骑士小说时代、英雄传说时代，或者甚至神话预言时代”，[①]与绝大多数追求创新的反传统的先锋的拉美作家如略萨、富恩特斯或科塔萨尔完全不同。

鲁西迪的魔幻虽然也受到印度传统文化的影响，源于许多印度教和伊斯兰教丰富的神话传说，但是总体来说，他的魔幻还是属于他个人缔造的现代神话，是他自己建构的寓言和象征意象符号。他一方面用这些寓言和象征意象符号传递深邃的精神内涵，另一方面又随时解构着这些寓言和象征意象符号，让我们看到历史如同“多头怪兽”的多元性和多变性的本质，充满力度地叩问何为“历史真实”。比如鲁西迪关于1001个“午夜之子”的隐喻，不只是简单的魔幻描写，或是对《一千零一夜》的致敬，而是通过这一意象来描述多种族、多阶级、多神教、多文化的印度，就像主人公萨里姆所说的：“1001个孩子降生了，这就有了1001种

① 陈众议：《保守的经典　经典的保守——再评加西亚·马尔克斯的〈百年孤独〉》，《当代作家评论》2011年第5期，第8页。

可能性（以前从来没有在同一时刻同一地点有过这样的事），也就会有1001个最终结局。按照你的观点，午夜之子可以用来代表许多事情。可以将他们看成我们这个被神话支配的国家的古旧事物的最后一次反扑，在现代化的20世纪经济这个环境中，它的失败完全是件好事。或者，也可以把他们看作自由的真正希望所在，如今这个希望已经永远被扑灭了。”[①]这个象征着印度宣布独立后的未来希望的1001个“午夜之子”，来自不同的民族和阶级，拥有不同的宗教背景，然而，很快就处于逐渐解体的状态，无论他们天生具有多大的法力，他们的心灵逐渐被成人的偏见和世界观所影响，宗教上的对立、种族和阶级出身的差距、贫富悬殊、意识形态的不同选择、个性的冲突等问题，使得他们根本没有办法组成一个有作为的集体——这一切都预示着印度的独立国家乌托邦的解体。通过萨里姆的心灵感应术而召开的午夜之子大会，1001个“午夜之子”讨论对国家民族的认知，在会上萨里姆提出第三条原则或第三条道路，试图克服无穷无尽的宗教、阶级、种族、贫富等二元对立——这是甘地理想化的跨越地域和阶级等差别的政治伦理乌托邦的表现，但是在会议上遭到强烈反对，最后只能不了了之，就如同印度的现实状况一样。到了英迪拉·甘地总理宣布紧急状态的时代，1001个“午夜之子”则被强权政府彻底挫败和摧毁了，被政府用“精神切除术”把他们神奇的法术切除，把他们代表的所有最初印度独立时的希望都切除了。印度独

① ［英国］萨曼·鲁西迪：《午夜之子》，刘凯芳译，北京：北京燕山出版社2015年版，第254-255页。

立之日的午夜出生的孩子们是“独立带来的奇形怪状的怪胎”，而镇压他们的英迪拉·甘地总理被叙述者形容为“提婆”——“神母最可怕的一个化身，众神的性力的所有者，一个头发中间分开黑白分明的千手女神”[①]。总之，鲁西迪所建构的关于“午夜之子”的神话，有着深刻的关于印度独立乌托邦的隐喻，而最后他又通过解构“午夜之子”这个隐喻，来暗示这个乌托邦已经变成异托邦或恶托邦了。

《百年孤独》的魔幻凝聚了充满原始生命冲动的各色神话，是拉美文化的集体无意识的体现。就像马尔克斯曾经说过的，“只要逻辑不混乱，不彻头彻尾地陷入荒谬之中，就可以扔掉理性主义这块遮羞布”，[②]所以他笔下的魔幻并不受制于从“理性主义”原则出发所设置的隐喻，而是更多地建立在原始生命意识的基础上。然而，《午夜之子》的魔幻则是鲁西迪以理性的态度来缔造的属于他自己的现代魔幻和神话故事，原本的印度神话中的神只是他借用来重新“命名”、重新书写历史的一个叙述策略和手段。叙述者/主人公萨里姆问道：“我是谁？我们又是谁？我们是过去是现在是将来是你们从来没有的神。”[③]虽然我们看到那么多来自印度宗教神话的“神”的名字，如湿婆、提婆、婆婆

① ［英国］萨曼·鲁西迪：《午夜之子》，刘凯芳译，北京：北京燕山出版社2015年版，第549页。

② ［哥伦比亚］加西亚·马尔克斯、阿·门多萨：《番石榴飘香》，林一安译，北京：生活·读书·新知三联书店1987年版，第39页。

③ ［英国］萨曼·鲁西迪：《午夜之子》，刘凯芳译，北京：北京燕山出版社2015年版，第549页。

帝、象头神等，可是它们只是被鲁西迪借用来隐喻印度现代社会的现实状况——建构这种纯粹属于个人的神话（或反神话），不仅为了叩问印度现代化进程中关于“我是谁”的问题，还为了批判印度独立后的社会政治伦理混乱的现实。

二、叙述者的内心世界

《百年孤独》和《午夜之子》最大的区别，显现在它们的叙述手法上，前者侧重于描写孤独闭塞的马孔多小镇的集体无意识，而后者在叙述上则偏重于一个人的内心世界。在小说叙事手段的师承关系上，《午夜之子》更接近君特·格拉斯的《铁皮鼓》。第一，这两部小说都是典型的成长小说。格拉斯和鲁西迪都采用了一个超常的个体的叙述者的视角，都用第一人称“我”以及小说中主角的视角轮流转换来叙述故事，以大历史为背景，充分展示了叙述者/主人公的内心世界。第二，两部小说中的主人公都天赋异禀。《铁皮鼓》中的奥斯卡在娘胎中就可以推测自己的未来，他三岁的时候拒绝长大，他的声音可以震碎玻璃，而萨里姆会心灵感应术，后来还拥有超级的嗅觉功能。他们神奇的能力都包含着不寻常的象征意蕴：奥斯卡的拒绝长大，象征着他对荒诞而混乱的成人世界的拒绝；而萨里姆的心灵感应术，象征着他试图构建一个超越各个种族和阶级的独立印度乌托邦的幻想。第三，两部小说中超常的主人公同时又是叙述者的个体，不仅被紧紧地捆绑在历史上，而且还会主动地“创造”历史，影响着周围的人们。奥斯卡一方面是法西斯统治下的黑暗历史的目击者，另一方面他常常把历史中突发的家人的悲剧事件归咎于自己，仿佛他就是历史悲剧的制造者："尽管我抱憾终身，但我不能否认，我的鼓，不，我本人，鼓手奥斯卡，先葬送了我可怜的妈妈，之后又将扬·布朗斯基——我的表舅和父亲送进了坟墓。"[①]《午夜之子》的主人公萨里姆一方面从一出生就被动地成了历史的人质："这一来我莫名其妙地给铸到了历史上，我的命运和我的祖国的命运牢不可破地拴到了一起"[②]；另一方面，他又总是提醒读者，他其实是在主动地"制造"历史。比如谈到萨里姆的童年时代，叙述者如是说："有关萨里姆娃娃的最初的岁月暂时就说这些了，我的出现已经对历史产生了影响。萨里姆娃娃已经使他周围的人发生了变化。在我父亲那方面，我深信是我将他推上了极端的道路，这最后导致了冻结的可怕时刻，这一点或许也是避免不了的。"[③]少年萨里姆把叔叔的自杀也归咎于自己，把邻居因为婚外恋产生的悲剧等都归咎于自己。萨里姆偶然说的一句话，居然也成为孟买游行队伍的口号，并最终导致孟买邦一分为二。再比如小说中的1958年巴基斯坦的政变，其实萨里姆只是在姨父和军官们的命令下，在饭桌上挪动胡椒瓶帮忙演示政变计划，可是作者把他的叙述故意营造成一种幻象，仿佛他真正参与了这场政变。萨里姆这样分析他自己和国家的关系："一

① ［德国］格拉斯：《铁皮鼓》，胡其鼎译，台北：桂冠图书股份有限公司1994年版，第309页。

② ［英国］萨曼·鲁西迪：《午夜之子》，刘凯芳译，北京：北京燕山出版社2015年版，第3页。

③ ［英国］萨曼·鲁西迪：《午夜之子》，刘凯芳译，北京：北京燕山出版社2015年版，第163页。

个人的生活可能影响国家的命运，这话又如何理解呢？对此，我的回答中必须用上一连串修饰词和连词符号了：我和历史的联系既是字面意义上的，又是比喻意义上的；既是主动的，又是被动的……我同我的世界难解难分地纠缠在一起。”[①]这种个体与历史的复杂关系其实印证了王德威所说的历史怪兽“梼杌”的暧昧性：个体被历史所捆绑，不得不忍受历史怪兽强加给个体的种种暴力与创伤，但是个体又同时在不知不觉中成为历史怪兽的一部分而不自知，一起犯了汉娜·阿伦特批判的“平庸之恶”的罪而不自知，就像奥斯卡无意识地导致了妈妈、舅舅和父亲的死亡，荒诞地从一位反抗法西斯的“勇士”变成一位法西斯的帮凶，而萨里姆无意识地参与了巴基斯坦政变一样。

然而，最值得我们注意的，还是鲁西迪对格拉斯以个人视角为中心讲述历史方式的继承，以及他对格拉斯的叙述手段的超越。其实无论是《铁皮鼓》中的奥斯卡，还是《午夜之子》的萨里姆，都属于历史洪流中无足轻重的边缘“小人物”，他们完全不可能创造历史，只有像希特勒、斯大林、丘吉尔等历史中的“大人物”才有真正创造历史的机会，才有影响他人和决定他人命运的能力和权力，但是，格拉斯和鲁西迪故意以文学的魔幻手法把小人物放大，把他们虚构成如同神话中的“英雄”人物，让读者对被历史埋葬和吞噬的每一个普通的个体产生同情和共鸣，

① ［英国］萨曼·鲁西迪：《午夜之子》，刘凯芳译，北京：北京燕山出版社2015年版，第300页。

达到移情（empathy）作用。格拉斯在《铁皮鼓》中借用已经住进疗养护理院的奥斯卡之口，讲述为什么他要设计这样一个超常的“英雄”人物：

> 一则故事，可以从中间讲起，正叙或倒叙，大胆地制造悬念。也可以来点时髦，完全撇开时间和空间，到末了再宣布，或者让人宣布，在最后一刻，时间和空间的问题已经解决了。也可以开宗名义地声称，当今之日，写长篇小说已无可能，然后，譬如说，在自己背后添上一个声嘶力竭的呐喊者，把他当作最后一个有可能写出长篇小说的作者。我也听人讲过，若要给人好印象，谦虚的印象，便可以开门见山地说：现在不再有长篇小说里的英雄人物了，因为有个性的人已不复存在，因为个性已经丧失，因为人是孤独的，而且人人都同样孤独，无权要求个人的孤独，因此组成了无名的、无英雄的、孤独的群体。事情可能就是这样，可能有它正确可信的地方。可是，就我，奥斯卡，和我的护理员布鲁诺而言，我敢说，我们两个都是英雄，完全不同的英雄，他在窥视孔后面，我在窥视孔前面；如果他打开房门，我们两个，由于既有友谊又很孤独，因此仍然构不成无名的、无英雄的群体。①

---

① ［德国］格拉斯：《铁皮鼓》，胡其鼎译，台北：桂冠图书股份有限公司1994年版，第4页。

这种拒绝变成历史中“无名的、无英雄的、孤独的群体”的态度，就是格拉斯讲故事的态度，是他书写历史的态度，他要把个人的声音无限地放大，让它能够震碎玻璃，让他的鼓点能够让容易患遗忘症的人们听到，让他的鼓声与呐喊充满反抗乱世的力量。“对我来说，奥斯卡的声音是我存在的证明，永远新鲜的证明，这一点是我的鼓所不及的。只要我还能唱碎玻璃，我就存在着，只要我的定向呼吸还能夺走玻璃的呼吸，生命就还在我身上。”[①]除了夸大奥斯卡的作为叙述者的个体存在，格拉斯在《铁皮鼓》里还运用了许多创新和先锋的叙述手法，加入了一些类似“元小说”的因素，经常插入一些奥斯卡写故事的过程，比如奥斯卡在叙述过程中对“黑厨娘”的恐惧，而“黑厨娘”有时甚至被转换成代表古典主义美学的诗圣歌德——歌德成了格拉斯写作过程中的一个对话者，这一设计代表了格拉斯观念下的现代主义美学对古典主义美学的解构，以及他对启蒙主义以来的理性精神的怀疑态度；再比如，奥斯卡的叙述有时会转换成由他的护理员布鲁诺来“代笔”书写。小说中的奥斯卡不是被动地被讲述，而是积极地参与讲述的过程，参与对叙述方法和叙述角度的选择，以主观的视角展现一个荒诞的现实世界。

鲁西迪在《午夜之子》中，继承了格拉斯的《铁皮鼓》以个人视角为中心的叙述方式，也把萨里姆这个叙述者的个体形

---

① ［德国］格拉斯：《铁皮鼓》，胡其鼎译，台北：桂冠图书股份有限公司1994年版，第465页。

象在历史中的存在夸张地放大，不过，他对格拉斯的超越，表现在他刻意放大“个体”的同时，也无情地解构着自己缔造的关于个体的“神话故事”，也许正是这一点让我们看到了一种更加深刻的个体存在的“荒诞感”，以及他对官方或民族国家话语共同构造的所谓宏大历史叙述的怀疑和颠覆。首先，鲁西迪一方面塑造着萨里姆作为国家寓言的英雄神话形象，另一方面又时不时把他拉下“神坛”，揭示他在历史中无奈的边缘角色，瓦解这一国家寓言。因为萨里姆恰巧出生在印度独立日，为了把他牢牢地“铸在历史上”，鲁西迪编织了一个神话，让政治家尼赫鲁写信给萨里姆的父母祝贺他的诞生：“你是印度那个既古老又永远年轻的面貌的最新体现。我们会最为关切地注视你的成长，你的生活在某种意义上就是我们自己生活的镜子。”[①]萨里姆的出生和成长似乎是一个大事件，因为他代表着印度独立的国家民族的寓言，而且他天赋异禀，似乎有能力操纵历史的进程。然而，随着故事的发展，我们慢慢看到这个“神话”被一点点解构。事实上，萨里姆所谓非同一般的命运只是普通人的日常生活，他也完全不像他自己所宣称的，有能力影响周围的人，他其实根本就没做过任何影响历史进程的事情，不仅如此，他也没有什么归属感，一直都找不到真正属于自己的“家园”。因为他从小被换包，并不是他父母的亲生儿子，而是一位英国人和一位印度人的“私生子”。由于带着这样“杂种”的血

① ［英国］萨曼·鲁西迪：《午夜之子》，刘凯芳译，北京：北京燕山出版社2015年版，第300页。

液，他并不是百分之百纯种的印度人，他也不认同巴基斯坦，连抚养他长大的家庭都不真正属于他。开始他似乎是1001个“午夜之子”的领袖，但是“午夜之子”都不听他的指挥，后来他天生的心灵感应术，被一次鼻炎手术完全摧毁，于是他跟众位“午夜之子”失去了联系。整部小说中，他基本上无所作为，游离在社会的边缘，最后甚至沦落到跟德里的江湖艺人群体居住在一起。鲁西迪故意让萨里姆从一个“中心”角色游离到“边缘”角色，从一个“富家子弟”沦落成一个完全一无所有的“穷人”，通过这种个体选择的“偏岔”路径，来逃离历史的必然途径，逃离个体被历史完全捆绑的命运。

其次，鲁西迪加入了许多“元小说”的元素，把整个叙述者编写和讲述故事的过程一一展示出来，让萨里姆对着他的不识字的情人——酱菜厂的女工博多讲述他自己的成长经历与印度独立历史紧紧相连的故事，而讲述期间博多时常打断他，质疑他。这个书写历史的过程，用最终落户在酱菜厂的萨里姆的话来说，堪比一个腌制酱菜的过程：

> 我已经把我特地调配出来的酱菜保存起来了。腌制过程的象征意义是，生出印度人口的六亿个卵子可以塞进一个正常大小的酱菜瓶子里，六亿个精子可以用一把汤匙舀起来。因此，每一个酱菜瓶（要是我一时变得追求华丽的辞藻的话，请你原谅我）都包含了最为崇高的可能性，那就是将历史做成酸辣酱的可行性，以及将时

间腌制起来的伟大的希望！[1]

每一个酱菜瓶，都象征着作家和叙述者主观地“腌制”历史的过程，都是他真实的个人记忆，是他干预历史和超越历史的一个方式。也就是说，鲁西迪尖锐而敏感地看到了历史的真实面目，看清隐藏在现实层面后面的神秘构成和秩序，他不被任何官方的堂而皇之的大历史所蒙蔽，而是让叙述者萨里姆以自己独有的方式，凭着自己超人的嗅觉，把历史撕开、切碎、配上各种调味，然后重新腌制进充满了他自己主观经验的酱菜瓶里。

这种纯粹主观的个人看待历史的眼光，也通过小说里的一个“中间有洞的床单”的意象表现出来。萨里姆的外公当初爱上他的外婆，是通过一个中间有洞的床单，一次次观察外婆身体的不同部位，然后最终把碎片的、片段性的形象凭想象拼凑成一个整体而爱上她的，结婚后他才发现被这个“中间有洞的床单”蒙蔽了，他所爱上的外婆并不是他所想象的女人。外公当初不被允许看到外婆的整个身体，而只被允许从“中间有洞的床单”来观看——这其实就是历史的真相，我们所能够被官方权威允许看到的只是碎片的、片段的历史局部，是一个充满幻象和偏见的拼凑成的历史，而真相永远是被遮蔽的。不过，在叙述过程中，萨里姆告诉我们，“一条中间开洞的床单迫使我注定要过分成片段的

---

① ［英国］萨曼·鲁西迪：《午夜之子》，刘凯芳译，北京：北京燕山出版社2015年版，第575页。

生活”，然而，虽然他的外公一直是这条床单的受害者，“而我呢却成了它的主人——这会儿被它迷住的人是博多”①。于是，叙述者萨里姆成了“中间有洞的床单”的主人，他掌握了叙述历史的主动权，他决定让我们看到的印度历史是完全个人化的主观的碎片化的印度历史。作为读者，我们反而像他的外公一样，只能透过“中间有洞的床单”，读着经过他主观选择和过滤后，透露给我们的点点滴滴有关他的成长故事和关于印度历史的个人记忆。

萨里姆似乎掌握了讲述“历史真相”的主动权，但是他又时不时地提醒我们，他的身体因为“受到太多历史的打击”，已经开始分崩离析了，出现了许多的裂缝，迟早他会变成碎片，“最终我会碎成（大约）六亿三千万个无名的而且一定会被遗忘的尘土似的微粒”②——这些微粒象征着印度每一位普普通通的大众平民，他们总是被官方历史无情地遗忘，而萨里姆对历史的充满个人化的讲述，就是为了抵抗被历史打击并且遗忘的命运，留住这些微粒。“归根到底，我的酸辣酱和酱油同我夜里乱涂乱抹有关——白天在酱缸之间，夜里在那些床单当中，我把时间都用在腌制保存上面。记忆同水果一样，被腌制起来，免受时间的腐蚀。”③不仅如此，他也提醒我们，所谓历史的真实，无非是一个

① ［英国］萨曼·鲁西迪：《午夜之子》，刘凯芳译，北京：北京燕山出版社2015年版，第151页。

② ［英国］萨曼·鲁西迪：《午夜之子》，刘凯芳译，北京：北京燕山出版社2015年版，第40页。

③ ［英国］萨曼·鲁西迪：《午夜之子》，刘凯芳译，北京：北京燕山出版社2015年版，第41页。

视角的问题，取决于书写历史的主体——他是谁？他采取哪一个角度来看待历史？他认同哪一个阶级、种族、社群？没有任何人可以提供一个完全真实的历史全景，唯一的真实就是个体主观感受到的真实，也就是“情感真实”和“心灵真实”——这些属于个体的本真历史存在。对为什么把“我”放在书写印度历史的中心，对这样做是否将会颠倒是非，萨利姆做了如下的回答：

> 这会儿，在活动台灯灯光下，我弓着身子伏在纸上，只想成为现在的我，不想成为其他别的东西。那么我是谁是干什么的呢？我的回答：我是在我之前发生的所有一切事件的总和，是我所见所为的一切的总和，是别人对我所做的一切的总和。我是所有一切影响我也受我的影响的人和事。正因为世上有我这个人，有些事情在我身后才会发生，我便是这些事情。在这件事上我也没有什么特别之处，每一个“我”，如今六亿多人口中每一个人，都具有这种多重性。我最后再说一遍，要理解我，你必须吞下整个世界。[①]

比起格拉斯充满现代主义描写风格的《铁皮鼓》，鲁西迪的《午夜之子》显然更属于“后现代主义”的文学杰作，也就是说，从叙述方面，更像琳达·哈成所说的：“总体上来说，后现代主

① ［英国］萨曼·鲁西迪：《午夜之子》，刘凯芳译，北京：北京燕山出版社2015年版，第482页。

义总是采用自我意识，自我矛盾，自我解构的叙述。”[①]在《午夜之子》中，我”既是民族国家的寓言，又同时自我解构着这个所谓民族国家的寓言；“我”既代表着印度六亿多人口，又只是一个孤独的个体；“我”是一个再普通不过的被历史摆布和侵犯的小人物，然而“我”通过自己的书写又主动地掌握着历史的命运。于是，这个“我”，在书写历史的过程中，其实是至关重要的，所有的故事都出自“我”的视角——“我在配制中能够加进我的回忆、梦想、观念”。对于萨里姆，个体通过主观经验和感情腌制历史的过程，是给予被腌制的历史“形体”，或者“意义”。“或许有一天，世界会品尝一下腌制的历史。对某些人来说，它们也许味道太重，它们的气味有点冲鼻子，也许会激得人眼泪直流。不过我还是希望能够说它们的味道完全货真价实，反映了真相……”[②]在此，他以个体的记忆——酸菜酱，与属于国家和集体的官方历史抗衡，与极权主义的历史观抗衡，这充满颠覆意义，让我们在苦辣辛酸的味道中品尝部分关于历史的真相。但是，他也提醒我们，所有说书人/叙述者的主观记忆也有其不可靠的地方。比如，萨里姆为了排斥他的对手湿婆，可以通过心灵感应术，不让他参加午夜之子会议，可以一直瞒着关于他出身的秘密。又比如，他常常告诉我们，他的记忆可能出现误差等。他之所以如此自我解构，是为了强调，所有关于历史的书写，都跟书写者的位置、视角、身份

① Linda Hutcheon, *The Politics of Postmodernism*, London and New York : Routledge, 1993 edn, p.1.

② ［英国］萨曼·鲁西迪：《午夜之子》，刘凯芳译，北京：北京燕山出版社2015年版，第577页。

和认同有关，没有任何书写者掌握着绝对的历史真相。

三、以隐喻编织的"神话魅力"

借用罗兰·巴特和德里达的文学理论，王德威给予"神话"这样的定义："我所谓的神话魅力（myth），指的是一种叙事及/或行为上的表现，它以隐喻的方式将某一社会在特定历史时间内所有的信念、不信任（disbelief）、欲望及恐惧加以定型。神话魅力可将特定社会/文化/政治轴线上的观念证明为表面上可号称超越时空的真理，而其存在和腐朽又总是随着历史与叙事的既定因素而行。"[①] 也就是说，神话魅力是通过隐喻的方式来表现的，虽然隐喻有其特定历史的因素，但是它可以表现出一种永恒性的超越时空的表象。林岗在《什么是伟大的文学》一文中，曾经谈到文学批评应持三个尺度：一是"句子之美"；二是"隐喻之深"；三是"人性之真"。他认为："丰富而深刻的隐喻至关重要，它是伟大的文学不可缺少的另一项品质，隐喻性的丰富和深刻程度是衡量文本高下的又一个尺度……天才的作家总是在不经意间就在文本的具体的、形而下层与普遍的、形而上层之间搭建了绝妙的隐喻关系。"[②]

鲁西迪的《午夜之子》就属于这样一部充满深刻隐喻的伟大

---

① 王德威：《写实主义小说的虚构：茅盾、老舍、沈从文》，上海：复旦大学出版社2011年版，第2页。

② 刘再复：《怎样读文学——文学慧悟十八点》，香港：三联书店（香港）有限公司2018年版，第183页。

的文学作品，它采用隐喻的方式，来连接“具体的、形而下的叙述层面和普遍的、形而上的叙述层面”，因而达到有神话魅力的效果。比如古怪的长生不老的精灵般的船夫塔伊，象征着印度被现代化入侵之前的漫长的传统；萨里姆的外公的身体中间的窟窿，代表着他对传统的宗教信仰的质疑；萨里姆众多的他自己认同的“父亲”，代表着印度传统的多样性和多元性；“多头妖怪”象征着历史的暴力以及盲信和狂热的群众；萨里姆的通灵术连接的“是所有那些所谓熙熙攘攘的民众的内心独白，来自类似群体和阶层的内心独白”[①]；母亲的银痰盂是萨里姆失去记忆的一段时间中跟过去历史仅有的一点联系；“午夜之子”象征着印度独立民族国家的希望；“酸菜酱”象征着个人的历史记忆；“中间有洞的床单”象征着看历史的视角；亲生父亲是殖民印度的英国佬萨里姆，虽然跟来自克什米尔的外公没有血液上的联系，可是继承到了外公的大鼻子和蓝色的眼睛，意味着他跟印度的部分传统而不是整个传统保持着传承的关系……类似这样的隐喻，在小说中比比皆是，读者可以从各种角度来阐释，有时作者自己还故意解构掉这些隐喻原本的象征含义，让这些隐喻带有开放性的空间，用它们串起作者独特的对历史和记忆的书写，构成了一部后现代的“史诗/反史诗”“神话/反神话”“寓言/反寓言”的文学经典作品。

小说中一个非常有意思的隐喻是关于“蛇梯棋”的隐喻，因

① [英国] 萨曼·鲁西迪：《午夜之子》，刘凯芳译，北京：北京燕山出版社2015年版，第41页。

为这一隐喻包含了鲁西迪书写历史的哲学观，包含了他在面对复杂的传统、历史、政治、现实时所采取的人生哲学：

> 所有的游戏中都包含着深刻的寓意，蛇梯棋中包含了其他活动根本无法具有的永恒真理。那就是你爬上每一格梯子时，都有一条蛇在角落里等着你；而每当你遇到了蛇，梯子又会对你做出补偿……因为这种游戏中隐含着事物的两面性，如上与下、善与恶这一永恒的对立。梯子扎实可靠，是理性的代表，而蛇蜿蜒曲折，充满了神秘感，这两者之间保持着一种平衡……你也有可能从梯子上滑下来，却依靠蛇的毒液登上胜利的顶峰……[①]

就像《午夜之子》中文版的译者刘凯芳所说：“萨里姆将蛇和梯子看成是人生中福和祸的象征，这两者保持平衡，又互相转换，这种辩证关系与我国老子所说的‘祸兮福所倚，福兮祸所伏’很接近。”[②]这一辩证的哲学关系贯穿在鲁西迪的书写中，所有二元对立，比如富裕与贫穷、胜利与失败、善良与邪恶、男性与女性等都是一种互相依赖和转换的关系，没有绝对的好，也没有绝对的坏，就连蛇的意象也有其二重性，它一方面象征着死

---

① ［英国］萨曼·鲁西迪：《午夜之子》，刘凯芳译，北京：北京燕山出版社2015年版，第178页。

② ［英国］萨曼·鲁西迪：《午夜之子》，刘凯芳译，北京：北京燕山出版社2015年版，第4页。

亡，另一方面又是拯救萨里姆生命的灵丹妙药。在《午夜之子》大会上，萨里姆提出的第三种原则和第三种道路，也是出自这一哲学，试图超越阶级和种族的二元对立，找到第三条路线。这一哲学观念使得鲁西迪的写作超越了简单的黑白、善恶、贫富的对立，赋予他更加包容的视野和胸怀，也赋予了他更加超脱的视角来质疑线性的进步时间观，逃离历史的定律和定数，逃离历史对个体的束缚，所以他的叙述经常自如地在过去、现在、未来里转换，有时他在隐喻中预示着未来，有时又在叙述中回放着过去，有时像电影蒙太奇镜头一样切换着，展示同一时间两个地点发生的事件。

萨里姆说："我可以肯定地告诉你，要想理解一条生命，你必须吞下整个世界。"吞下整个世界，就意味着不仅需要理解好人，也需要理解坏人；不仅需要理解幸运的人，也需要理解不幸的人。隐藏在《午夜之子》后面的"蛇梯棋"哲学，给予了鲁西迪一个既理解历史又超越历史的眼光，一个明白世界内在肌理的视野，让这部小说成了《百年孤独》《铁皮鼓》之后的又一部文学书写历史的大书。

四、历史视野和宇宙视野

刘再复在《怎样读文学——文学慧悟十八点》里谈到文学和历史、哲学的区别时，他写道："文学体现心量，历史体现知量（识量），哲学体现智量。"他也提到文学可写鬼神，历史和哲学都没有鬼哭神嚎；也就是文学可以写魔幻，而历史和哲学则不可以。他尤其强调文学的一个重要特点，那就是文学“不设政治法庭，也不设道德法庭，只设审美法庭”[①]。也就是说，文学不做简单的非黑即白的道德判断，而是重在写出每一个个体的生存困境、人性困境和心灵困境。王国维曾经区分“历史境界”和“宇宙境界”（美学境界）：“故《桃花扇》，政治的也，国民的也，历史的也；《红楼梦》，哲学的也，宇宙的也，文学的也。”[②]被紧密捆绑在历史巨轮上的文学家，有成功者，也有失败者。但经典的文学作品，总是拥有利用历史架构又挣脱历史捆绑的大手笔，而鲁西迪的《午夜之子》之所以成为经典，就是因为它不但有历史的视野、政治的视野、国民的视野，还有宇宙的视野、哲学的视野以及文学（审美）的视野。

2018年6月写于香港清水湾

① 刘再复：《怎样读文学——文学慧悟十八点》，香港：三联书店（香港）有限公司2018年版，第35-37页。

② 王国维：《王国维文学论著三种》，北京：商务印书馆2010年版，第11页。

关于灵魂的书写

一

文学中宗教的维度，应该是最难书写的。写得好的话，非常有震撼力，写得不好的话，就容易变成说教，变成流于概念化的写作。中国现当代文学中，以这一维度为最弱，大概就是因为我们只重视世俗世界，也即此岸世界，而不像西方那样，重视人与神、此岸与彼岸并立的二重世界。

关于文学与灵魂的关系，刘再复和林岗在《罪与文学》中，谈到中国现代文学中不缺乏鲁迅那种对群体性的民族灵魂的叩问，但是缺乏对个体生命和个体灵魂的叩问。当然这种缺乏，主要是因为中国文化本身缺乏叩问灵魂的资源。儒家的孔子、孟子只对此岸世界感兴趣，对彼岸世界并不感兴趣，更多的是一种“处世姿态”，无关乎灵魂的拯救；而庄子虽然是中国第一个叩问人的存在的作家，可是他“对存在意义的叩问是一种消极性的否定性的叩问，叩问之中打破了生死、祸福、是非等界限，取消了对立，但同时也失去了关注，失去了密切”，于是，“会有对现世人生的叩问，但不会有对灵魂的叩问和灵肉的根本紧张”。[①]的确，中国现当代文学作品中，即使有一些关于道教和佛教在小说中的表述，也一定跟日常生活是紧密相连的，在柴米油盐酱醋中领悟“道”，因果报应也是现世的报应，彼岸世界并未作为一个重要的维度来跟此岸世界展开对话，像但丁和陀思妥耶夫斯基创作的那样直接而纯粹地抵达灵魂深处的作品很少见。

鲁迅曾经写过，他虽然尊敬和佩服但丁和陀思妥耶夫斯基作品中的“灵魂的深”，可是并不爱他们。他对陀思妥耶夫斯基的概述非常精辟：“他把小说中的男男女女，放在万难忍受的境遇里，来试炼它们，不但剥去了表面的洁白，拷问出藏在底下的罪恶，而且还要拷问出藏在那罪恶之下的真正的洁白来。”[②]鲁迅之所以不爱他们，因为他的神经完完全全被民族国家的危机所抓住，他直面的是“惨淡的人生”和“淋漓的鲜血”，他的绝望来自对现世黑暗的绝望，他的孤独是不被麻木的大众所理解的孤独。就像他在《淡淡的血痕》中说的：“叛逆的猛士出自人间；

① 刘再复、林岗：《罪与文学》，北京：中信出版社2011年版，第Ⅷ页。

② 鲁迅：《且介亭杂文二集》，《鲁迅全集》第六卷，北京：人民文学出版社1981年版，第411–412页。

他屹立着，洞见一切已改和现有的废墟和荒坟，记得一切深广和久远的苦痛，正视一切重叠淤积的凝血，深知一切已死，方生，将生和未生。他看透了造化的把戏；他将要起来使人类苏生，或者使人类灭尽，这些造物主的良民们。”①造物主在鲁迅眼里，是骗人的把戏，是培养良民们和怯弱者的幌子，他欣赏的是“精神界之战士”和敢于挑战造物主的叛逆的人间勇士，大有尼采的“超人”的气势，所以鲁迅的作品虽然有存在主义思考的深度，可是他“最根本的落脚点还是在社会，而不是在灵魂”，“鲁迅更像托尔斯泰，是个社会中人，而不是使徒式的灵魂中人”。②他重视的是对民族国家的改造问题，即使涉及灵魂，也是对国民性灵魂的社会层面的改造，而不是关于个体灵魂的抽象的形而上的思考。彼岸世界曾经灵光一闪地出现在《祝福》里“我”和祥林嫂的对话中，然而，那不可知的彼岸世界不仅没有给卑微的祥林嫂带来任何心灵安慰，反而为她徒增更加沉重的苦难和烦恼。

在中国现代小说中，许地山的小说包含了宗教的维度，已经算是一个奇特的存在。他在小说作品里融入了基督教的精神和佛教的慧悟，试图探寻人生的意义。比如他的小说《缀网劳蛛》的主人公尚洁的故事，表现了宗教的慈爱以及顺其自然、与世无争的观点。尚洁说：“我像蜘蛛，命运就是我的网。蜘蛛把一切有毒无毒的昆虫吃入肚里，回头把网组织起来。它第一次放出来的

---

① 鲁迅：《淡淡的血痕中》，《鲁迅全集》第二卷，北京：人民文学出版社1981年版，第221-222页。

② 刘再复、林岗：《罪与文学》，北京：中信出版社2011年版，第240页。

游丝，不晓得要被风吹到多么远；可是等到粘着别的东西的时候，它的网便成了。它不晓得那网什么时候会破，和怎样的破法。一旦破了，它还暂时安安然然地藏起来；等有机会再结一个好的……人和他的命运，又何尝不是这样？所有的网都是自己组织得来，或完或缺，只能听其自然罢了。”[①]这种如同蜘蛛一般的逆来顺受——通过调节自己的心境来适应世间苦难的达观态度，几乎贯穿了许地山的所有小说，他的《商人妇》《春桃》等名篇皆以一位内心坚强的女性来表现与世无争、顺应天命的人生观，然而，这样消极的人生观无法充分展现内心深处灵魂冲突的问题，所有内心的冲突和紧张都在不知不觉中被冲淡和消解了。

虽然大部分中国现当代作家不像许地山那样有宗教信仰和宗教学识，但这不妨碍他们有宗教情怀，比如周作人在其散文内非常自然地融入对儒道释的见解，废名把禅悟带入自己的作品，阿城的小说里有道家的韵味，史铁生的作品充满了形而上的思考，北村最后选择靠近基督教。中国当代作家也开始自觉地尝试写“忏悔意识”，写灵魂的救赎。迟子建的《群山之巅》中的唐眉投毒后，和受害人一起受煎熬，渴望得到救赎。在这部小说里，迟子建关注人物的灵魂问题，仿佛现实世界之外还有另一只眼睛和尺度来审视人的“罪”，很有深度。不过总体来说，直接写到灵魂救赎的当代小说还是非常有限的；大部分的现当代作家，还是

---

① 许地山：《许地山作品精编》，凡尼、郁苇编，桂林：漓江出版社2004年版，第90-91页。

更喜欢东方式的宗教情怀，不追求深刻，而追求心灵平衡和心灵慰藉。中国式的演绎宗教与文学的关系，更多地表现在禅悟上，并且有以美学代替宗教的趋势。

废名的《桥》中有大量禅宗式的慧悟。小说中的主人公不食人间烟火，从来不用为生活中的困苦而发愁，对社会和国家也没有任何责任感和焦虑感，天天都在山水中诗意地漫步和禅悟，重视类似庄周梦蝴蝶的主客体转化的艺术境界。不过，他们的禅悟基本上是一元的“天人合一”“物我一体”的宇宙观和美学境界，不是二元世界的并置，所以只能做到一种“意境化”的体现，追求庄子式的超越境界，并没有以彼岸世界为参照系来对现实世界进行审视和讽喻，不构成个体紧张的内心对话和纠结。比如《桥》中小林过桥那段著名的描写，把“桥”当作连接两个世界的中介：此岸与彼岸，过去与现在，现实与梦境，肉身与灵魂。但是，对于废名而言，此岸世界和彼岸世界并没有太大的分别，都属于他创造的充满禅意的美学化的心象或心斋世界。当废名写到死亡的时候，他认为死亡只是大自然的一部分，“坟”甚至包含着很美的诗情。也就是说，他把死亡和彼岸世界看成一个美学风景。

同样的，《灵山》作者也把禅宗带入他的小说和戏剧作品中，不过他没有像废名那样，沉醉于镜花水月的空灵美感，而是用往内转的审视自我的眼睛，进入内心真实，看到了人内心的多重主体的纠结与挣扎，看到自我内部的幽暗，看到自我可以成为自我的地狱。他的戏剧《彼岸》《逃亡》《生死界》《对话与反诘》《夜游神》《叩问死亡》都有抽象的形而上的思考，都涉及人的灵魂和彼岸世界的问题，然而，不同于西方关于宗教的忏悔和救赎的思考，他强调的是自我审视的“清明意识”，他不是靠上帝来救赎，而是靠自救。他清醒地面对个人的现实处境，看到个体的自由被政治、经济、伦理、人际关系所束缚和异化，他主张要逃离这些现实的束缚，逃离自我的地狱，最后诉诸审美。获得内心自由的他，不再惧怕上帝——“上帝成了一只青蛙／就不那么凶狠／睁大眼睛不说话”，他也不再惧怕魔鬼——“魔鬼便坐在你对面／同你讨论人性／和人的丑陋”。虽然他最后还是回到了审美精神——“将生存转化为关注／睁开另一只慧眼／把对象作为审美”。他并不回避个体内心的黑暗，而是用第三只眼睛去审视自我的复杂和自身灵魂的挣扎，探讨人类共同面对的困境。

二

在《什么是文学——文学常识二十二讲》中，刘再复有一讲谈到文学与宗教。关于文学与宗教的区别，他概述道：“文学之核是人性本体论，宗教之核是神明本体论。或者说，文学讲人主体，宗教则讲神主体。文学的主角是人，宗教的主角则是神；人有缺陷，神则完美。”他还进一步论述道：

> 从情感上说，宗教情感总是归于“一”，即归于一个方向，一个巨大理念：或归于上帝，或归于基督，或归于释迦牟尼，或归于安拉和穆罕默德，这些都是绝对的“一”，即绝对的“终极究竟”。而文学则归于“多”，

> 即归宿和展示为情感的多元：或归于亲情，或归于恋情，或归于友情，或归于世情，或归于悲、喜、欢笑与歌哭，千种万般，变幻无穷。[①]

西方表现宗教信仰的小说，以陀思妥耶夫斯基的作品为一个最重要的里程碑。俄国文学理论家巴赫金说陀思妥耶夫斯基写的都是“思想的人”“人身上的人”，但是这些思想不是单一的，而是体现为众多意识在思想观点方面的相互作用，总是处于对话状态和未完成状态，从未形成黑格尔辩证法的矛盾统一的结局。巴赫金在但丁的小说里，首先看到这种形式上的复调：“这些意识并不融合为某种正在形成的统一精神，正像在形式上属于复调型的但丁的小说世界里鬼魂同心灵并不融合一样。最多它们只能像但丁的世界中那样，在不丧失个性、互不融合而仅仅是相互组合的条件下，共同形成某种静止的东西，仿佛是停滞不动的情节事件，一如但丁的十字架形象（十字军骑士的灵魂），老鹰形象（帝王的灵魂）或神秘蔷薇的形象（幸福者的灵魂）。”[②]巴赫金看到陀思妥耶夫斯基的世界最深刻的地方，就是从不追求统一的精神，而是追求深刻的多元性，让互不融合的心灵进行交流和对话。他用复调理论来描述陀思妥耶夫斯基的小说：“有着众多的各自独立而不相融合的声音和意识，由具有充分价值的不同

---

① 刘再复：《什么是文学——文学常识二十二讲》，香港：三联书店（香港）有限公司2015年版，第172-173页。

② ［苏联］巴赫金：《巴赫金全集》第五卷，白春仁、顾亚铃译，石家庄：河北教育出版社1998年版，第34页。

声音组成真正的复调——这确实是陀思妥耶夫斯基长篇小说的基本特点。”[①]在一个独白型的小说作品里，我们看到的是一个善恶分明的世界，价值和判断在小说的形式中趋向统一，然而巴赫金指出，陀思妥耶夫斯基的作品属于对话型的小说，引往开放的方向，让不同的思想和不同的声音保持各自的独立，从不整合矛盾和不和谐，而是让它们永无休止地对峙，永无结果地争执，形成一个大型的多声部的对话，这样一来，小说就不是走向“一”，而是走向“多”，形成多声部的众声喧哗。

《卡拉马佐夫兄弟》就是一部非常典型的复调小说，阿廖沙代表的是接近神性的“爱”，而他的二哥伊凡代表的是人性的“理性精神”，这两种对立和矛盾的思想从始至终都在展开对话，从未达到统一。最精彩的地方是借伊凡之口讲的一个宗教大法官的寓言，在这个寓言里，宗教大法官象征的是人类的理性和秩序，以法来统治人民，接近伊凡的立场，而耶稣则象征着绝对的善和爱，象征着良知和心灵，是阿廖沙向往的神性，然而，陀思妥耶夫斯基并没有非此即彼，而是让我们看到他们二者的合法性，让二者共存。不仅如此，巴赫金也指出，两个不同世界的共存，在但丁作品中也出现过，但是陀思妥耶夫斯基伟大的地方，就是不仅让两个不同的世界共存，而且让它们相互作用，借此揭示人性和人的意识的深刻本质，“描绘人类心灵的全

---

① ［苏联］巴赫金：《巴赫金全集》第五卷，白春仁、顾亚铃译，石家庄：河北教育出版社1998年版，第4页。

部隐秘”[①]。就连一个主体自身，也同样是充满矛盾的，同样是多元化的，比如伊凡跟魔鬼的对话，实际上是他在跟自身的“另一个自我”对话，非常精彩。一个是在理智上绝对不会弑父的“伊凡”，另一个则是潜意识中厌恶父亲并想杀死父亲的“伊凡”——也就是魔鬼，两个伊凡都很真实，都并存于他的身上，展开角逐和对话，自己审判自己，体现主体内部的各种意识的复杂性以及灵魂冲突。巴赫金强调主体的未完成性，也就是主体的永远不可能完成的自我意识，这种开放式的主体不是生硬地传达宗教信仰，而是通过艺术性思维的形式，表现了灵魂内部的紧张与冲突。

三

英国作家格雷厄姆·格林（Graham Greene）的《权力与荣耀》（*The Power and the Glory*）首版于1940年，以反教会时期的墨西哥为背景，是20世纪表现宗教题材的杰作。跟陀思妥耶夫斯基的《卡拉马佐夫兄弟》一样，格林在《权力与荣耀》中也采用欧洲惊险小说的传统写法，让叙述扣人心弦，跌宕起伏，让人物遭遇各种各样的离奇经历，成为各种各样的人，再融入哲理和形而上的思考，保持人物的开放性，不去把他固定下来。这部小说最成功的地方，就是塑造了一位徘徊于堕落和高尚、人性和神性之间的威士忌神父形象。约翰·厄普代克在这部小说的英文版导言里这样评价：

---

① ［苏联］巴赫金：《巴赫金全集》第五卷，白春仁、顾亚铃译，石家庄：河北教育出版社1998年版，第80页。

> 格林对他笔下这位无名主人公的心理认同——“一个身材瘦小的人，穿着一件寒酸的黑色西服，拿着一个小公文包”——将他那受过良好教育的上层中产阶级所具有的怀疑主义和倦怠心理一扫而光，而在他别的小说中，哪怕那些最炽热的精神生活都难免蒙上了这两者的阴影……威士忌神父向黑暗深渊的跌落同时又是向殉道顶峰的上升，成为这幅油画压倒性的主题，结果就连他的追踪者兼意识形态上的对手，那位狂热的无神论中尉，都几乎被挤出前景，扁缩为纯粹的陪衬。只有那个非同一般的混血儿的幽灵，以他那两个黄黄的虎牙、不断蠕动的露出来的大脚趾和他巴结奉承、坚持不懈、残酷无情的背叛，跟那位坚忍不拔、注定要灭亡的神父共存于同一个超然于悖论之上的、被无限放大了的国度中。①

跟陀思妥耶夫斯基小说中描写的“思想的人”不同，格林把威士忌神父塑造成了一个生活中的人，一个不称职的传教士，甚至是一个堕落的人，既贪恋葡萄酒，又生了私生女，完全不符合教会的规定和要求，看着像个“荒唐人”。在这个神父身上，我们可以看到巴赫金所说的狂欢化的“梅尼普体”的变体，或者说，最为可观的是格林对庄谐体的运用和改造。②

---

① ［英国］格雷厄姆·格林：《权力与荣耀》，傅惟慈译，上海：上海译文出版社2012年版，第3-4页。

② ［苏联］巴赫金：《巴赫金全集》第五卷，白春仁、顾亚铃译，石家庄：河北教育出版社1998年版，第199页。

第一，神父这个中心人物是一个典型的“相反相成（亦庄亦谐）”的形象，就像陀思妥耶夫斯基作品中所有重要的主人公，总有一些可笑的地方，并且这样的“荒唐人”有清醒的自我意识和自我认识。比如，威士忌神父一味地贪酒，即使在狼狈逃跑的路上，仍然想方设法地寻找各种各样的酒，而且日积月累，他对自己的失职都已经习以为常了。然而，这一点都不妨碍他继续履行他作为神父的职责：“他心中有一种神秘感，而且觉得越来越不可解——一个应受天主惩罚的人却在把圣体送进人们嘴里！他可真是主的奇怪的仆人。”①一方面他无法像清教徒一样，控制自己喝酒的欲望，但是另一方面，他又充分认识到自己的荒唐，常常自己讽刺自己，觉得自己的灵魂恐怕得不到救赎。他有着矛盾的双重主体，这两个主体并行共存，这两种力量——堕落的人性和上升的神性——总是处于内心激烈的对话之中，永远都没有真正的结果。在一次次荒唐地放纵自己去喝酒的时候，他也不停地自责着：“也许在哪个地方他的过失正在暗中堆积着，一块又一块过失的碎石瓦砾。而后有一天，他想，这些成堆的过失就会把天主可能恩恕他的源流完全堵死。但是直到那一天来临以前，他只能这样一天天挨下去，尽管一阵阵感到恐惧、劳累，而心却不知羞耻地总是那么轻盈。”②然而同时，他又不忘记自己作为神父的职责，一次次地显示出良知的力量，每个关键时刻，他总是牺

① ［英国］格雷厄姆·格林：《权力与荣耀》，傅惟慈译，上海：上海译文出版社2012年版，第89页。

② ［英国］格雷厄姆·格林：《权力与荣耀》，傅惟慈译，上海：上海译文出版社2012年版，第89页。

牲自己可以逃脱的机会，去拯救他人。小说结尾，威士忌神父本可以安全地逃离追捕，却为了拯救一个美国逃犯的灵魂而落入牢笼，最后这个“英雄”举动把他的灵魂升华为“殉道者”，然而格林在他临死前，还要再加上一笔，让他这个所谓的“圣人”露出恐惧和胆怯的一面，甚至在想为什么中尉从没有给过他一个像何塞神父那样弃教结婚的机会。比起以往宗教故事中完美的“圣人”形象，威士忌神父为我们展示的是一个有血有肉、生动活泼的人，一个有缺陷的人，展现了人性的复杂和主体的多元。

第二，威士忌神父逃亡的旅程如同一个“狂欢化的地狱”（巴赫金语），[①]跟陀思妥耶夫斯基小说中的一些闹剧场面相似，二者之间有一些内在的联系，都属于梅尼普体的多种多样变体的一种。当谈到文学与宗教的差异时，刘再复也强调“旅行”在文学实践中的重要性：“文学只讲‘旅行’，不讲‘到达’。这是弗吉尼亚·沃尔芙说过的话。这是文学的真理。文学只描述过程，它不像宗教那样，总是在叩问终极究竟即终极真理。宗教总要指明‘彼岸’‘结果’‘涅槃’‘天堂’等，这实际上是一种封闭式的完成。而文学则永远是个未完成，永远都在‘旅行’中，即永远都在过程中。”[②]《权力与荣耀》中神父逃亡的旅程就如同“狂

① 巴赫金分析陀思妥耶夫斯基的小说《豆粒》时，用“狂欢化的地狱”来描述。参见［苏联］巴赫金：《巴赫金全集》第五卷，白春仁、顾亚铃译，石家庄：河北教育出版社1998年版，第192页。

② 刘再复：《什么是文学——文学常识二十二讲》，香港：三联书店（香港）有限公司2015年版，第174页。

欢化的地狱”的旅程，充满了恐怖、阴暗和惊险的氛围，然而，格林借鉴了流浪汉小说传统和巴赫金所定义的狂欢体传统，加入了一些笑的闹剧的因素，来颠覆原本严肃的教会的规章制度，脱离法定常规的生活，取消了原本正常生活中的等级地位，甚至嘲弄这种等级地位。比如有一个场景，神父好不容易用自己最后的几个比索买到葡萄酒时，却被警察局局长和他的兄弟在笑闹的氛围中把那瓶葡萄酒喝完；还有一个场景，就是处于危险境地的神父在牢里，听着周围的囚犯发出各种声音，这些场景都有一种喜剧效果，有异常鲜明的梅尼普体的狂欢色彩，既欢快又内含讽喻的意义，在闹剧中把官方的权威和教会的神话都一一瓦解了。

威士忌神父跟追捕他的热衷于无神论的中尉，原本可以构成像《卡拉马佐夫兄弟》中的阿廖沙和伊凡那样的组合，展开天国的神性与世俗的理性之间的对话，但是因为神父的形象实在太丰满了，无神论的中尉确实如约翰·厄普代克所评价的，几乎被挤出画面，构不成与神父实力相当的复调式的对话。倒是那个有两个黄牙的出卖神父的混血儿，像个犹大，用他卑劣的品性时时检测着神父的良心，衬托出神父隐藏在嗜酒行为下面的悲悯之心。“基督是为了拯救世人而死的，其中自然也包括像混血儿这样的人，难道他竟认为自己——一个犯了骄傲、恋色、怯懦等好几宗罪的人，比混血儿更值得耶稣以死拯救？”[①]神父的灵魂在小说

① ［英国］格雷厄姆·格林：《权力与荣耀》，傅惟慈译，上海：上海译文出版社2012年版，第89页。

结尾达到升华，正是因为他最终拥抱了耶稣巨大的悲悯心，不仅拯救高尚的人，也拯救卑鄙的人。

四

日本作家远藤周作的《沉默》（*Silence*），让我们不由自主地想起了布鲁姆所说的“影响的焦虑”。两部小说确实有许多相似的地方：官方对天主教徒残酷的迫害，神父惊悚的逃亡旅程，无辜的教民为了掩护被追捕的神父而惨遭折磨和杀害，代表天国的神父与代表世俗利益的政府官员之间的对立，还有出卖神父的犹大——在《权力与荣耀》是黄牙的混血儿，在《沉默》则是吉次郎。然而，两部作品不仅书写的关于宗教迫害的历史语境不同，而且对“神”的理解也是不同的。格林的《权力与荣耀》中那些精彩的类似陀思妥耶夫斯基所运用的庄谐体的喜剧效果，在远藤周作的《沉默》中基本上都消失了，但是复调的对话体依然存在；威士忌神父尽管在逃亡的路上身心疲惫，他从未怀疑过上帝——超人格的神的存在，不忘履行职责，拯救他人的灵魂和自己的灵魂，最后灵魂得到升华，而《沉默》中的司祭则从殉道的高峰往尘世下跌落，对神的沉默不停地叩问，充满怀疑的色彩：“神为什么在把一切奉献给自己的信徒面前，还沉默着呢？”[①]

由于两部小说讲述的都是关于宗教迫害的故事，我们很容易

---

① ［日本］远藤周作：《沉默》，林水福译，海口：南海出版公司2013年版，第62页。

把《沉默》归结为《权力与荣耀》的模仿之作，似乎看不到前者对后者有多大的超越。然而，阎连科则认为那个“如狗一样”的反复背叛忏悔、再背叛再忏悔的吉次郎在故事中的出现，“挽救了这一切，丰富饱胀了整部的小说”：

> 吉次郎作为故事构成的一个次要的附件，却已经挤走了所有的主件和主体，占据了人物灵魂的高位，一如天宇边远的星辰，却发出了更为耀眼的光芒。司祭的苦难，是来自迫教者他人的黑暗，而吉次郎的苦难，却来自他背叛却不能真正弃教的内心。在他内心的黑暗中，从来都没有熄灭过一个弱者守教的那一丝光明。这就是吉次郎的灵魂！因此，远藤先生，无论你在宗教里多么的虔诚，我还是要视你为文学的圣徒更胜于宗教的信徒。因为你在文学中所有的不是信徒而是基督般的情怀，使得吉次郎那细弱、肮脏的灵魂，总是闪烁着逼人战栗的光辉。而你，对这个内心黑暗又从来未曾熄光的人的宽恕、包容和爱，使得《沉默》的整部小说都让人体悟着你对黑暗和苦难从不撒手的拥抱；显示着你无论是作为作家还是信徒，对整个人类的生命——哪怕是罪恶的生命的爱，都延续了俄罗斯文学中的敬天敬地、天道人道的伟大情怀。①

① 阎连科：《远藤先生，你好吗？——给远藤周作的一封信》，https://xw.qq.com/iphone/m/category/057780a9e2f50918c3f2e1f3151e26b4.html，访问日期：2020年3月10日。

的确，比起《权力与荣耀》中的混血儿，吉次郎的形象更为丰满。同样以“犹大”为原型，混血儿没有任何愧疚，可是吉次郎则是一个矛盾的双重体：一方面他自私、怯懦、狡猾、丑陋，为了活命，一次次地背叛和弃教，一次次地踩踏圣像；但另一方面，他又良心未泯，被愧疚心驱使，不停地哀求洛特里哥神甫允许他做祷告和忏悔。“践踏过圣像的人，也有他的理由。你以为我高高兴兴地踏过圣像吗？我踩下的脚很痛啊！真的是很疼啊！我天生就是弱者，上帝却要我模仿强者，那是毫无道理的！”① 通过吉次郎这一复杂形象，远藤周作一次次地叩问：犹大值不值得上帝原谅？犹大的心会不会疼痛？弱者是不是一定不比强者痛苦？上帝对世人的爱包不包括对背叛者犹大的爱？

远藤周作在《沉默》中延续了陀思妥耶夫斯基复调小说里的“对话立场”，这部小说中最重要的对话就是关于天主教和日本文化之间的对话。远藤周作对天主教是否能够融入日本文化一直报以怀疑的态度，他的这种怀疑态度通过《沉默》中的费雷拉神父表达出来：“日本人并未具备思考和人类完全隔绝的神的能力。日本人也没有思考超越人类存在的神的能力……日本人把经过美好、渲染的人称为神，把跟人同样存在的东西叫作神。但是，那并不是教会的神。”②通过小说中的“翻译”这一边缘角色的劝解，远藤周作也表达了他心中的疑问：“所谓仁慈之道，就

① ［日本］远藤周作：《沉默》，林水福译，海口：南海出版公司2013年版，第132页。

② ［日本］远藤周作：《沉默》，林水福译，海口：南海出版公司2013年版，第176页。

是舍弃自我。我们好像没有必要一味拘泥于宗教的派别。为他人奉献自己，这一点在佛教和天主教之间并无区别。”[①]这样的疑问，远藤周作在晚年的作品《深河》中，最后给予了解答。在《沉默》里，这些“对话立场”反复出现在洛特里哥神甫与日本官员、翻译和早已弃教的费雷拉神父的对话之间，而且在主人公洛特里哥神甫的自我意识中也总是出现。另外，就如陀思妥耶夫斯基在复调小说中总是把人放置在心灵危机的时刻，重视“心灵内在的自由”，心灵的不可完成性和不确定性，[②]远藤周作也把自己的主人公放在心灵危机的时刻，让他们进行选择。比如洛特里哥神甫在最后的临刑时刻，本来已经准备好要模仿耶稣，做一个伟大的“殉道者”，但是当他聆听到遭受穴吊刑罚的百姓的呻吟声，为了拯救这些因为他而受折磨的百姓，只好像吉次郎一样，也踩踏圣像，放弃了自己原本不惜用生命来维护的信仰，以“弃教”的方式拥抱了天主教最本质的大爱的精神，这里面包含了一种永远无法完结的悖论。如果《卡拉马佐夫兄弟》中阿廖沙和伊凡的对话，代表的是神性与世俗理性之间的对话，那么对于远藤周作，他从始至终都保持着一个开放性的对话——那就是“超越天主教的人格神”与“世俗化宗教”之间的对话，西方的天主教教义和日本本土精神的冲突，而这些纠葛和矛盾永远都不会得到解决，即使到了小说的结尾，神甫内心的自我意识仍旧是充满悖论的。当他为吉次郎以神职人员的身份最后一次做了告解后，他

---

① ［日本］远藤周作：《沉默》，林水福译，海口：南海出版公司2013年版，第171页。

② ［苏联］巴赫金：《巴赫金全集》第五卷，白春仁、顾亚铃译，石家庄：河北教育出版社1998年版，第80页。

通过认识“主”来认识自我：“神职人员会强烈地指责我做冒渎的行为吧。我即使背叛了他们，但绝不会背叛主。我用与以往不同的方式爱着那个人。为了了解他的爱，到今日为止所做的一切都是必要的。在这个国家，我现在仍然是最后的天主教司祭。而那个人并非沉默着。纵使那个人是沉默着，到今天为止，我的人生本身就在诉说着那个人。”[①]即使“弃教”了，他的内心意识里依然同时承载着西方天主教超越的“神”和已经世俗化的“神”，在不断地定义耶稣的同时，也不断地在悖论中认识着自我。

五

远藤周作的《深河》（*Deep River*）是一部精彩的关于“宗教世俗化”的文学再现的小说。这部小说从一开始就采用了复调和多声部的形式，让几种对人生不同的感悟和思想平行出现，最后汇聚在“恒河”这个充满宗教象征意义的地方。表面上看，远藤周作似乎已经将所有不同的繁杂的思想归一，凝聚在“恒河”，对以往天主教和日本本土精神冲突的思考最终给出了答案；其实不然，因为“恒河”本身就象征着拥有巨大包容性的所在——善与恶、生与死、高贵与卑贱全都并存，这些不同的声音、不同的思想、不同的宗教派别在“恒河”相聚，并不是被矛盾统一，以一个宗教派别压倒另一个宗教派别，而是依旧相互并存和相互作用，保持多元的存在方式，从不同的角度挖掘灵魂的深度与人生

① ［日本］远藤周作：《沉默》，林水福译，海口：南海出版公司2013年版，第223页。

的意义。

《深河》中的每一段“物语”，探讨的都是关于现代生活中人类遇到的困境，以及灵魂如何能够得到救赎的问题。《矶边物语》讲的是夫妻关系，主人公来到恒河，希望找到转世的妻子，虽然找不到，可是他真正认识到了妻子的价值和意义，对以往只重视工作和“男尊女卑”的男性价值观有了深刻的反思，让妻子真正转世到了他的心中。《木口物语》讲的是战争中残酷的人性问题。在战争中，吃过人肉而受精神折磨的战友，临死前被天主教的加斯顿安慰而找到心灵的平静，然而，木口把佛教和天主教的慈悲心全都理解成了包容一切的恒河，尤其在佛教中的不二法门里找到了心灵慰藉。在恒河边上，山口说道：“我想到的是佛教所说的善恶不二，人做的事没有绝对的正确。反之，任何恶行也都隐藏着救赎的种子。任何事情都善恶一体，无法像用刀子切割般黑白分明。”[①]佛教和天主教本质上相通的地方，就是慈悲心，而慈悲心就是无分别心的大爱。《沼田物语》讲的是人与动物的关系。童话作家沼田从小到大跟动物保持着神秘的心灵交流的方式，体现了日本人“万物有灵”的宗教思想，超越人和动物的分别，有着泛神论对待自然和动物的态度。

《深河》最精彩的应该是《美津子物语》和《大津物语》，象征着不同价值观的美津子和大津之间的对话，充满张力。美津子

① ［日本］远藤周作：《深河》，林水福译，海口：南海出版公司2013年版，第244页。

代表的是现代生活中普遍的无神论，重视现世的享乐，不相信上帝，不相信天国的神性，也不相信灵魂的救赎，“我无法真正爱人，没有爱过任何人”——这样的现代女性虽然非常独立，充满自由精神，但是总是感到空虚和困惑。不过，她的内心也有两面性，一方面愤世嫉俗，玩世不恭，总是嘲笑和蔑视那个践行着大爱的大津，但是另一方面她又到医院当义工，对大津念念不忘。“能打动她心灵的是恒河，还有江波介绍的女神查姆达，她患麻风病、被毒蛇咬，还用瘦而干瘪的乳房喂小孩吃奶的神姿也打动了她。那是在现世痛苦中喘息的东方之母，完全不同于气质高雅的欧洲圣母。”[①]大津则象征着俗世中耶稣的大爱精神——洋葱，不是距离人类很远的天国的神，而是活在世俗世界的人心中的大爱，就像洋葱就是我们生活中的一部分。大津的一些言论，其实就是远藤周作自身的折射，因为家庭的缘故，远藤周作从小就信奉天主教，并赴法国研究现代天主教文学，但是他的心目中，始终像大津一样，对泛神论一直都没有放弃过思考。小说里，大津在给美津子的信中写道：“我认为神并不是如你们认为的，是人以外让人瞻仰的事物，而是在人之中，而且包容人、包容树，也包容花草的大生命……神拥有各张脸，我认为神不只是在欧洲的教会、小礼拜堂中，神也在犹大教徒、佛性教徒、印度教信徒之中。”[②]大津既拥抱天主教也拥抱泛神论，因此被天主教教会的神职人员排斥，被视为异端，最后来到恒河边上，背负临死的贱民

① ［日本］远藤周作:《深河》，林水福译，海口：南海出版公司2013年版，第211页。

② ［日本］远藤周作:《深河》，林水福译，海口：南海出版公司2013年版，第138-145页。

前往恒河火化，帮助穷苦的人完成转世，用行动实践着耶稣的大悲悯和大爱的精神。

可以同时容纳生与死、善与恶、富与贫的恒河，“是为了所有人存在的一条深河”，超越非黑即白的宗教派别的纷争，超越各个种族和阶级的纷争，拥有巨大的包容性和慈悲心。在恒河面前，不同的宗教和不同的价值观是兼容的、平等的，在生命意义和精神救赎的话题上永远对话着，永远是未完成式。对于不同的宗教思想和价值观，远藤周作都只是给予理解，并不做任何以正义为名的道德审判，他的文学性大于宗教性，正是因为他由“一”走向了“多”。

比起西方现代派和后现代派不断创新的小说表现手法，格林和远藤周作的文学表现形式都相对简单和朴实，基本上采用的还是现实主义的表现形式，但是他们书写的关于灵魂的探寻和叩问，却是惊心动魄的。他们的作品，尽管都是以宗教为主题，并且以思想取胜，可是文学性依旧非常强，继承了陀思妥耶夫斯基小说中的对话体，对他们所描述的世界和所描述的人物绝不盖棺定论，而是给予充分的理解。可以说，无论是陀思妥耶夫斯基，还是格林，还是远藤周作，他们的心中都有一条恒河，用巨大的悲悯心和包容心来审视人的灵魂深度。

2018年4月写于香港清水湾

思想——小说的另一条路

活在世间
如行走地狱屋脊
凝视花朵
——小林一茶

一

美国作家菲利普·罗斯（Phillip Roth）在《重读索尔·贝娄》一文中，评论到索尔·贝娄（Saul Bellows）的《赫索格》（*Herzog*）时，他的概述给我的印象特别深刻。他认为《赫索格》是一部以“思想”为中心的小说，而不是我们所熟悉的以人物、故事情节、语言、风格、结构等取胜的大多数小说。他写道：

我指的是对于贝娄作品，同样对于罗伯特·穆齐尔和托马斯·曼小说而言，具有标志意义的那无法完成的任务：不仅试图把思想融入小说，而是使思想本身成为主人公困境的中心——在《赫索格》这样的书里，去思考“思考”的问题。①

像《赫索格》这类以“思考”为题材和中心的小说，在西方文学传统中，是一个独特的存在。米兰·昆德拉在《小说的艺术》中，谈到四种召唤——游戏的召唤、梦的召唤、思想的召唤、时间的召唤，在属于“思想的召唤”的这类小说中，他提到了穆齐尔和布洛赫的小说。他说这类以思想取胜的小说，“并不是要将小说转化为哲学，而是要在叙述故事的基础上，运用所有手段，不管是理性的还是非理性的，叙述性的还是思考性的，只要它能够照亮人的存在，只要它能够使小说成为一种最高的智慧综合。他们所达到的成就究竟意味着小说历史的终结呢，还是相反，是在邀请人们踏上漫长的新旅程？”②陀思妥耶夫斯基、罗伯特·穆齐尔、托马斯·曼、米兰·昆德拉、索尔·贝娄、库切等的小说，都属于以思想为中心的小说，这条漫长的独特的旅程不仅需要丰沛的哲学思索，而且需要对人生透彻的感悟与认知。

---

① ［美国］菲利普·罗斯：《重读索尔·贝娄》，参见［美国］索尔·贝娄：《赫索格》，宋兆霖译，北京：人民文学出版社2016年版，第9页。

② ［捷克］米兰·昆德拉：《小说的艺术》，董强译，上海：上海译文出版社2012年版，第18页。

以“思想”为中心的小说，在中国现当代小说中并不多见，废名的《桥》《莫须有先生传》《莫须有先生坐飞机以后》应该可以归为此类。废名的《桥》清新自然，禅意隐藏在一幅幅山水画中，自我对世界的感悟充满了诗意，显得才高气逸，体格闲放，以一缕缕思绪和意象连接整部小说。不过，《桥》中的思想并不清晰，所以读者会觉得颇为晦涩，需要反复斟酌，才能体会作者的深意。如果《桥》融入了中国禅佛思想，追求“明心见性”、静观顿悟，寄情思于山水，与现实生活拉开距离，那么，《莫须有先生传》和《莫须有先生坐飞机以后》则对现实生活不能忘怀，把作者对儒释道的阐释以大段的跳跃性的叙述呈现出来。

如果我们审视其他中国现当代文学作品，《灵山》属于比较接近思想类的小说。这部小说中的“自我”不仅对大时代有深刻的认知，对幽暗的自我也有多层面的反思，同时融入禅宗的顿悟，意境空灵而深远。

总体来看，中西文学作品中以思考为中心的小说，一般都有以下几个特点：

第一，以“思想”为中心的小说，肯定属于“小众文学”，因为对于大众读者而言，这类小说太不引人入胜了。它们的故事一般都很简单，缺乏跌宕起伏的情节冲突，文字也往往缺乏诗意，并且大量的思想论述早已压过了对生活细节的描写，让读者望而生畏。就像我在阅读穆齐尔的《没有个性的人》的时候，虽然其中有大量的关于整个欧洲命运的思索，但是整体叙述支离破碎，迷雾重重，如同雾里看花，让人很难领略众多凌乱的思想的妙处，当然这跟他生前没有完成这部作品有关，小说的第三卷并不是他自己的定稿，其中很多的描写更像是由他内心的“札记”拼凑而成的。

第二，这类“思想”小说一定是“向内转”的，有一个“回心”的过程。小说人物的眼睛虽然看着世界，看着他人，但是更重要的是审视其自身的“内心世界”和“内在经验”，通过心灵世界来表述他们对自我、对他人和对世界的看法，无论是抒写场景，还是人际关系，都只是为了他们展开关于人生哲学的思考而做铺垫。与现实主义的小说完全不同，这类小说更重视个体内心的迷惘、挣扎和反抗，展示内心的隐秘与幽暗，拷问自我的良心与灵魂，用“内宇宙”的无限丰富性取代“外宇宙”的无限丰富性。正如托马斯·曼《魔山》中的主人公汉斯·卡斯托普面对冬日高山上大自然狂野的力量时所思考的：“尽管他对自然怀着虔诚的敬畏，但他却明白大自然的这些景象是披露他内心思想的恰当不过的剧场。”①

第三，这类小说往往以知识分子或爱读书的人为主体，比如索尔·贝娄的《赫索格》、《洪堡的礼物》（*Humboldt's Gift*）、《拉维尔斯坦》（*Ravelstein*）的主人公都是大学教授，穿行在各种书籍之间，唇间流过各种理论，信奉词语的“意义”，纵横在远古的知识和当今时髦的话语之中，就连没有受过正式的学院教育的奥吉在《奥吉·马奇历险记》中也热爱书籍，如饥似渴地博览群

① ［德国］托马斯·曼：《魔山》，吴学颖译，北京：新星出版社2014年版，第514页。

书。不过最关键的是，即使以“思想”取胜，这类小说也并不是哲学。哲学家往往在纷杂烦乱的世界和多样化的存在中，找到规则，把这些规则抽象化，貌似穷尽对世界的理解。而小说家看重的则是世界的“众声喧哗”，即使有所谓规则，也是流动的，像宇宙的属性一样纷纭复杂、变幻莫测。正因为如此，这类小说中的“思想”经常充满了矛盾、张力和悖论，就像陀思妥耶夫斯基的《卡拉马佐夫兄弟》，采用“‘苏格拉底对话’、古希腊罗马的梅尼普体，部分地还有交谈式演说体和自我交谈体”[①]等表现形式，来表现世界的暧昧和复杂。这些小说家们，往往不相信唯一的、放之四海而皆准的真理，而是更看重成千上万个驳杂的、开放的、相对的真理，让生与死、新与旧、黑暗与光明、男人与女人、高贵与卑贱永远处于一种“对话”的状态，在矛盾和争辩中，领悟人的心灵深处的多种多样的变化的存在，领悟如博尔赫斯的小说《阿莱夫》中地下室的那个神秘的包罗万象的无限的“阿莱夫”——在“阿莱夫”中从各个角度看到纷繁无比的世界和浩瀚无垠的宇宙，同时又从世界和宇宙中看到“阿莱夫”。或许，阿莱夫本身，既是文学，又是思想，更是心灵。

二

库切（J.M.Coetzee）的《伊丽莎白·科斯特洛：八堂课》

① ［苏联］巴赫金：《巴赫金全集》第五卷，白春仁、顾亚铃译，石家庄：河北教育出版社1998年版，第189页。

（*Elizabeth Costello：Eight Lessons*）是一部典型的以“思想”为中心的小说，以一位年近七旬的女作家伊丽莎白在全球各地的八次演讲来组成这部充满思辨性的小说。它完全属于一部实验性的作品，不像传统意义上的小说，而更像一部演讲集。库切虽然描写了女作家伊丽莎白对过去的回忆，她在演讲前后的一些细节性的交代，她跟儿子和妹妹的关系，甚至还有她年轻时通过展示自己的肉体而带给一位垂垂老人生命光亮的隐私，但是最重要的还是着墨于她对几个重要主题的论述。很明显的是，库切在这部小说中，把自己定位为思想家型的作家，以思想的力量、敏锐的感受力、艺术形式上的创新独树一帜。即便如此，他也常常从悖论的角度来看待这种定位：“一个作家，不是思想家。作家和思想家。粉笔和奶酪。不，不是粉笔和奶酪，而是鱼和鸟。但伊丽莎白属于哪一类呢？鱼还是鸟？她何以为生呢？水还是空气？”[①]作家一方面可以选择不成为思想家，就像粉笔和奶酪、鱼和鸟，二者可以毫不相干，各自有各自的领域，但是另一方面，作家也可以选择成为思想家，他们就如同水和空气，都是文学不可缺少的基本生存来源。

伊丽莎白是库切自身的写照，还是他关照的对象，这些都不重要。对我来说，最有意思的是通过性格上有些偏执的伊丽莎白的演讲，我们不仅可以思索一些跟文学、个体、世界息息相关的

① ［南非］J.M.库切：《伊丽莎白·科斯特洛：八堂课》，北塔译，杭州：浙江文艺出版社2004年版，第13页。

问题，而且发现这些问题本身都充满了悖论。伊丽莎白的看法是属于她个人的，不能涵盖所有人的看法，但是却引人深思。也许这正是文学作品充满魅力的思想的意义，因为文学从来就不可能给予读者一个固定的、唯一的真理，而是把读者置身于一个可以自由对话和质疑的空间，让读者去自觉地参与寻找真理的过程，带着怀疑的态度去审视那些宣称已经掌握了绝对真理的人，尤其去质疑非黑即白、非好即坏的简单的二分法。用伊丽莎白的话来说，那就是："我想找到一种跟人类同胞的对话方式。他们应该是冷静的，而不是狂热的；是思辨的，而不是诡辩的。他们应该给我们带来启蒙；而不是企图把我们分成正义的和邪恶的、被拯救的和被诅咒的、绵羊和山羊。"①

就像库切自身是一位执着的动物保护者一样，伊丽莎白也是一位素食主义者和狂热的动物保护者。她的八个演讲中，有两讲都是关于动物的生命，这也是库切一直非常关切的问题。伊丽莎白讲到第二次世界大战期间，德国人犯了灵魂上的疾病，设置许多集中营，对犹太人进行残忍的杀戮，把他们像绵羊一样地屠杀，人们把集中营叫作屠宰场，第三帝国的罪恶就是把人当动物那样对待。然而，她从这里引申，认为我们现在源源不断地把兔子、家禽和牲口带到这个世界上，目的就是要屠宰它们、食用它们，那么，以理性为傲的人类，在虐待和屠杀动物的时候，跟那

① ［南非］J.M.库切：《伊丽莎白·科斯特洛：八堂课》，北塔译，杭州：浙江文艺出版社2004年版，第79页。

些第三帝国里屠杀犹太人的德国人有什么区别？听完演讲后，听众纷纷质疑那些被杀害的犹太人和被杀戮的牲口之间是否有可比性，质疑她是否抹杀了人类和动物的区别，质疑是否素食主义者把这种最近在西方流行的普遍伦理强加给他人和其他民族。库切在小说中，把伊丽莎白的观点放在一个争辩的中心，并没有正面去强调哪一方是正确的。但是，作为一位作家，他跟伊丽莎白一样，把爱心推及动物，反对排外的姿态，试图唤起人类的“同情心”——那种无分别心的博大的同情心和慈悲心，设身处地地为受害者着想，包括为那些说不出话的被屠宰的动物着想，把自己的心灵投射到“他者”的身上，去感受“他者”的痛苦和悲伤，而这种慈悲心不正是一位伟大的作家所必备的条件吗？不也是诗歌和小说赖以生存的最重要的意义吗？伊丽莎白在几次演讲中都反复提到卡夫卡的一篇短篇小说《一份为科学院的报告》（*A Report to an Academy*），小说中的猿猴“红彼得”被人类成功地训练成了会说话、会思想的人类，模仿人类的一举一动，甚至可以演讲，但是最终它也没有得到原有的自由，它仍然像二等生物一样被人类观看和玩弄，只能跟一只绝望的半疯的母猿猴交配。伊丽莎白在演讲中说道：

> 卡夫卡把自己和红彼得都看作杂种，就好像有一套怪异的会思想的设备，莫名其妙地被装在那些受苦受难的动物身体上了。在所有幸存下来的卡夫卡的相片中，我们可以看到他盯着我们的目光，这是一种纯粹惊异的目光：惊异、震惊、惊恐。在所有人中，卡夫卡在心理

上是最没有安全感的。他好像在说：这是，这就是上帝的形象吗？[①]

卡夫卡的惊异的目光，其实在叩问那些有知识而没有同情心的人，叩问人类为什么关闭了自己的心扉，让“同情”无家可归。他笔下的红彼得从猿猴变成了人，而人在《变形记》中变成了甲虫，后面都隐含着一双审视人性的心灵的目光，那个惊恐的眼神如同天使看到了人性的残暴、野性和恶行后，永恒地定格在惊异的一刹那。

库切让伊丽莎白在另外几个演讲中，谈到的也都是充满悖论的问题。她在阿姆斯特丹的演讲主题是，文学作品面对现实暴力时，应该何为？她坚决反对文学作品对暴力的过度描写，她不相信“作家们冒险进入灵魂中比较黑暗的区域，总是能够毫发未损地出来”，[②]“用恶去制衡恶；这制衡的行为本身会在我们的嘴里留下恶劣的味道”[③]。其实，这是一个关于小说家的事业是什么的大哉问，其中充满了二律背反：一方面作家用文学去展示人性的残暴和堕落是需要超人的勇气的，就像鲁迅敢于面对深渊，波拉尼奥敢于面对现实的黑洞；然而，另一方面作家在小说中展示

---

① ［南非］J.M.库切：《伊丽莎白·科斯特洛：八堂课》，北塔译，杭州：浙江文艺出版社2004年版，第90页。

② ［南非］J.M.库切：《伊丽莎白·科斯特洛：八堂课》，北塔译，杭州：浙江文艺出版社2004年版，第195页。

③ ［南非］J.M.库切：《伊丽莎白·科斯特洛：八堂课》，北塔译，杭州：浙江文艺出版社2004年版，第194页。

暴力过度时，仿佛把魔鬼从魔瓶中释放出来，把邪恶的气味释放出来，对人的心灵很有可能不仅没有治愈的作用，反而变成一种伤害。库切让伊丽莎白面对自己的演讲时，对自己的命题总是充满了质疑，时常从对方的立场来审视自己。不仅如此，他用非常具象的语言来表达抽象的思想，比如“有些页码燃烧着地狱的火焰”，“这些小鬼是否像鹦鹉一样，栖息在某人的肩膀上，不再散发出耀眼的光芒，而是相反，把光芒吸入它们自己的体内”？

充满二律背反的问题贯穿在伊丽莎白的其他几个演讲中，即使演讲者的观点偏向一方，库切也总是把她放在争辩的氛围里，让我们看到对立的双方都有存在的合理性。比如当非洲作家总是以一种特殊的身份出现，代表一个集体被殖民和被压迫的种族时，一方面他确实展示了与西方世界不同的一个独特的存在，但是另一方面他的这种种族认同又同时带有很大的排他性，忽视了更为普世的本质的人性。再比如在伊丽莎白的另外一个演讲中，她提出，为什么希腊艺术和文艺复兴的人文主义表现的都是人的美好、健康、强壮的身体，给人们一种美的启示或是幻境，而基督教中的各种耶稣形象都是临死前痛苦的、身体扭曲的样子？为什么基督的形象不能是美好的形象？其实，基督为人类担荷所有苦难的痛苦的形象，以及希腊艺术和文艺复兴的人文主义对美的身体的迷恋，二者虽然对立，但是却都有其存在的意义。这部小说中提出的所有问题都没有标准的答案，孰是孰非并不重要，重要的是心灵的走向、灵魂的归处。

库切在小说的最后一章《在大门口》，设置了一个跟卡夫卡小说《审判》相似的场景，高墙、大门、岗哨、法庭、老人们的形象都来自卡夫卡所描写的世界。卡夫卡的小说《审判》中，神甫给K讲了一个关于“法的门前”的故事：一个乡下人来到法的门前，守门人说现在不能允许他进去，乡下人不管怎样哀求都不允许他进去，一直等到生命将尽时，守门人又说，这道即将关闭的门只是为乡下人而开的。这个充满悖论的故事，被库切改写，放在了小说的结尾，如同小说中的小说，唯一不同的是，被反复审判的人是伊丽莎白，是作家的角色。每一次被审判时，她的自我都不同，然而这些多重的自我都是真实的，而透过她的多重自我所看到的世界也是真实的。作为作家——“那不可见的世界的书记员”，她没有信仰，她是怀疑主义者，她唯一忠诚的就是真实，尤其是内心的真实。最后这个充满寓言性的场景，是文学家对文学的反思，是库切对作家角色的反思。用伊丽莎白的话就是，“我说‘我的眼’是指‘我的心眼’，就好像我体内有一只眼睛”，[①]而作家的这只眼睛，看到每一个造物都有它的意义和灵魂。那扇为伊丽莎白设置的门，她始终没有通过，因为那代表着彼岸和终极世界，而文学只表现过程，即使伊丽莎白可以想象彼岸的世界，想象门的那一边的情景，但她既不是上帝，也不是“上帝狗”，并不知道绝对的答案。这也意味着，文学是一条永远都没有止境的路。

---

① ［南非］J.M.库切：《伊丽莎白·科斯特洛：八堂课》，北塔译，杭州：浙江文艺出版社2004年版，第278页。

三

托马斯·曼（Thomas Mann）的《魔山》（*The Magic Mountain*）也是一部以思考为中心的小说。如果库切的《伊丽莎白·科斯特洛：八堂课》像一部演讲集，那么《魔山》则是类似论文的小说，把读者带上充满魔性的瑞士阿尔卑斯山上的疗养院，喋喋不休地讨论着各种高深的哲学和政治层面上的话题，比如自由、时间、自然、死亡、精神等，怪不得纳博科夫（Vladimir Nabokov）批评《魔山》有“超级论文腔”[①]。不过，这部小说更是一部关于欧洲疾病的寓言。小说中的主人公汉斯本来根本就没有病，自从来到山上的疗养院探望他的表哥后，他也被诊断出有肺结核，留在魔山上疗养，一待就是七年，上了魔山就忘记山下的一切，“魔性”在于对尘世时间的遗忘。在生活非常舒适的魔山上，汉斯们过着跟“山下”完全不同的日子，时间对这些病人来说变得完全没有意义。他们天天忙着享受自由自在的生活，吃着丰盛的食物，做各种有趣的游戏，讨论天南地北的话题，也常常把自己裹得紧紧的、躺在舒适的卧椅上做疗养。虽然魔山的疗养院里伴随着疾病和死亡，病人常常会逝去，可是“死亡教育”并没有唤醒大家的时间意识。“魔山”的魔法就在于让这些病人忘记时间的概念，他们如同生活在梦中，整天昏昏沉沉，麻木地疗养，山上压根儿就没有什么时间，没有长和短之分，连自

① ［英国］詹姆斯·伍德：《破格：论文学与信仰》，黄远帆译，郑州：河南大学出版社2018年版，第158页。

己在山上待了多少年有时都想不起来。无论山下的发展如何快，变化如何大，对山上的病人都没有任何影响，他们遗忘了时间，或者被时间遗忘，在山上停滞不前，挥霍光阴，像一滩死水一样一动不动。作者借用汉斯的话来说，“这个故事变成了他在山上的个人历险记，从各方面来说，它也是一部‘时间小说’”[①]。

《魔山》是一部关于时间的小说，也是一部关于疾病和死亡的小说，更是一部关于存在主义的小说。它具有多重意义和隐喻，没有一个清晰的主题，而是有多重的、对立的、矛盾的主题，充满了二律背反，为我们展示世界的模糊性、复杂性和多种可能性，可以让普通读者和评论家从各种不同的角度阐释。在疗养期间，汉斯遇到好几位可以深入讨论各种话题的知识分子，他们通过辩论和哲学讨论，探讨当时欧洲社会的各种思潮，如人道主义、无政府主义、人文主义、启蒙主义、宗教信仰、虚无主义等问题，涵盖的话题虽然非常广博，可是大多是思想片段与精神碎片，很难用几个大的主题来统一概述。其中最引人注目的是意大利自由派人文主义者塞塔姆布里尼与和犹太人耶稣会会士纳夫塔之间的对立与争论，前者代表新教和人本主义的思想，倡导民主、自由、人权、进步等价值观，后者代表天主教和共产主义的思想，反对财产所有权，鼓吹天下一家的乌托邦观点。二者经常激烈地争论，总有分歧，容易走极端，然而，这两位观点完全对立的知识分子的辩论，对汉斯有精神熏陶和启迪的作用。托马

① ［德国］托马斯·曼：《魔山》，吴学颖译，北京：新星出版社2014年版，第582页。

斯·曼非常重视汉斯的“中立”立场，在两个极端的唇枪舌剑面前，汉斯常常犹豫不定，“无法区别哪一方是正确的，哪里是神，哪里是恶魔，哪里是死亡，哪里又是生命”①。“在汉斯·卡斯托普看来，在两种互不相容的立场中间，在夸夸其谈和愚昧无知的野蛮之间，肯定还有可以称为‘人性’的东西。”②这一中立的立场，在这部充满了思想辩论的小说中，尤其珍贵。虽然托马斯·曼把“思考”变成了小说的主要角色，可是作为文学家，他真正关心的并不是概念、主义、流派，而是人性的复杂性，是被疾病所折磨、被死亡所剥夺生命的活生生的人——这个文学永恒的主题，所有的思想碎片和光芒都是为了更深刻地理解人性的深邃。

英国评论家詹姆斯·伍德把《魔山》中的一个“横着活”的主题阐释成是一个带有病态的艺术或批评的姿态。魔山上的人总是躺在舒适的卧椅上做疗法，这种“横着活”的姿态，跟山下需要劳作的人的日常生活非常不同。“此语带有嘲讽之意，既指平静的无所事事，也可能指知识分子或艺术批评所需的姿态。”③大多数批评家都指出这种生活方式是资产阶级生活的缩影，魔山上的人物质生活上都很富裕，精神生活也很丰富，基本上衣食无忧，无所事事，所以《魔山》自然而然就是欧洲资产阶级精神疾

① ［德国］托马斯·曼:《魔山》，吴学颖译，北京：新星出版社2014年版，第564页。

② ［德国］托马斯·曼:《魔山》，吴学颖译，北京：新星出版社2014年版，第561页。

③ ［英国］詹姆斯·伍德:《破格：论文学与信仰》，黄远帆译，郑州：河南大学出版社2018年版，第170页。

病的寓言。不过，如果结合托马斯·曼在《魔山》中对时间的探讨，我们就会发现，他同时也在批评这种“横着活”的艺术姿态，也就是跟现实世界拉开距离的艺术姿态，在这种姿态下，人们如同活在象牙塔里，不关心现实生活的疾苦，生活在自己的艺术和精神世界里。魔山上的时间观，脱离了山下历史和现实的“线型的、进步的”时间观，是圆形的、重复的、循环的，是内心的时间观。“山上”和“山下”不同的时间观，也被托马斯·曼形容成东方（或亚洲）时间和欧洲时间：

> 根据塞塔姆布里尼嘴里的宇宙进化论，世界上有两种原则一直处于抗衡状态，也就是权力和正义、暴虐和自由、迷信和学识，一成不变的原则和不断变动的原则——也就是一直进步的原则。人们把前者称为亚洲人的原则，后者则称为欧洲人的原则；因为欧洲是滋生反叛、批判和变革的乐土，而东方则倡导出止步不前和一成不变的理念。①

东方的时间观，如老庄的时间观、佛教的时间观，确实与西方线性的进步的时间观不同。前者属于宇宙的时间观——老庄崇尚“向后看”的时间观，佛教则是生死轮回的时间观。如果基于这种东方的时间观看世界，那么线型的进步的时间观只是漫长的宇宙的时间中的一小点、一瞬间，转眼即逝。这两种

---

① ［德国］托马斯·曼：《魔山》，吴学颖译，北京：新星出版社2014年版，第163页。

时间观，当然有指涉到“是对应该接受来自中国的以静为本位的‘无为’思想，还是应该选择欧洲的以动为本位的动力观念，是应该奉行止息纷争的和平主义，还是应该持守斥诸战争的爱国主义”[①]的问题，但是也同样涉及艺术的姿态的问题。具体地说，文学家应该采取遗世独立的姿态，还是应该积极地参与到世俗社会的变革之中？文学家是应该总在“山上”，还是在“山下”？显然，托马斯·曼在《魔山》中对跟现实保持距离的艺术姿态是质疑的和批判的。他认为在魔山上，“人们总感觉在‘今日照旧’或是‘昨日重现’的困顿中，这是时间的一种可怕的扑朔迷离而奇异的特征”[②]。汉斯因此而有一种眩晕感，“这里的眩晕有双重意思，一方面我们的主人公头昏目眩，另一方面又感到混混沌沌，无法区别‘现在’与‘将来’，它们混合在一起，构成了没有时间的永恒”[③]。老庄的宇宙观和时间观重视的恰恰是时间的永恒，是不受现世所束缚的超越性和永恒性。但是在托马斯·曼眼里，他并不认同这样的时间观，“这种感觉和心灵上的欺瞒一日比一日严重起来”，“最没有良知的表现，便是不把时间放在心上”。[④]这种“遗世独立”的艺术姿态，在托马斯·曼看来，会带来心灵的麻木和自我欺瞒，所以他总借用人

---

① 李昌珂：《云气氤氲话〈魔山〉——评托马斯·曼小说〈魔山〉》，《国外文学》1996年第3期，第92页。

② ［德国］托马斯·曼：《魔山》，吴学颖译，北京：新星出版社2014年版，第583页。

③ ［德国］托马斯·曼：《魔山》，吴学颖译，北京：新星出版社2014年版，第584页。

④ ［德国］托马斯·曼：《魔山》，吴学颖译，北京：新星出版社2014年版，第583页。

文主义者塞塔姆布里尼的观点，来鼓励汉斯“下山”，就像塞塔姆布里尼心目中的文学的精神，应该有净化和治愈的功能，有宽恕和爱的途径，甚至有拯救功能。小说结尾，汉斯终于下山，拥抱海德格尔“向死而生”的哲学观，作为一名战士，在战争中勇敢地面对死亡的阴影。

如果《魔山》对与尘世保持距离的艺术姿态带着质疑的态度，那么，《灵山》则正面去拥抱这种“逃离尘世”的艺术姿态。《灵山》中的主人公从喧嚣的城市逃入原始森林里，寻找地图上的一个称为“灵山”的地方，最后他发现，那个灵山其实不在现实中，而是在自己的心灵里。“灵山”象征着佛，象征着心灵的大自由。就像刘再复所说的，《灵山》“是一部精神逃亡书、精神逍遥书、精神飞升书”，“灵山不在身外而在身内；灵山不在飘渺云水处，而在人的灵魂核心处；灵山是静观世界和自身的那一双清醒的眼睛，又是《一个人的圣经》最后一节中所说的生命深处那一脉长久不灭的幽光。”《灵山》中的艺术姿态，拥抱的是庄子的绝对自由的精神，主张文学要有独立的精神，不被外物所奴役，既不被政治所绑架，也不被金钱所绑架，还不被社会伦理所绑架，抽离社会和冷观社会。这种艺术和美学姿态，“是一种从现实政治关系和各种利益关系的网络中抽离出来的一种姿态”，不再做“救世主”“精神战士”“革命斗士”“人民的代言人”，而是更重视“自救”，重视深入人性的内心。只不过，在托马斯·曼的眼里，这种艺术姿态是病态的；而在《灵山》作者眼里，唯有这种“独立不移”的艺术姿态，才能带给作家真正的大自由，才能像庄子《逍遥游》中的大鹏，自由地翱翔、自由地创造。

四

库切曾说："在20世纪下半叶的美国作家中，索尔·贝娄是其中一个突出的巨人，也许他才是真正的巨人。"[①]在许多小说中，魔鬼来自外部世界，魔鬼可能是"历史"，也可能是"现实"，是我们周遭的环境。它把人异化成非人，让人无处逃遁，就像卡夫卡的小说和日本作家安部公房的《箱男》《砂女》中所描述的那样，人被外部世界的魔鬼变成一个异化的存在。然而，在索尔·贝娄的小说中，魔鬼常常来自个体灵魂的内部。他小说中的主人公，永远把"思考"当作一个与自己灵魂内部的魔鬼对话的过程。当提出"什么是小说"这样的问题时，昆德拉曾经引用一句犹太谚语："人类一思考，上帝就发笑。"昆德拉写道："可为什么上帝看到思考的人会笑？那是因为人在思考，却又抓不住真理。因为人越思考，一个人的思想就越跟另一个人的思想相隔万里。还有最后一点，那就是人永远不是自己所想的那样。"[②]索尔·贝娄就是通过"思考"，去照亮内心那些多重的、复杂的、分裂的自我，那些连自我都不甚了解的另一个自我，由此来探索心灵的深邃无比的图景："可憎的内心幻想潜伏于无

---

① ［南非］J. M. 库切：《内心活动》，黄灿然译，杭州：浙江文艺出版社2017年版，第209页。

② ［捷克］米兰·昆德拉：《小说的艺术》，董强译，上海：上海译文出版社2012年版，第177页。

的望远镜在看一个细小而清晰的图像。这个多灾多难的滑稽角色”[①]。赫索格对自我的认识充满了矛盾，有时认为自己是“一个滑稽角色”，有时又觉得自己是个“骄傲的幽灵”。“赫索格对着镜子自己的化身微笑着，对着赫索格这个待罪的羔羊微笑着，对着赫索格这个自认多情的情人微笑着，对着赫索格这位大知识分子微笑着。”[②]总体而言，我们从赫索格的自我反省、自我透视、自我审查中，可以看到陀思妥耶夫斯基的《卡拉马佐夫兄弟》里伊万同魔鬼对话的痕迹，这魔鬼是“自己眼中之我”[③]，只不过，索尔·贝娄的灵魂叩问没有那么沉重和严肃，而是充满了自嘲的意味。他每次反观另一个自我时，都要加上反讽和嘲弄式的语气，让这部关于一位知识分子的多重主体的内心活动史有了一种“自我解构”的大倾向，而他一生积累的关于人文主义的知识和思想在自我解构的过程中，也变得支离破碎，在生活坚硬的墙壁上，碰得头破血流。

不仅如此，赫索格还发疯似的写信，以此来表达他对世界、对社会、对他者的思考。他不停地给各种人写信，有他亡故的母亲、去世的好朋友、活着的情妇、第一任妻子、艾森豪威尔总统、芝加哥的警长等，甚至还写给尼采、海德格尔，最后还写了

---

① ［美国］索尔·贝娄:《赫索格》，宋兆霖译，北京：人民文学出版社2016年版，第14页。

② ［美国］索尔·贝娄:《赫索格》，宋兆霖译，北京：人民文学出版社2016年版，第125页。

③ ［苏联］巴赫金:《巴赫金全集》第五卷，白春仁、顾亚铃译，石家庄：河北教育出版社1998年版，第290页。

一封信给上帝。如果“独白体”表现的是自我与自我的关系，那么“书信体”表现的则是自我与他者的关系。在大量的“独白体”和“书信体”之间，读者被带入赫索格复杂的内心世界，也同时对他的生命旅程有了更加深入的了解：他的犹太人的身份认同，他的第一次婚姻和外遇，他的学者生涯的开始和结束，他的第二任妻子玛德琳的背叛，他对情敌的愤恨和对女儿的爱，他的都市和乡村生活等。这些从来没有寄出去的信件，对他来说，是一个人文主义者在被物质主义统治的世界中，用言语进行的最后的反抗。他不想在享乐的物质世界中变得麻木：“我必须尽量保持着紧张的不安状态，没有这种不安，人就不再能称之为人了。”[①]他把信件撒满整个世界，就像编织一个巨大的无形的网，而这个用心血所编织成的网，就是为了留住这种“不安”的感觉，不让它逃跑。[②]“荒诞的形式中有真实的事物”，他想留住的就是不被外界金钱世界“物化”的那种心灵的真实。索尔·贝娄让赫索格不停地思考，跟自己对话，用书信跟他者对话，让他在“这个世界的荒原中乱嚷乱叫”，让他手忙脚乱地给四面八方的人写信，用赫索格的理性和非理性的声音告诉读者：“这个笨头笨脑、单纯天真、穷困潦倒的摩西，这颗没有诡计的心，是需要保护的，这是一种颓废的病态现象，是现代世界的精神主义的残余。”[③]可是

① ［美国］索尔·贝娄：《赫索格》，宋兆霖译，北京：人民文学出版社2016年版，第322页。

② ［美国］索尔·贝娄：《赫索格》，宋兆霖译，北京：人民文学出版社2016年版，第322页。

③ ［美国］索尔·贝娄：《赫索格》，宋兆霖译，北京：人民文学出版社2016年版，第364页。

在物质至上的现代世界，像赫索格这样的以思考为生的人，是否能找到他的家园？

索尔·贝娄在《赫索格》中提出了一个存在主义的哲学问题："我们是否被别人役使以及我们是否役使别人？"①当赫索格无法走出离婚的阴影，反复纠结在马德琳和她的情夫对他的伤害之中，其实就是允许他人奴役自我，总让自己处于被"他者"奴役的状态，心中对"自由"没有觉悟，没有把"自由"掌握在自己手里。小说的结尾，他回到自己在山林中的小屋，仿佛跟自我和他人都和解了，他不停地写信的冲动真的消失了，仿佛终于找到了自己的家园，找到了自由的快乐。小说的最后一句话是："现在，他对任何人都不发任何信息。没有，一个字都没有。"②

五

阅读以思考为中心的小说，是一种灵魂上的冒险，也是小说的一次惊心动魄的越界。库切的《伊丽莎白·科斯特洛：八堂课》把场景基本上安置在会议的争辩中，托马斯·曼的《魔山》把各种思想的角逐和争辩放在"魔山"——这个迷雾重重的隐喻里，而索尔·贝娄的《晃来晃去的人》和《赫索格》则把纷杂的思想

① ［美国］索尔·贝娄：《赫索格》，宋兆霖译，北京：人民文学出版社2016年版，第322页。

② ［美国］索尔·贝娄：《赫索格》，宋兆霖译，北京：人民文学出版社2016年版，第405页。

放在主人公的头脑里，在自我的内心独白中让我们看到各种思想片段之间的角力。然而，这些思想的角力的后面，隐藏着的是这些小说家深厚的人文追求，对人的生存困境的理解，以及对现代文明的忧患意识。

无论是对外界的观察，还是对难以捉摸的内心景象的探索，思想的作用不同于虚无缥缈的梦境，它不是超现实的，而是跟人生哲学和感悟紧紧相连。库切和贝娄自己都当过大学教授，受过严谨的学术训练，但是他们对学院派的“标准化”思维特别抵触。在小说中，我们处处都能看到他们对学院派直言不讳的批评。比如当赫索格提到希特勒的“国家社会主义”的理论前驱者斯本格勒时，他认为“斯本格勒对古老的资本主义欧洲进行了标准化，在这一个标准化的全部罪恶当中，最大的罪恶可就是施本格勒一伙自己的被标准化了的学究式学问——这种粗劣刻毒的货色在大学预科里炮制出来，又在人为的训练中由守旧的官僚强加给人们”[①]。又比如当伊丽莎白谈论到后现代社会的人文学科处于垂死状态的问题时，她认为，人文学科濒于崩溃，一方面是因为工具理性的压迫和统治，另一方面则是因为人文学科忘记它要面对的是人的灵魂——是否能满足读者的饥饿感，是否能应对各种精神状态和精神危机。也就是说，当人文学科面对多元的新世界时，不能遗忘的还是“人性”，以及它独一无二的观看世界的方式。库切和贝娄，既是小说家又是思想者，他们念念不忘

① ［美国］索尔·贝娄：《赫索格》，宋兆霖译，北京：人民文学出版社2016年版，第91页。

的，就是思想对灵魂的拯救，以及对人性复杂的认知。

关于思考的小说，不同于哲学的概念和逻辑，它可以是没有因果关系的联想，它要包容的是思想的多元、深邃和复杂，而这些联想在小说叙述中，常常冲出概念的束缚，让我们看到藏于心灵最深处的奥秘。所以，关于思考的小说，最终所探求的，还是人的价值、人的存在的意义和灵魂的气息。

2019年12月写于香港清水湾

第四辑

文学随笔

拒绝遗忘的书写

我知道这世界

如露水般短暂

然而然而

这是日本俳句诗人小林一茶的诗句。法国作家菲利普·福雷斯特（Philippe Forest）不仅把《然而》（*Sarinagara*）当作自己小说的书名，而且把诗人小林一茶、小说家夏目漱石、摄影师山端庸介当作这部小说的主人公。这样的结构非常特别，独树一帜，光是《然而》这个书名，就勾起了我的好奇心。

我从来没有读过这样的小说，像散文，像读书笔记，像随笔，像文学评论，像作家传记，但分明又是小说。这种小说形式上的创新深深地吸引我，是学者小说？智者小说？还是读者小说、爱者小说？很难归类。从作者对日本诗人小林一茶、小说家夏目漱石、摄影家山端庸介片段式、甚至碎片式的人生描述中，我读到福雷斯特与这些艺术家充满感伤的心灵交织与碰撞，感受到他因为失去爱女而挥之不去的痛苦与惆怅。他用文字独自面对死亡与死亡背后的虚无。作者的眼光穿过城市的灯光，穿过天空、海洋、森林，穿过梦中的景象，在细腻感性的语言中栖息。他在时间的长河里，跨过东西文化的界限，在日本这个富有东方神秘气息的国度，寻找着跟有他类似人生经验的知音。他读着他人的小说和诗歌，观赏着他人的摄影作品，试图通过阅读捕捉住早已被众人忘却的记忆，重新复活那一个又一个微小的瞬间。在无尽的虚空中，他用执着的情感挽留孩子曾经拥有的鲜活的生命。

福雷斯特的《永恒的孩子》（*L'enfant éternel*）几乎是用非虚构的手法写他们一家三口面对女儿癌症的那一年。原本如同生活在童话世界里的幸福家庭，有一天突然要面对可怕的疾病，甚至死亡。作者事无巨细地记录下每一次他女儿化疗和手术的前前后后，记录下父母的焦虑、孩子的坚强、短暂的欢乐和最后的绝望——短短的一年对他们来说是那么漫长、痛苦、充满煎熬。作为文学教授的福雷斯特，选择拿起自己的笔，用书写来面对疾病、苦难和死亡，毫无疑问，他同时也面对文学的意义。

书写是谦虚的劳作。是在时间的荒芜中无益的挽救：要保留瞬间、动作、词语等这些无用的东西。不要梦想英勇的巫术，必胜的复活……睁大眼睛，盯住那让时间抹黑的神秘莫测的黑夜吧，那张可爱的、被黑暗抹去的面孔会从那里经过……

写作是为了拒绝遗忘，为了与他挚爱的孩子一次次在文字里相遇，让他的女儿成为“永恒的孩子”和“纸上的精灵”——他第一本和第二本小说（中文版）的标题——永远陪伴着他。于是，那些堂而皇之、毫无生命气息的学院派话语，在福雷斯特眼里变得失去分量和意义。为了在大学里获得稳定的工作和职称，他的上司让他要多发表一些学院派认可的文章，然而，在女儿的病痛面前，当他正在经历生死离别，他对这些学院派话语全都失去了兴趣，那些冷冰冰的文本以及各式各样的后结构主义理论，一下子变得那么荒诞无力，即使写得再多，也不能挽救他女儿的生命，不能唤起他对文学的热情。只有小说，能允许他坦诚地表白，让他记录下现实生活中那些撕心裂肺的真相，让他触摸到生命的真核。

学问与生命的冲突显得活生生，很具体。然而，他更爱生命。不过，他也很知道自己的局限。他写道：“我完全了解自己的限度，这个局限为我确定了一片有足够词汇的领地。文学野心与我无缘。我知道自己无力胜任写小说，没有想象和观察的能力。我唯一的能力是在阅读时施展这种能力。”于是，一方面他小心翼翼地描述每一次病变，医生的诊断，孩子的反应，作为父母的无奈等细节，另一方面他还把自己阅读古今文学的才能发挥出来。在《永恒的孩子》里，他已经开始在其他文学大师类似的人生经验中重新看到了自己，比如雨果的女儿和她的丈夫在塞纳河溺死后，福雷斯特可以感受到雨果听到噩耗后的绝望和疯狂，想象着雨果选择流亡到泽西岛和盖纳西岛，孤零零地站立在冷峻的悬崖峭壁上，面对浓雾笼罩着的海洋，召唤着他萦绕内心的女儿娇美的灵魂，聆听着她的笑声。除了雨果，福雷斯特也看到法国诗人马拉美失去爱子后，不亚于雨果的疯狂，用自己的诗篇为儿子筑造了永恒的坟墓，而自己也走上了"现代虚无"之路。从雨果的失女之痛，福雷斯特看到的不是众人眼里那个"伟大的英雄"，而是一个脆弱、无奈、疯狂的他，而这一切，让他的作品显得更为真切和动人。从马拉美的失子之痛，福雷斯特看到书写的双重性："纸张装订的书卷在现实中永远填不满因为丧失孩子而打开的空洞。他的词语奉献给了虚无，虚无抓住它们，给了它们真实确定的意义。"艺术的魅力，不在于它的优雅，而在于它魔法般地让作家诗人们一下子跨越了生死的界限，永远地延长了葬礼，让生者在此岸久久地拉着已经渡到彼岸的挚爱孩子的手，一遍又一遍让生命中真实的爱和苦难尖锐地刺痛着自我。

在《然而》中，福雷斯特的眼光，从西方作家转向日本的诗人、小说家、摄影家，在阅读中体验着他人的苦难，反过来照亮自我的虚无之路。他的每一段阅读旅程都有新的收获和感悟，每一次都仿佛认识了一个崭新的自我，找到了一个不同的自我。他心中的这部书是"一个虚假的关于启示的故事，一个令人安慰却最终骗人的童话"。最后，他用片段式的写作来组成自己心中的镜像，在泛黄的虚无的背景里，慢慢理顺了这些片段的意义。他写道：

> 小林一茶、夏目漱石、山端庸介：三次都是唯一的故事，当然，也总是同一个故事。如果这个故事把艺术家（一个诗人、一个小说家、一个摄影师）当作它的人物，如果它把背景放在一个遥远的国度（日本），或许这是出于简便或偏爱，因为这一俗套和其他一样，是在蕴含了关乎众生的真理的几个画面周围堆砌词语。它是每个人的故事。也是我的故事。没有什么能强大到足以阻止自身的画面重现，它们从漂浮着幽灵的黄色、抽象的厚重里探出头来。

福雷斯特把自己的故事和这三位作家紧紧联系在一起，讲他们的故事，就是讲自己的故事。每一个故事后面是生命刚刚发芽就被命运扼杀的孩子的幽灵，作者一次次地招魂，探究人生的奥秘与真相。日本俳句诗人小林一茶的诗，对万物有一种博大的悲悯，一草一木在他的笔下，不仅栩栩如生，而且暗藏着天地间寂静的玄机，悠悠动人。诗人在跟草木的对话中，物我两忘，跟宇宙天地合二为一后达到了“空寂”的境界，获得了一种恬然自得的对待人生的态度。他真正悟到了禅宗的“平常心”，简单的欣欣向荣的花草，琐碎的日常生活，通俗的智慧，甚至小蚊子，皆可入诗。跟福雷斯特一样，小林一茶也痛失孩子，生命的欣悦转眼即逝。然而，即便有无尽的哀愁和无奈，人还得活在当下。

活着，别无其他
在樱花花荫之下
便是奇迹

这种东方式的“禅悟”对法国作家福雷斯特来说，是完全新鲜和陌生的。小林一茶的俳句为他打开了一扇窗户，一个世界，带着他走到了一个未知的空间，一个更宽广深远的境界，让自我被神秘的宇宙观照。可是，即使他在“空寂”的境界中获得了前所未有的坦然，他依旧无法完全拥抱“空”：当他再次面对死亡和孤寂时，对孩子最真挚的关爱仍闪烁在眼前，于是他像小林一茶一样，喃喃自语道“然而然而”。

福雷斯特在小林一茶的俳句和人生态度中学到了“忘我”，片刻的忘我，使他跟悲伤的自我拉开一段距离，留一点空白去听山间潺潺的水声和鸟鸣，学会用宇宙的眼光来审视生命的瞬间，在空寂中冷观自我，在延绵不绝、生机勃勃的日常生活中悟“道”；而到了夏目漱石那里，他又获得了怎样的领悟？谈到夏目漱石，福雷斯特写道：“写作，无非是想知道后来会怎样。一本小说也不过如此：望向人生茫茫‘此后’的目光罢了。”受到西方文化洗礼的夏目漱石，跟卡夫卡是同时代人，面对东西文化的断层，他选择从“无”开始思考小说。失去第一个孩子后，他的妻子镜子痛苦得疯狂，而他则看到人生的荒诞，最后选择用诗歌和小说表达“则天去私”的愿望，也就是抛开小我，超越世俗烦恼，“在世界无边的森林里找到这个任何忧伤之雨都不会落在芭蕉叶上的庙宇”。“此后”是怎样的呢？夏目漱石讲述女儿之死的小说，题为“春分之后”，在福雷斯特的阅读中，他似乎读懂了夏目漱石：过了春分，生命还有无穷无尽的“此后”，而这一书名“暗示着‘越过死亡和彼岸’。因为对一个小说家而言，一切没理由和生命一起终结”。我想从夏目漱石那里，福雷斯特是在寻找大于“小我”的依托，一种超越的哲理，不仅超越中西文化的界限，也同样超越生死的界限——小说，或者书写本身，就是那个可以“超越”生死界限的“庙宇”。

面对日本摄影师山端庸介拍摄原子弹爆炸后的人间惨状的摄影作品，福雷斯特的眼光完全超越了“小我”，停留在那些与他毫不相干的孩子们受折磨的身体上，用慈悲的心去感受他们的痛，感受人类之殇。他没有救世的能力，但他有作家敏感的心灵。广岛和长崎被原子弹轰炸后，一个生机盎然的平静世界在瞬间中就变成了人间地狱。多年后人们可能遗忘了那充满恐惧的令人悲怆的画面，可是福雷斯特一遍一遍地凝望着在那毁灭的瞬间中被重创的扭曲的身体，那废墟上成千上万的尸体，还有那侥幸存活下来的忧郁的正在喂奶的年轻母亲和她怀里的婴儿。“对于长崎的死难者而言，山端庸介的照片没有赋予他们永远的天堂——那或许太可笑了。照片只是给他们一个机会，让他们从一切沉没的暗夜里向我们发出一个令人心碎、友爱的信号。”福雷斯特描述这些照片的文字，何尝不是为了再一次召唤回这些消逝的幽灵，让人们记起生命被毁灭之前温柔美好的面孔？他心中的伤痛，不只是失去爱女的伤痛，更是一种对人类的“大爱”，对清白无辜的生命被突然夺去后的感伤，对死亡和虚空的抗拒，对人类自己制造的灾难的反思。

福雷斯特讲述的这些故事，都是为了把他自己“带回永不磨灭的最真的梦的启示”。写作，是为了拒绝遗忘，为了永恒地保留对爱的记忆，对生命的记忆，用他的话就是：“我确认文学不能拯救。它对经受了一次生死考验的个人来说是一种存在的可能方式。写作是为了记忆，而不是忘却。”《然而》中的这些故事，让热爱阅读的我惊喜地发现，阅读本身是有生命的，那些跳动在纸上的文字原来就是一个个精灵，只要我们用心去感知，我们自己生命中的记忆就会被开启，幽暗的夜空中就会有另一个灵魂对你轻轻细语。

2017年6月18日写于香港清水湾

关于书的挽歌

历史上有许多小说都把“书”当作故事里的一个必不可少的部分。有一类小说特地让小说人物展示他们所读过的书，让我们看到是什么样的知识和思想构筑了他们的心灵图景，比如包法利夫人、安娜·卡列尼娜都很喜欢读书，比如索尔·贝娄的小说人物经常旁征博引，在各种哲学和文学经典中自由出入；还有一类小说则把写书当作小说的一部分；另外还有一种小说，纯粹把“书”当作一个最重要的主题来书写，比如博胡米尔·赫拉巴尔（Bohumil Hrabal）的《过于喧嚣的孤独》（*Too Loud a Solitude*）。

赫拉巴尔是捷克的一位重量级作家，连昆德拉都很佩服他。赫拉巴尔自己是法学博士，可是却不喜欢法学，反而干了许多跟法学完全无关的工作，比如仓库管理员、列车调度员、保险公司职员、废纸回收站打包工、舞台布景工等，还曾经自愿报名到克拉德诺的钢铁厂参加两年的义务劳动。虽然自己是知识分子，可是他热爱底层人民，喜欢听他们的故事，欣赏他们的粗犷之美，认为他们的语言“就像是上帝的恩赐。现实的粗鲁和狂野之风直接冲我吹来”。他的大部分小说作品，如《我曾侍候过英国国王》（*I Served the King of England*）、《严密监视的列车》（*Closely Observed Trains*）都深深地扎根在坚实沉重的生活中，并且加入幽默、调侃、揶揄的语调，结合了沸腾的生活气息和睿智的反讽。不过，他最打动我的一本小说，是他酝酿了将近20年的时间书写和反复修改的《过于喧嚣的孤独》，这真是一本可以传世之作，他自己甚至说：“我为它而活着，并为写它推迟了我的死亡。”这部小说并不长，但是非常有力量，用的并不是底层人民粗犷的语言，而是优美的书面语，完美地结合了抒情和叙述、思想和寓言，不仅是一部绵绵不断的“忧伤的叙事曲”，更是一部超越时代的关于人类共同命运的小说。

《过于喧嚣的孤独》其实是一部关于“书”和“书的命运”的小说，也可以说，它不仅是一部关于文字、阅读和思考的小说，更是一部超越国界、涉及整个人类的人文精神衰败的小说。小说的通篇都是废品回收站打包工汉嘉的独白，是他自己讲述的对“书”的爱情故事（love story）。35年来，汉嘉的职业就是用压力机处理废纸和书籍，但是在处理这些垃圾——“书”的过程中，他的身上“蹭满了文字，俨然成了一本百科辞典”，无意中吸收了大量丰富的学识和思想，这些知识和思想已经不知不觉地融入他的血液，渗透进他的大脑和心灵。作为废品回收站的打包工，汉嘉一边毁灭书一边吸收书中的精华——这一充满悖论的形象本身蕴藏着一个巨大的隐喻。它暗指书对于人类的意义：是像垃圾一样，终将被人类所遗弃和淘汰？还是拥有神奇的力量，把人们从如同垃圾一样混乱不堪的现实中提升到美好的精神世界，为我们推开永恒的一扇门？一方面，汉嘉是“书”的屠夫，在到处爬满小耗子的肮脏的废品收购站里，亲手破坏人类的典籍，他开动机器去碾轧那些美丽的图书时，“我仿佛听到了人骨被碾碎的声音，古典名著在机器中被轧碎恰似头颅骨和骨骼在手推磨中碾磨一样，我仿佛在轧碎犹太教法典中的词句：我们有如橄榄，唯有被粉碎时，才释放出我们的精华”。另一方面，他日复一日地做这一工作时，每天都在读书，比如他读康德的《天国论》时，“每次只读一句，含咳嗽糖似的含在嘴里。这样我工作的时候心里就注满了一种辽阔感，无边无涯，极为丰富，无尽的美从四面八方向我喷溅”。于是，书中的思想不知不觉地让他的内心变得更加美好起来，思想扑扇着翅膀在他的周围飞翔，如同灯油一样点亮他心中的那盏灯。

扎根于生活的赫拉巴尔，在废品回收站的打包工汉嘉身上看到了深邃的哲学内涵。书让汉嘉有了“心”，让他即使在臭味难闻的垃圾站工作，对希腊的美的观念一样会产生强烈的渴望，让他的头脑中“流动着生机勃勃的、活跃的、孕育着生命活力的思想”，让他生活在梦境中，生活在美丽的世界，生活在追求真理的思想花园里。汉嘉一边把伊拉斯谟的《愚人颂》、席勒的《唐·卡洛斯》、尼采的《看那个人！》像血淋淋的肉一样打包，做着“屠夫”一般的机械性的工作，一边思索着深刻的哲学思想，思索着耶稣和老子所代表的不同精神。赫拉巴尔在比较耶稣和老子时，用的是非常具象和生动的语言来表述深邃的思想，以轻驭重，包含着作者多年来的感悟，写得实在漂亮极了，短短的几段话就形象地概述出耶稣和老子的思想精华。汉嘉在苍蝇乱飞的恶劣条件下，按动着压力机的电钮，他似乎看到压力机旁站着一位举止优雅的年轻人，那是耶稣，随即又站了一位满脸皱纹的老人，那是老子：

> 我看见耶稣在不停地登山，而老子却早已高高站在山顶，我看见那位年轻人神情激动，一心想改变世界，而老先生却与世无争地环顾四境，以归真返璞勾勒他的永恒之道。我看见耶稣如何通过祈祷使现实出现奇迹，而老子则循着大道摸索自然法则，以达到博学的不知。
>
> ……
>
> 我看见耶稣信心十足地命令一座高山后退，那山便往后移动，老子却用一张网覆盖了我的地下室，是一张用难以捉摸的才智织成的网。我看见耶稣有如一个乐观的螺旋体，老子则是个没有口子的圆圈儿，耶稣置身在充满了冲突的戏剧性的处境中，老子则在安静的沉思中思考着无法解决的道德矛盾。
>
> ……
>
> 我看见耶稣像一个刚在温布尔登网球赛中取胜的冠军……老子则身穿布衣站在那里指着一块未经雕琢的粗

> 木料。我看到耶稣是个花花公子，老子则是个腺体不全的老光棍。我看到耶稣举起一条手臂，以唯我是从的强有力的手势诅咒他的敌人，老子却逆来顺受地垂下双臂，仿佛垂着一双折断的翅膀。我看到耶稣是个浪漫主义者，老子则是古典主义的，耶稣有如涨潮，老子却似退潮，耶稣像春天，老子则是寒冬，耶稣体现的精神是爱邻居，老子则是空灵的最高境界，耶稣是progressus ad futurum（朝着未来前进），老子则是regressus ad originem（退到本源）……

在那个臭气熏天的垃圾回收站，汉嘉一边轧碾着满载各种人类思想的书籍，一边思考着耶稣的前进的时间观，以及老子的向后看的返回本源的时间观，他梦想着让这两种观念结合，这何尝又不是赫拉巴尔的人生哲学观呢？他徘徊在进步和向后看的两种人生姿态之间，徘徊在入世和出世之间，徘徊在拯救和逍遥之间，内心充满了感伤和悲剧感，不停地思考着人类的出路等形而上的问题。即便汉嘉读了这么多的书，他并没有变成一个书呆子，而是常常感悟，把知识跟生命结合在一起；即便他常常重复老子的“天地不仁，以万物为刍狗”，他却懂得仁慈，懂得人要有善良慈悲的心，他为被盖世太保带走的茨冈小女孩感到悲伤，因为他知道比天道更可贵的是同情和爱，比康德的“头上的星空和内心的道德律”的理性要求更重要的是出自内心的同情和爱。也就是说，他无论读了多少书，都知道潜藏在书本之下最珍贵的东西，还是一颗心——那熠熠发光的人文精神是一颗仁慈的心。

汉嘉成天在苍蝇成堆、耗子成群、恶臭熏天的废品回收站工作，书像潺潺流进他身体中的清水，洗涤包围着他的尘世的污浊，净化他，养育他，所以他对书充满了感情。

> 在我心里有一盏小小的羯摩灯，瓦斯冷却器中的小火苗，一盏永恒的小油灯，每天我把思想的油注入这盏灯，是我劳动时不由自主地从书籍中，就是我装在皮包里带回家去的书籍中读到的思想。因此，我走回家去有如一座燃烧的房子，有如燃烧的马厩，生命之光从火焰中升起，火焰又从木头的死亡中产生，含有敌意的悲痛藏在灰烬的下面。

汉嘉享受抚摸纸张的乐趣，通过柏拉图、亚里士多德、赫尔德和黑格尔等的书籍漫游古希腊，漫游世界。他从没有度过假，却对人类世界有着充满智慧的清醒的认识，这一切都得益于他天天工作之余的阅读，正如老子所说的“不出户，知天下；不窥牖，见天道；其出弥远，其知弥少”。然而，天道终究还是不仁慈的。可悲的是，科技的进步，巨型压力机的出现，把汉嘉的这点微小的快乐完全摧毁了。社会以飞快的速度向前发展，小压力机很快就要被巨型的压力机所取代了，像汉嘉这样传统的打包工，还能在废书、废纸堆里无意中获得学识和思想，还会生活在西西弗斯情结中，体会生存的荒谬感，懂得停下脚步阅读，还能在阅读中感到幸福，在阅读中反观自己，提升自我，思考生命的意义，而操纵着巨型压力机的青年突击队员们，则如同机器人一般，虽然拥有强壮的身体，可是对自己要碾轧的书没有“情”，没有“心”，他们对一本书的产生和制作的复杂过程一无所知，不知道一本书要经过作者多久的酝酿思考才能写就，不知道一本书还要有多少人编辑、校订、插图、排字、看校样、改排、再看校样、再改排、印刷、装订、阅读、批评等，每一个程序都要人们倾注许多心血、时间和生命，他们对此没有亲身感受，所以面对将要被毁的书籍若无其事，无动于衷。那巨大的压力机，代表着新的时代、新的世界的来临，就像是后工业时代的象征，是不可阻挡的科技进步的象征，而那些操纵巨大机器的工人，对书极其“冷漠”“无情”“无心”，完全成了异化的人。

汉嘉看到那巨大的压力机——历史进步的车轮，滚滚向前，让人变得冷酷无情，对待书就像对待传送带上将要被宰割的鸡和鸭，撕开书本如同撕裂鸡和鸭的内脏一样野蛮，无视每本书的生命，无视艺术，无视美。天道不仁，汉嘉实在看不下去了。最后，他选择倒在自己的压力机里，跟德国浪漫派诗人诺瓦利斯的书，一起被碾碎，像塞内加一样，像苏格拉底一样，从容对待死亡。他说：“我仿佛注定要在自己制造的刑具上认识最后的真理。”他选择跟这些书同样的命运，以这种惨烈的方式向新世界告别。汉嘉最后异常决绝的自杀，如同一件行为艺术，是一种“反潮流”的行为艺术姿态，对即将丧失人文精神的新时代不再留恋，对不珍视书的将来不再盼望。

《过于喧嚣的孤独》是我读过的对“书”抒发情感的最美的一个爱情故事，是一首优美而悲伤的叙事曲。赫拉巴尔喜欢在悖论中探求难以把握的真理：美与丑、高贵与低贱、新与旧、进步与保守、光明与黑暗、喧嚣与孤独、幸福与悲伤、耶稣和老子、思想的天堂和生活的地狱，全都并置在这本小说里，充满张力，既有抒情之美，又有思想之美。最可贵的是，虽然整部小说都是关于书和关于思考的故事，作者用卑微而高贵的心带着我们浏览从古至今的书籍中那些打动汉嘉的哲理和思想，但是作为读者的我们，一点都不觉得干涩，反而能够感受到思想的灵动，感受到赫拉巴尔笔下“有情的思想”是一种超越时空的存在。

这部小说是对“书”的留恋与告别，对整个人类不可阻挡地走向“单面人”的工具理性统治的新时代的抗议。《过于喧嚣的孤独》完稿于1976年，由捷克官方出版社“Odeon”（奥迪欧）于1986年出版，然而，赫拉巴尔所表达的对整个新时代将丢失书、丢失人文精神、丢失情、丢失心的预言和警告，到我们这个时代似乎已然成为现实。汉嘉使用压力机的时代，还有空隙和缓冲的余地，他还能在工作之余阅读，还能在把“书”压成包之前，抚摸着书的温度，咀嚼和回味着书中的思想，与书依依不舍地告别，他还没有沦落成压力机的奴隶，还是有情之人；可是我们的时代，还有多少人对书仍旧怀有这样一份深刻厚重的感情？有多少人已经“被物所役”、爱手机远远超过爱书籍？老子所讲的返回本源，庄子所批评的“有机事者，必有机心”，其实珍视的都是不被外界所污染和奴役的心灵和本然本真的存在，这也是汉嘉读了这么多书后，得到的最高贵的领悟。他最后告别世界的姿态，就是选择了老子式的返回本源。

王德威在一篇《文学才是香港历史最后的隐喻》的文章里，谈到当代香港文化生活的十个关键时刻，其中提到许多著名的香港作家，比如侣伦、张爱玲、西西、李碧华、董启章、金庸、刘以鬯、陈冠中等，但是他也特地提到了一个不见经传的人物——青文书屋的老板罗志华，认为香港文化史不应该遗忘这位渺小而执着的出版人。2008年2月4日，青文书店老板罗志华在自己苦苦经营的小小书店的仓库中清理图书，居然被排山倒海的书活活压死了，而且他的尸体到两个星期后才被人发现，已经有了味道。虽然罗志华是一个生活在香港的真实人物，而汉嘉是赫拉巴尔笔下的小说人物，可是两个人物却如此相像，他们身上都担负着新时代背景下关于“书”的沉重的隐喻：他们是在后工业时代苦苦挣扎的爱书人，在功利主义至上的社会里，他们对“书”和人文精神的坚守弥足珍贵，最后，他们都为自己心爱的书献出了宝贵的生命。虽然他们是被滚滚前进的历史巨轮所无情抛弃和辗轧的人，但是他们用生命为我们演奏了一曲令人难忘而悲伤的关于书的挽歌。

人们把劳心者、知识人等称作读书人。无论如何，书本确实跟精神紧密相连，或者说，书就是人类精神价值创造的一种产物。即使金钱世界或专制机构把它扔进垃圾堆，它与人类仍然息息相关。人类，除了本能地需要灌满胃肠，还本能地要求头脑思索、心肺灵动，也就是本能地需要书本。这恐怕正是写作者和读书人让书本变得有血有肉的缘故吧。书本是任何权力机器都无法碾碎的，再强大的机器也是徒劳——它们可以碾碎书的外壳和纸页，但是碾不碎书本中包含的充满智慧的思想和精神。

书，在“爱书人”汉嘉的手中，是有形、有情、有心的，在他的抚摸中不仅有温暖的体温，而且会散发思想的火花和灵魂的芬芳；书终会发黄，人终会逝去，但是书中的思想和精神是永恒的，永远都不会枯萎，不会变色。

2019年8月于香港清水湾

书写疾病和历史

电影《霍乱时期的爱情》（*Love in the Time of Cholera*）出来之后，我赶忙去看了。虽然心理早已有所准备，知道影视文化对文学名著的改编很少是成功的，结果还是觉得非常失望。整部电影给人的感觉只不过是一部典型的美国爱情电影，而马尔克斯小说原著中精心勾勒的大时代精神被压缩成了窗帘布上的花边，只是爱情的雕饰物，可有可无，原著中那充满了战争、瘟疫、偏见和虚伪的世界被置换成了洋溢着拉美情调的好莱坞的虚构世界，而拉丁美洲国家特殊而沧桑的历史以及现代化过程中的殖民与反殖民的紧张冲突好像都被阳光充沛的异国风光所消解与融化了。

一

记得20世纪80年代中期我还在北大时，我们中文系的同学都非常喜爱加西亚·马尔克斯的《百年孤独》，这本书给我们这些热爱文学的人带来了巨大的震撼，大家发现原来小说还可以这样写，我们的想象力好像一下子就变得开阔了。这部拉丁美洲魔幻现实主义的代表作，对中国的“寻根派”作家也产生了巨大的影响。时隔多年，至今我还记得《百年孤独》开篇的第一句话：“多年以后，奥雷连诺上校站在行刑队面前，准会想起父亲带他去参观冰块的那个遥远的下午。”

虽然马尔克斯运用了许多奇特而怪诞的“魔幻”的意象与行为，比如会升天的美人、带尾巴的婴儿、神秘的羊皮书、死人与活人之间的交流等，但是他所虚构的地方马孔多，可以说是现实社会的“镜子城”，是哥伦比亚乃至拉丁美洲的缩影。从它的建立、发展，一直到它的消亡，处处包含着哥伦比亚乃至整个拉丁美洲现代文明的历史。最开始它是一个“世外桃源”，虽然落后和闭塞，但仍然保存着单纯和天真的原始文化气息。后来受到外来的文明世界的侵蚀，马孔多失去了以往的宁静，社会开始变得动荡不安。外来文明给这个小镇带来了先进的理性的科学技术，带来了令人目不暇接的奇妙的发明，带来了火车、汽车、轮船、电灯、电话、电影，还有法国艺伎、巴比伦舞女和西印度黑人等，也同时带来了旷日持久的内战、永无休止的党派争端。除了国内激烈的自由党和共和党的争斗，还有跨国公司对马孔多的残酷掠夺和操纵。最后，古老的拉美文明一步步走向绝境，建立马孔多的布恩迪亚家族最后产生了怪胎“猪尾巴”——象征着被新老殖民者蹂躏下的畸形的拉丁美洲文明。在小说结尾，作者写道，“马孔多这个镜子似的（或者蜃景似的）城镇，将被飓风从地面上一扫而光，将从人们的记忆中彻底抹掉，羊皮纸手稿所记载的一切将永远不会重现，遭受百年孤独的家族，注定不会在大地上第二次出现了”。

有意思的是，中国文坛对《百年孤独》的解读随着时代的变迁而变迁。当《百年孤独》在中国的20世纪80年代刚刚流行的时候，正好赶上中国文坛提倡“走向世界”，在这种历史语境下，一些学者便把《百年孤独》的主题阐释成是对拉美民族的孤独和自闭的批判，因为这种孤独的症候会导致民族的灭亡，就像小说中活了百年以上的女家长乌苏娜意识到的代代延续的“怪诞习惯”比近亲结婚产生的猪尾巴更能加速覆灭的步伐。当时的中国正在努力地“赶超”世界，追逐“进步”，自然认为拒绝进步是愚昧的，会导致整个家族日益走向与世隔绝的境地。到了21世纪初，受到西方学界的“后殖民主义”思潮的影响，学者们对《百年孤独》的解读开始转向了，更多的阐释集中在“本土化”与“全球化”的冲突，集中在拉美民族在现代化的过程中所承受的痛苦经验上。我倾向于后一种阐释，而且，我发现马尔克斯笔下的疾病正好象征着拉美民族在现代化和被殖民化过程中所产生的“民族性”，通过书写这些疾病，马尔克斯在探索对本土文化认同的同时，也在批判“民族性”。

《百年孤独》这本书给我印象最深的是马尔克斯描写的“失眠症”与“健忘症”。马孔多小镇最初由一个外乡姑娘失眠开始蔓延，不久整个镇子的人和动物都患上了“失眠症”和“健忘症”，这成了一种传染病，病人的身体永远不会感到疲倦，而且开始将现实“忘诸脑后”，“开头会忘掉童年时代的事儿，然后会忘记东西的名称和用途，最后再也认不得别人，甚至意识不到自己的存在，失去了跟往日的一切联系，陷入一种白痴似的状态”。为了对抗，镇上的人给每个动物和东西都贴上标签，以免忘记，“所有的房屋都画上了各种符号，让人记起各种东西”。霍·阿·布恩迪亚为了反抗这种传染病，决定造出一种记忆机器。后来在一个印第安人梅尔加德斯的帮助下，镇上的这一传染病终于被治愈了。这一“失眠症”和“健忘症”蕴藏着深刻的寓言，揭示了马尔克斯所担忧的拉丁美洲现代文明的困境，也是马尔克斯对“民族性”或者“国民性”的深刻批判——是否被外来文明“异化”与殖民之后，拉丁美洲国家的人民开始逐渐忘记了自己文化的根和历史？

即使“健忘症”被治愈后，马孔多镇仍然拥有着各种各样的健忘症。有一种是属于个人的“健忘症”，得了这种病的人，早就失去了自我的本真状态，像行尸走肉一样地活着。比如，奥雷连诺上校最开始起义是为了维护正义，但是当他陷入党派纷争，先后发动了32次起义，到最后已经变得麻木不仁，早就忘了起义的初衷，而只是为了权力而战，他母亲警告他说，“提防你的心吧”，“你在活活地烂掉”，“你那么干，就像是长了一条猪尾巴出世的”。经过了多年的战争，奥雷连诺上校不仅忘记了最初的理想，忘记了爱情的感觉，忘记了母亲的期待，也忘记了家乡最纯朴的气息。

小说中还描写了一种健忘症，那就是国家机制有组织有计划地抹去人们真实的记忆，用谎言来重塑历史。比如，美国公司到马孔多开办香蕉园，大发横财。随之而来的是经济衰退和劳资矛盾的激化，于是香蕉工人大罢工，政府派军队来镇压，杀害了3000多名工人，这些人的尸体被火车拉走，扔进了大海。事后，政府却矢口否认。荒诞的是，唯一的幸存者逃回马孔多镇时，发现这件事好像从来也没有发生过一样。多年以后，“大家提到屠杀工人的事件时，记忆里的那些陷坑就变得特别深了。奥雷连诺·布恩迪亚每次提起这件事，不仅鸨母，甚至比她年长的人，都会起来驳斥那些神话，说工人们在车站上被军队包围，两百节车厢装满了死尸运往海边，这些都是虚构的，他们甚至还坚持说，在司法文件中以及教科书上，一切都讲得明明白白：香蕉公司从来不曾有过”。忘记过去，用米兰·昆德拉的话，是“一个巨大的政治问题。当一个强势力量要剥夺一个小国的国家意识时，它就会进行有组织的遗忘……一个失去了过去意识的国家就会逐渐失去自己。”同样的，官方力量要控制和剥夺民间意识时，也一定会有组织有计划地抹去民间记忆。在官方的历史教科书上，个人真实的记忆往往被一次次地改写、掩盖与抹杀。

马孔多镇最后变得荒芜，走向沉沦的边缘，不仅可以归因于外来文明对本土文明的掠夺，还可以归因于本地人对自己民族的历史失去了记忆，失去了属于自己的民族认同。小说结尾，当奥雷连诺·布恩迪亚流连在马孔多镇时，他发现整个镇子其实陷入了可怕的“健忘症”，他“找不到一个还记得他家的人，甚至记不得奥雷连诺上校了，只有那位年纪最老的西印度黑人——头发好像棉花卷、脸盘犹如照相底板的老人，仍然站在他的房门前唱着庄严的落日赞歌”。在飓风将把马孔多镇席卷而走之前，“健忘症”早就像猖獗的蟑螂和蚂蚁一样，把马孔多一点一点地吞噬掉了，“时代的遗物——马孔多还剩下的一点残渣——即将腐烂了”。所以，毁掉马孔多的不是大自然，不是飓风，而是像传染病一样的“健忘症”。一个失去记忆的民族，自己从内心就开始腐烂了。

二

从《霍乱时期的爱情》这一题目来看，好像爱情与疾病有着特殊的关系。事实上也是如此，这部小说书写的爱情是不寻常的，可以被阐释成像“霍乱”一样的传染性的无法治愈的疾病。小说中的主人公弗洛伦蒂诺·阿里沙被爱情折磨，身体上反映出的症状跟霍乱没有什么区别，他腹泻，口吐绿水，失去了辨别方向的能力，还常常突然昏厥：“情况又一次充分证明了，爱情症状和霍乱的症状是相同的……但是弗洛伦蒂诺·阿里沙的追求却完全相反：从自身的煎熬受苦中去感受欢乐。”阿里沙长达52年的对费尔米纳的爱情守望，不仅超越阶级、超越时代，而且超越年龄和衰老，带有浓厚的乌托邦色彩。但是，霍乱在这部小说中，又不简单地等同于爱情。事实上，它是这个史诗般的爱情故事的背景，无论这个爱情故事有多么柔美、动人和华丽，它是在“霍乱”的时代背景中演绎出来的。可以说，马尔克斯书写“霍乱”，是为了书写大时代精神，是为了表现拉美的现实和历史，

后记

古希腊罗马神话故事中，有一个能工巧匠代达罗斯（Daedalus），因为无法忍受长久的流放生涯，想离开被幽禁的岛，就制作出像真鸟的翅膀来，一对缠在自己身上，一对缠在儿子伊卡洛斯（Icarus）身上，并教会儿子飞行的技术。可是，没想到伊卡洛斯飞上天空后，越飞越高兴，越飞越大胆，居然忘记爸爸的叮嘱，直冲高空飞去，不幸让太阳炙热的光芒烤坏了翅膀，最后落在深蓝色大海里淹死了。这则神话故事包含了许多哲学内涵：第一，伊卡洛斯向着太阳飞翔的意象，那种不顾一切、忘却生死地拥抱精神大自由的意象，不正象征着人类对自由的向往和渴望吗？人类想获得真正的大自由，往往是需要付出生命的代价的；第二，代达罗斯和伊卡洛斯虽然有了翅膀，得到了自由，但是这种自由还属于庄子所说的“有待”的自由，也就是有所依赖的自由，还没有达到真正的“无待”的境界，才会有伊卡洛斯的悲剧。不管如何阐释，这则神话故事跟文学的定义有着紧密的关系，因为在文学领域中，自由就是文学的翅膀。

翅膀象征着“自由”，文学需要有飞翔的翅膀，然而，对于作家来说，拥有伊卡洛斯那对有形的翅膀是不够的，更重要的是要拥有庄子“逍遥游”的绝对的精神自由。跟现实生活相比，文学具有双重性——既是现实生活的记录，又常常超越现实生活。在写作中，作家的思想有如庄子的鲲鹏一样，可以完全自由地思考和飞翔，无边无界，不会因为太接近太阳，就被太阳烧灼自己的翅膀。像博尔赫斯的小说，总是有一个如宇宙一般不断扩展的无限时空，无论是被束缚在轮椅上的富内斯，还是被囚禁在牢中的巫师，还是地下室里的阿莱夫，或是一枚小小的普通的钱币扎伊尔，都涉及宇宙的无穷的历史和它错综复杂的因果关系。每一个微小的事物，每一个人，都是一个“微观宇宙，是宇宙的一面象征性的镜子”——这样强大的文学想象力早已超越代达罗斯制作的有形的翅膀，跟庄子的“无所待而游无穷”的绝对自由精神有异曲同工之处。

詹姆斯·伍德曾经说过：“为什么要把小说当作宝贝，仅仅因为它复制了这种耗竭的自由？但是我们中很多人并不会运用这种自由；我们紧张地行至准许的思想的边缘，然后唤醒审查的超我来监督自己。”他所批评的正是一些作家的通病，他们有时忘记自己其实拥有这种自由，反而把文学的自由空间让位给现实的空间，让自己的笔牢牢地遵守生活的纪律，丢弃了文学飞翔的翅膀——那充满魅力的想象力。卡尔维诺则反复提醒我们，文学可以像奥维德的《变形记》那样，“把轻看作是以哲学和科学为依据的观察世界的方法”，“如果我要为自己走向新的千年选择一个吉祥物的话，我便选择哲学家兼诗人卡瓦尔坎蒂从沉重的大地上轻巧而突然跃起这个形象”。在他的眼里，无论现实生活如何沉重，文学都不要忘记那个飞翔的轻的意象，因为它可以带我们飞越可怕的死亡的垃圾场。

卡尔维诺对文学的定义，恰恰就是寻找那对可以飞离现实重负的翅膀：“文学是一种生存功能，是寻求轻松，是对生活重负的一种反作用力。”他谈到卡夫卡的《骑桶者》，在寒冷的夜晚中，主人公骑着空桶魔幻般地飞行，现实中的煤店老板娘不肯给他一铲最次的煤，空桶最后带着他飞到冰山那边去了。在这篇小说中，文学就是那神奇的会飞行的空桶，它既让我们看到沉重的现实，看到人性的自私和冰冷，但同时也让我们看到幻想和希望。卡尔维诺把脚穿飞行鞋的墨丘利当作文学的庇护神，以他来代表文学的多变性和敏捷，而走路一瘸一拐的火神和冶锻之神武尔坎代表作家在日常生活中的劳作，二者是相互补充的。文学既需要墨丘利般轻盈的飞行，又需要武尔坎般脚踏实地的对现实生活的了解。

马尔克斯的短篇小说《巨翅老人》，也是“以轻驭重”的写法。小说中描写了一个拥有巨大翅膀的老人，穿戴得像乞丐，那对肮脏的兀鹰似的巨大翅膀，已经脱掉一半羽毛。这位年迈落魄的天使沦落人间后，被人“同母鸡一起圈在铁丝鸡笼里”，供人观赏，遭人玩弄，沦落为别人的赚钱工具。现实是那么的龌龊，人类是那么的贪婪、残忍和无知，老天使像耶稣一样地默默地忍受着人间的苦难，但是最后他终于展开双翅，飞离肮脏的人间。人性的黑暗衬托出那对翅膀的迷人之处——老天使最终迎风展翅，飞向天际，就像文学拯救了碎了一地的希望一样。在马尔克斯的写作中，一方面我们看到无数现实中充满厮杀和血泪的国族家史，但是另一方面，他又像墨丘利一样，运用了那么多神奇的轻盈的写法，比如随着床单飞上天空的美人蕾梅黛丝，还有那穿过城镇、流入房子，又恰好绕开地毯的一缕血迹。在《逝去时光的海洋》中，人们住在一个贫瘠的小镇，连吃饭都成问题，但是马尔克斯却不失幻想，让海里漂浮的死人身后携着一股鲜花的水流，而沉在深海里的小镇，男男女女都骑在马背上，围着音乐亭旋转，露台上的鲜花争奇斗艳。

英国女作家安吉拉·卡特（Angela Carter）的小说《马戏团之夜》（*Nights at the Circus*）描写了一位长着翅膀的女性飞飞（Fevvers）。就像《巨翅老人》中年迈的天使一样，飞飞身上也有一对神奇的翅膀，这对翅膀带给她超乎寻常的力量，让她得以远离传统女性的弱者的形象，成为女性独立和自由的象征。然而，女飞人虽然有异于常人的“翅膀”，在现实中，她却总是被当作一个“怪胎”，比如在“女怪物博物馆”，她只是一个物件被人观看，而在马戏团，她的空中表演也只是被世界各地的人当作消遣的节目。说到底她还是一个笼中鸟，直到最后她流落到了西伯利亚苔原，才真正摆脱了被金钱和男性控制的命运。飞飞有形的翅膀，并没有带给她真正的大自由，最后她虽然翅膀受伤，暂时无法飞行，但是回到古朴原始生活的她，反而获得了心灵的自由。

苏联作家米哈伊尔·布尔加科夫生活在政治高压的现实中，不能发表自己的作品，但是他在《大师和玛格丽特》中释放了文学想象的魅力，让亦正亦邪的魔鬼造访莫斯科，把莫斯科文坛搅得天翻地覆。余华认为，布尔加科夫在写作《大师和玛格丽特》的时候，由于不能发表，反而获得了真正意义上的写作，直接表达内心的需求，不再受现实所羁绊，在写作技法上，他“扩大了想象，缩小了现实”。令人难忘的是玛格丽特在空中美妙的飞翔，她的飞翔击碎了荒诞的现实，让被困在精神病院的大师——布尔加科夫自身的写照——得到真正的解放。玛格丽特的飞翔，如同《骑桶者》会飞行的小桶，如同《巨翅老人》年迈天使的翅膀，如同《马戏团之夜》女飞人的翅膀，都象征着文学自由的精神。

在《小说的越界》中，虽然我所讨论的当代外国文学作品，并没有像《一千零一夜》《变形记》《骑桶者》《巨翅老人》《大师和玛格丽特》《马戏团之夜》那样具体地去描写飞行或飞行用的飞毯、小桶、翅膀等，但是，在我的心目中，这些作家们都成功地完成了一定程度的“越界式”的飞翔，墨丘利脚下的飞行鞋一直伴随在他们的左右。他们的“越界”行为，带有一定的“先锋性”，就像卡夫卡曾经说过：“艺术像一面镜子，它有时像一个走得快的钟，走在前面。”谈到小说的精神时，昆德拉认为：“在一个建基于神圣不可侵犯的确定性的世界里，小说便死亡了。”小说要反对的，恰恰是传统观念或极权社会规定好的界限，而小说家的“越界”，不仅要有各式的飞行工具——不同的小说表现形式，而且要有巨大的勇气。波拉尼奥说过：“在这个世界做一名作家，就和做一名侦探一样危险，须得行过坟场，对视鬼魂。”这种勇气，不仅意味着作家敢于在现实生活中做一位鲁迅式的“精神界之战士”，而且表现在他们敢于在无边无垠的宇宙时空中飞翔，探寻不可知和不确定性，探寻文学的各种表达形式。不管是庄周梦蝴蝶，还是蝴蝶梦庄周，不管是从博尔赫斯的阿莱夫看到无限的世界，还是从无限的世界看到阿莱夫，这些作家都不满足于我们现实中所看到的确定的一成不变的世界，而选择一次次踏入赫拉克利特的河流，一次次闯进看不见的城市，一次次徘徊在模糊的梦境里，试图展示更真实的人类生存状态和心灵图景。

在第一辑中，我探讨的几位女性作家，大胆地跨越了男权社会规定的“家”的边界。美国女作家玛丽莲·罗宾逊在爱默生和梭罗的大自然精神里，寻找到传统家庭不可能赋予女性的自由、流浪和漂泊的力量；印度女作家阿兰达蒂·洛伊的《微物之神》通过解构、重拼以及回放的叙述方式，超越根深蒂固的种姓和性别的界限，为在历史中不留痕迹的卑微的弱者发出震撼的声音；韩国女作家韩江把女性话语立足于素食世界和植物世界，让平凡的家庭女性变成如鲁迅的《狂人日记》里的狂人，在食肉的男权社会里，看到字里行间都写着“谋杀”的字眼。波兰女作家奥尔加·托卡尔丘克在她获得诺贝尔文学奖的演讲中，认为面对现在瞬息万变的互联网的世界，“我们的问题在于——似乎在于这样一个事实：我们不仅没有准备好讲述未来，甚至讲述具体的当下、讲述当今世界的超高速转变也没准备好。我们缺乏语言、缺乏视角、缺乏隐喻、缺乏神话和新的寓言”。不过，托卡尔丘克找到了碎片化的散文体，以轻盈的游离性的方式，把寓言、神话、梦境等超现实主义手法，编织在历史和现实的缝隙之中。这种游走和片段式的书写方式，让她获得最大的自由，使她挣脱传统的文学叙述方式，以无限的、星丛的、多维的讲故事的方式，来认识和理解不断变化的当下世界。

在第二辑中，我谈到博尔赫斯的梦、舒尔茨的浓彩一般的幻想和“变形”主题的演变是如何跨越各种疆域的。作为博古通今的“书人”，博尔赫斯集世界知识和幻想于一身，轻而易举就跨越了“梦”和现实的界限，无限扩展现实的时间和空间，让我们在镜子的折射中，在《蓝虎》那不断增长的神奇的小圆石里，在无限的周而复始的“通天塔图书馆”里，在地下室的神秘的“阿莱夫”，在“小径分岔的花园”里，窥视到宇宙的无垠、永恒和循环的秘密。博尔赫斯的“越界”本身带有巨大的包容性，就像他在《阿莱夫》中所说：“真理不会进入拒绝理解的心灵。既然世界各地都包罗在阿莱夫里面，那么所有的灯盏和所有的光源当然也在其中了。”波兰作家舒尔茨跟卡夫卡一样，都写到现代人的变形。如果卡夫卡对现代人异化的生存处境的描述，包含自觉的理性和深邃的象征性，那么舒尔茨则用五彩缤纷的色彩精心地勾勒属于他自己和家人的“神话”和“自然精神”。虽然舒尔茨的“私人的神话”也有荒诞和悲伤，但其中暗藏的“魔法”和玄机却充满了感性和抒情性。在《“变形”的文学变奏曲》一文中，我想梳理的是从古至今，外国作家和中国作家是如何书写“变形记”的。通过梳理各种“变形记”，我在观察是否作家的文笔变得更加敏捷和轻盈？他们是否成功避免对现实的描写变得“石头化”和固化？他们是否更具“慈悲心”，看到众生平等，无大小贵贱之分，因而以人转换成动物、植物或物体的“变形”，来一边审视自我，也一边审视他人，赋予自我和世界更深的寓言？

第三辑我试图讨论文学的各种维度，比如现实维度、历史维度、宗教维度和思想维度。波拉尼奥的《2666》是一部敢于面对现实的深渊和坟场的小说，就像马塞拉·巴尔德斯所评价的，波拉尼奥“写《2666》的野心更为宏大：为过去、现在和将来的逝者，撰写一部验尸报告”。面对现实中的暴力，波拉尼奥采用高度的写实主义和精准冷静的语调，事无巨细地记录那些可怕的人类的“罪行”。那些女性被强暴和侮辱的支离破碎的尸体，让人联想起18世纪晚期西班牙画家弗朗西斯科·戈雅（Francisco Goya）的一系列触目惊心的描述战争灾难的印刻——挂在树上的身体的残肢，早已失去了生命的尊严，但仍旧能发出撕心裂肺的呐喊。不过，最让我佩服的，还是波拉尼奥对当今知识分子生态的全景式的描写。《2666》的时间跨度非常大，几乎跨越了整个世纪，空间跨度也非常大，从拉美跨到欧洲。不仅如此，这部小说不仅融入历史学、哲学、社会学、人类学、心理学、数学、艺术学、海洋学、出版学、新闻学、电视学等学科，而且还跨越小说、散文、书信、传记和实地报道等文体的界限，跨越虚构小说与非虚构小说的界限，跨越梦境和现实的界限，属于乔治·斯坦纳提倡的“毕达哥拉斯文体”（The Pythagorean Genre），也就是一种广义的文体。

关于历史的维度，萨曼·鲁西迪《午夜之子》在小说叙述手法、语言和寓言等各个层面上进行开拓和创新。他不仅借鉴君特·格拉斯《铁皮鼓》中的叙述方式，而且用印度神话来缔造属于他自己的现代隐喻、魔幻和象征，在英文写作中加入流动而驳杂的异国情调的语言风格，重新命名和书写印度历史，成功开创了一个独特的书写历史又同时超越历史的文学场域。关于文学的宗教维度，我选择讨论格雷厄姆·格林的《权力与荣耀》、远藤周作的《沉默》和《深河》，发现他们继承了陀思妥耶夫斯基的“复调小说”的形式，重视表现人物灵魂内部的紧张和冲突，总是把人放置在心灵危机的时刻，突出心灵的不可完成性和不确定性。正如我父亲刘再复在谈到文学和宗教的关系时所说的，宗教情感总是归于“一”，而当文学表现宗教情感时，则归于“多”，即展示情感的多元和人性的复杂和深邃。以“思想”或“思考”为中心的小说，比如陀思妥耶夫斯基、罗伯特·穆齐尔、托马斯·曼、米兰·昆德拉、索尔·贝娄、库切等的小说都属于此类。昆德拉曾经在《小说的艺术》中定义这类“思索的小说”：“不研究现实，而是研究存在。”我们在库切的《伊丽莎白·科斯特洛：八堂课》、托马斯·曼的《魔山》和索尔·贝娄的一系列小说中，都发现思辨大于叙述，打破了哲学文体和小说文体的界限，而且这些思辨充满了内在的矛盾和悖论，不仅让我们看到形而上的存在主义的哲学思考，看到各种各样的精神危机和人文危机，也让我们看到人性的复杂和“幽暗意识”。

最后一辑中，我加入了几篇随笔性的文章，谈到法国作家菲利普·福雷斯特的《然而》和捷克作家赫拉巴尔的《过于喧嚣的孤独》，还有马尔克斯对疾病的书写。《然而》是一部既像散文又像读书笔记的小说，这种学者似的小说形式上的创新深深地吸引了我，让我明白小说可以有各种各样的越界，连阅读本身也可以编织成小说，连阅读本身也一样是有感情的。《过于喧嚣的孤独》有一个充满悖论的隐喻——废品回收站的打包工汉嘉一边把书压成垃圾，一边吸收着世界文史哲经典的精华。在书逐渐被“废弃”的当下，这部小说为我们人文精神走向衰落的时代奏了一曲动人而凄婉的挽歌。

这本小书是我从北京大学毕业后，对文学的一次真正的回归。自从我2012年从马里兰大学转到香港科技大学后，开始重新大量阅读中外文学作品，尤其是阅读当代外国小说。我之所以这样做，是因为我觉得我在海外接受的文学训练，太重视文学理论，而不重视文学作品的阅读，而且国外专科分得很细，一般东亚系的博士很少阅读外国文学作品。虽然我在北大和美国哥伦比亚大学读书期间，自己阅读过许多外国文学作品，比如狄更斯、福楼拜、托尔斯泰、陀思妥耶夫斯基、马尔克斯、博尔赫斯、加缪、萨特、福克纳、卡夫卡、普鲁斯特、昆德拉、卡尔维诺等的小说名著，可是后来把重心都转移到阅读文学理论上了，反而有种"断片"的感觉，对当代外国小说越来越不熟悉。到了香港科技大学后，因为我和父亲刘再复创办和主持一个创意写作项目，请到许多中国著名作家来港科大做驻校作家或开国际文学研讨会，如白先勇、韩少功、张炜、阎连科、余华、苏童、迟子建、李洱、骆以军、陈冠中、董启章、梁鸿、伊格言、陈楸帆、彭小莲等，我的同事和好友吴盛青教授主持诗歌部分，请到舒婷、多多、臧棣、王小妮、陈东东、池凝云、黄灿然、梁小曼、周云蓬等著名诗人来港科大参加诗歌活动，所以我有很多机会跟他们讨论文学。让我感到吃惊的是，这些著名作家对外国文学作品的阅读量远远超过我这位学院派出身的"文学博士"，我顿时有了危机感，下决心一定要好好"补课"。

非常幸运的是，自2016年起，阎连科每个春季都会来香港科大教一个学期的创意写作课，成了我的同事。每次他来香港科大，我都会请他介绍一些当代外国小说给我。我记得他介绍给我的第一本小说是法国作家菲利普·福雷斯特的《然而》，我读了后，很有感触，就马上写了一篇随笔。后来他又介绍我阅读萨曼·鲁西迪的《午夜之子》《摩尔人的最后叹息》、格雷厄姆·格林的《权力与荣耀》、远藤周作的《沉默》《深河》、赫拉巴尔的《过于喧嚣的孤独》、舒尔茨的《肉桂色铺子及其他故事》《沙漏做招牌的疗养院》、马利亚什·贝拉的《垃圾日》、胡安·鲁尔福的《佩德罗·巴拉莫》、克拉斯诺霍尔卡伊·拉斯洛的《撒旦探戈》、斯瓦沃米尔·姆罗热克的《简短，但完整的故事》、安部公房的《箱男》《砂女》、若泽·萨拉马戈的《失明症漫记》、阿摩司·奥兹的《爱与黑暗的故事》、弗拉基米尔·索罗金的《碲钉国》等。大概是因为学者的习惯，只要我喜欢某位作家，我就会尽可能地找出他的所有作品来阅读，不过，后来我发现每位作家其实都只有几部代表性的"巅峰之作"，并不是每一本小说都写得很好。当然这样读下来，我对这些作家有了更深入的了解。在港科大，我常常找机会跟阎连科讨论，交流我们的阅读感想。他的阅读感想对我很有启发，因为我发现他更重视的不是小说中的政治，而是这些小说的细节、叙述手段、叙述语言、结构和思想，而这些跟文学创作有关的环节，却正是一些过于重视文学的政治性的批评家所忽略的。说实话，我的这本小书真是得益于他真诚和耐心的指导。

2018年春天，由于林岗的介绍，《小说评论》的主编李国平先生约我写一年的专栏，我答应后，就先写了《博尔赫斯的梦》《色彩缤纷的舒尔茨》《互绑的个人与历史》《关于灵魂的写作》。我非常感谢李国平先生的督促和陈诚的编辑。余华和迟子建读到我的这几篇文章后，给了我很多鼓励。余华特地介绍我阅读波拉尼奥的《2666》和哈维尔・马里亚斯的《如此苍白的心》，子建嘱咐我一定要写关于当代外国女性作家的评论文章，并介绍我阅读玛格丽特・尤瑟纳尔的小说。我后来写了《文学如何面对暴力》和《灵动婉转的散文体小说》，专门评论波拉尼奥的《2666》和波兰女作家奥尔加・托卡尔丘克的小说。2018年秋天，骆以军来到港科大教一门创意写作课，读了我的几篇专栏文章后，他特别开心，并说最喜欢我写波拉尼奥的那篇文章。没想到我们都那么着迷《2666》，几乎可以组建一个《2666》读书会了。

后来，我又自己选择阅读了奥维德的《变形记》、托马斯・曼的《魔山》、索尔・贝娄的《晃来晃去的人》《奥吉・马奇历险记》《赫索格》《洪堡的礼物》《拉维尔斯坦》、库切的《耻》《伊丽莎白・科斯特洛：八堂课》、玛丽莲・罗宾逊的《管家》、阿兰达蒂・洛伊的《微物之神》、韩江的《素食主义者》、菲利普・罗斯的《乳房》等小说，于是完成了《“变形”的文学变奏曲》《思想—小说的另一条路》《家的忧伤—女性的写作》《关于书的挽歌》这几篇文章。这三年时光，我一边教书做行政，一边充分享受阅读的快乐。即使完成了这本小书，我还是感到“学无止境”，需要补的课实在太多了，这只是刚刚迈出的第一步。

这三年来的“补课”的过程，让我真正回到了从小就热爱的文学园地。不过，我越读越感到惭愧，因为真正“读书破万卷”的，并不是像我这样的海外学院派的文学博士，而是我周围的这些自学成才的有悟性的作家们。波拉尼奥曾经说过，“阅读比写作更重要”。我通过阅读，才知道我周围的作家们有多么用功，他们因为阅读了那么多的中外文学作品，才有了现在的写作高度，而我周围的文学批评家是否同样阅读了那么多的中外文学作品，那我就不得而知了。不管怎样，我越读越感到谦卑，越知道自己的局限，所以一定还会继续快乐地阅读下去。我跟一些作家相比，唯一的长处，就是可以双语阅读，我经常会同时阅读英文原著（或英文译本）和中文译本，比较中英文原著或译本带给我的不同的感觉。比如阅读鲁西迪的《午夜之子》的英文原文和格拉斯的《铁皮鼓》的英文译本，更能让我感到他们叙述语言的灵动、乐感和驳杂。不过，我自己并不擅长翻译，所以为了方便起见，我在书中的引文大多采用中文译本。

这本小书，是我的阅读笔记，也是我的“补课记录”，见证了我返回“文学园地”迈出的第一步。在此，我要特别感谢阎连科和骆以军热情地为我作序，我知道我的这几篇文章，远远没有他们序里说的好，但是他们的鼓励，不仅重新点燃我对文学的热爱，而且让我获得信心。我也非常感谢和珍惜余华、苏童、迟子建和梁鸿给我的意见和鼓励。另外，我尤其要感谢我在港科大的博士生乔敏，这些年来她耐心地帮我收集中英文的研究材料，让我在阅读小说之余，还能全面地了解这些作家的生平和文化背景。我尊敬的李欧梵教授和王德威教授多次告诉我，特别期待读到我的这本书。以往和现在的港科大研究生潘淑阳、蒋汉阳、乐桓宇、祝修文、韩松、黄东田、郭一骄都阅读过我的一些篇章，给过我诚恳的修改意见。我还要谢谢我在港科大的好朋友吴盛青教授、方海伦女士、常成教授、李佩桦女士、马晓璐教授给我的支持和鼓励。徐南铁先生曾经把我的随笔《拒绝遗忘的书写》和

《关于书的挽歌》分别收入《2017中国年度随笔》和《2019中国年度随笔》，让我特别惊喜，真是感谢他。当然，我必须感谢天喜文化的董曦阳先生，他是我多年的好友，一直非常欣赏我的文字，我这本书交到他的手里出版，感到特别有缘。我也要感谢我这本书的策划编辑罗佐欧先生和责编张诗尧女士、王子文先生。

我的“文学老爸”刘再复，自己永远沉浸在文学状态，即使年近八十，依旧手不释卷、笔耕不断，而且一再叮嘱我，一定要做“文学中人”，不要做“文坛中人”。生活在这样的“文学之家”，我总是感到很幸福。我的妈妈陈菲亚、妹妹刘莲都特别理解和支持我。我的先生黄刚、儿子黄宗源、女儿黄宗玉都很有才气，也总喜欢跟我讨论文学、历史和哲学。值得一提的是，我的儿子黄宗源，从小就博览群书，他所阅读过的西方经典名著，早就超过我了，他也是我必须“补课”的动力之一。

这本书的藏书票选用了我儿子黄宗源（Alan Huang）画的一幅心理画。题为《反省》，表现一个中年人的自我反思。画中揭示了许多潜意识层面的内容，有以往故意遮蔽的见不得人的心理困惑，也有过去尚未成长就变得畸形的希望和寄托，还有飞不起来、被树捆住的鹰——正如我们内心渴望的大自由处于凋零的状态。而《小说的越界》渴望的正是回归文学的清纯和美好，那种不被世俗世界捆绑的潇洒和自由，还有触动心灵的天马行空的想象力。

2020年1月28日